お妃候補は正直しんどい

MAIN CHARACTER
登場人物紹介

ランドルフ

ヴェルデ皇国の皇太子。
彼のお妃を選ぶため自国の
貴族の娘と近隣諸国の王女が
宮殿に集められている。

クリスタ

小国レスタードの王女。
周囲の人間に恵まれていなかった
前世の影響か、あがり性で
引っ込み思案な性格をしている。
大の布団（オフトゥン）好き。

ステラ
ヴェルデ皇国の
子爵令嬢。
イボンヌ
ヴェルデ皇国の
侯爵令嬢。
フェリシア
リード国の王女。
マルセル
クリスタにつけられた教師。
おおらかで親切。
ジゼル
ユグノ公国の王女。
クールな性格をしている。
ヴェルデ皇国皇妃
ランドルフの母親。
圧倒的な存在感を
放っている。

プロローグ

「はあ、しんどい」

真っ先にため息なんて自分でもどうかと思うけど、許してほしい。だって、こんな時に思い出すとは、運が悪いとしか言いようがない。

これから私、どうしよう？

辺りを見回して誰にも見咎《みとが》められていないことを確認し、うつむく。

私の願いはただ一つ。

早く国に帰ってオフトゥン——お布団じゃなくって、ベッドに潜《もぐ》り込《こ》みたい。

現在、ここヴェルデ宮殿の大広間には、華やかな令嬢たちが五十名程集められている。みな周辺諸国の王族か、ヴェルデ皇国の有力貴族の娘だ。

そして、貧乏国とはいえ一国の王女である私、クリスタ・レスタードにもお呼びがかかったため、この場にいる。

ヴェルデ皇国はフォルティヌス大陸一の大国で、領土は広く資源も豊か。教育水準が高く、資金も潤沢《じゅんたく》だから、喧嘩《けんか》を売ろうなんて大それた国はない。

――その大国ヴェルデが、皇太子のお妃を選ぶのだ。

これはヴェルデの公式行事で、正確には『皇太子妃選定の儀』という。

国内の有力貴族や同盟を結んだ周辺諸国と、さらに密接な関係を築くことを目的に行われる。

――まったくはた迷惑な話……コホン、個人的な意見はこの際置いておくことにして。

要は皇太子が二十歳になった年に、この世界の女性の結婚適齢期である十六から十八歳の身分ある娘が宮殿に集められ、そこから皇太子妃を選ぶのだそうだ。

周辺諸国の姫が選ばれれば、その者の出身国は安寧《あんねい》が約束される。ダメでも最終候補に残れば側室にはなれるという噂《うわさ》なので、みんなが張り切っているようだ。

私？　私はどっちも遠慮したいし、今すぐ帰りたい……

「――見て、皇帝陛下と皇妃様よ。皇太子様もいらっしゃるわ」

「素敵ね。あ、今、皇太子様と目が合った！」

「貴女《あなた》じゃないわよ。あの人がすごく場違いだから、皇太子様が驚かれたのでは？」

すぐ近くの令嬢が、私を見てひそひそと囁《ささや》いた。なんだかとっても居たたまれない。

自分でも地味だと思う容姿とシンプルな黄色のドレスは、この場にそぐわないとわかっている。

だけどこれでも、精一杯おめかしをしてきたつもりなのだ。

高級なドレスの中で悪目立ちしてしまったこのドレスは、母親のお下がりだった。そして金色や銀色のまばゆい髪の娘が多い中、私の髪は暗い茶色。

どうせ人数合わせでこの場にいるのだから、ぜひとも一抜けしたい。

後ろの扉を恨めしそうに盗み見ると、途端に衛兵と目が合う。彼は首を横に振った。

――ああ残念、途中退場はダメなのね？

仕方なく、視線を前に戻した。

広間の正面奥にはヴェルデ皇国の皇帝と皇妃が腰掛け、その傍《かたわ》らに本日の主役である皇太子がいる。

一番後ろのここからでは遠くてよくわからないけれど、ぼんやり見える皇太子はプラチナブロンドの髪で背が高い。聞こえてくる令嬢たちの噂話《うわさばなし》によると、彼は眉目秀麗《びもくしゅうれい》、知勇兼備なんだとか。

――生まれながらに全てを持つ人っているのよね。顔良し、頭良し、家柄良し。こういう人をハイスペックって言うのかな？　私もそうなら、何社も面接失敗しなかったんだろうなあ……

そう、私は元日本人。そして、小国レスタードの王女として、この世界に生まれ変わっていることを、たった今、知ったのだった。

第一章　郷に入れば郷に従えないかも

私の名前はクリスタ・レスタード。極寒の地にある小国レスタードの第二王女である。

北国出身なので肌の色は白く、髪の色はこの辺では珍しい茶色。亡き母が南の国の生まれで、髪の色が濃かったためだ。瞳は鮮《あざ》やかな緑色をしていて、それが私の唯一の自慢だったりする。

全体的に小柄だけれど、胸は人より大きい。眠るのが大好きなので、栄養が背中側に回れず胸に行ったのかもしれないわね。

うちは貧乏国なので、王族といっても一般市民に毛が生《は》えた程度の暮らしぶり。ただお金がなくてもその分、国王である父と三つ上の姉に守られて育った。家族だけでなく、わが国のみんなが優しく、私は感謝している。だから贅沢《ぜいたく》は敵だし、しようとも思わない。

ただし、オフトゥン――お布団についてだけは別。

わが国レスタードの特産品は水鳥の羽毛を使った寝具で、その温かさは大陸随一を誇るのだ。

――これで寝ないわけにはいかないでしょう？　私はオフトゥンが大好きなの。

さて、遡《さかのぼ》ること約二ケ月前、私は父親であるレスタード国王にこう告げられた。

「クリスタ。すまないが、皇太子のお妃候補としてヴェルデ皇国に向かってくれ」

「私がお妃候補？　あの、お父様。冗談ですよね？　私みたいに地味な娘を、大国ヴェルデの皇太子様が相手にするわけがありません」

私は父が一緒に笑い飛ばしてくれるものと思っていた。けれど、返ってきた答えは真剣なものだ。

「ヴェルデ皇国より通達が来た。十六歳から十八歳の娘は全員参加するように、と。残念ながらわが国は逆らえない。いや、大陸中どこを探してもヴェルデに歯向かえる国はないだろう」

「そんな、横暴だわ！　かの皇太子様ってそんなに問題がある方なのかしら。ご自分の相手も自分で見つけられない程……」

「さあ。絵姿でしか知らないが、容姿はかなり整っておいでのようだ。だが、決まったお相手はいないらしい。あの国は昔から『皇太子妃選定の儀』で妃を決めるしきたりだからな」

そう言って父は、詳しく説明してくれた。

でも、そんなの向こうの勝手だと思う。結婚相手くらい自前で調達してほしい。人見知りの私にどうしろというの？

それに弱小国であるうちには、余分なお金はない。

ただでさえ冬の間は雪に閉ざされて、農業も観光も一時ストップするのだ。わざわざヴェルデの皇都に行って、無駄なお金を使いたくないのに。

あの国は気候は良いものの、物価が高いと聞いている。私の往復と滞在費だけで、レスタードの国家予算をかなり消費してしまう。

「費用はなんとか工面する。皇太子妃や側室になれとも言わない。王女としての務めを果たし、無事に帰ってきておくれ」

「……わかりました。レスタードのためなのですね」

母亡き後、大切に育ててくれた父の頼みだ。使命感に駆られた私は、承諾の返事をした。

この話がもう少し早ければ、姉の役目だっただろうが、彼女はすでに結婚している。私では頼りにならないかもしれないけど、国のために頑張らなくては。

それからというもの、節約に頭を捻《ひね》った。

――国の体面を保つ最小限のものだけ用意すればいいわよね？

私は、ドレスを新しく仕立てることはせず、侍女と一緒に母の形見を何着か手直しすることにした。地味な私だけど、裁縫《さいほう》は得意なのだ。

それから、付き添いも侍女と護衛兼御者《ぎょしゃ》だけにする。人数が少なければ小さな馬車で済むし、華美でないほうが道中襲われる危険も低いだろう。

そうして、ヴェルデ皇国に向けて出発する前日、姉が私に髪飾りを贈ってくれた。白鳥を象《かたど》った、白い羽に黄色と緑色の宝石をあしらった繊細《せんさい》で優美な品だ。

「とても素晴らしいわね。でもお姉様、こんな高価なものいただけないわ」

そう言う私の手に、姉はその髪飾りをそっと握らせる。

「いいえ、せめてこれくらいはさせて。クリスタ、レスタードの誇りを忘れないようにね」

私は頷《うなず》き覚悟を決めて、祖国を出発した。

大陸中央にあるヴェルデ皇国までの三週間の旅は、途中まで順調だった。

けれど、道中、小さな事件が起きている。

皇都へ続く街道を急いでいた私たちは、そこである男性を発見した——というより、危《あや》うく馬車で轢《ひ》きそうになったのだ。

黒髪に粗末な身なりのその男性は、革袋を枕にして道に足を投げ出し、のんきに寝ていた。

今日はポカポカとした陽気なので、眠くなったのだろう。急ぎでなければ、私も休憩にして外でのんびりしたい。だから、気持ちはわかるのよ、気持ちは。

だけど街道で寝るのは良くなかった。

——寝るならやっぱりベッドでしょ。

ここは皇都に続く一本道で、今は周辺諸国の貴族たちの馬車がバンバン通る。うちみたいな貧乏国ならいざ知らず、上下関係が無茶苦茶厳しいに違いないこんな大国では、貴族の馬車に轢《ひ》かれても、泣き寝入りするしかないわよ。

御者《ぎょしゃ》より先に馬車を下りた私は、男性に詰め寄った。

私は緊張するとどもるのだけど、興奮したり怒ったりした時はスラスラ話せる。

「危ないわ。こんな所で寝るって正気なの！」

黒髪の男性に近づき、そう叱《しか》り飛ばす。

すると、男性は顔を上げ、ゆっくり目を開けた。若くて……かなりの美形だ。瞳は淡く綺麗な青。

アイスブルーという言葉が頭をよぎる。

「ああ、ごめん。あまりにも気持ちのいい天気だったから」

彼の答えは予想通りだ。所作は汚れた格好に反して品があり、話し方も優しい。それに目をこすっている手は滑《なめ》らかで、爪も綺麗に整えられている。

手に怪我《けが》をしているようだけど、少なくとも物盗りや労働者には見えない。

「あな、貴方《あなた》。な、何者なの？」

彼にじっと見つめられ、私は途端にどもってしまった。初対面の人と話す時は、いつもこうなる。

「何者って……見たままだけど。君こそ何者？　春の妖精さん」

「なっ！」

――なんてことを言うの。妖精さんに失礼よ！

それはともかく、ここから退《ど》いたほうがいいということを、上手《うま》く伝えなければ。

困っていると、侍女が慌てて馬車を降りてきた。

「お知り合いですか？」

そう聞かれたので、黙って首を横に振る。自分の国から一歩も出たことがない私に、国外の知人がいるはずがない。

「見知らぬ方とお話しするなんて。さあ、先を急ぎましょう」

彼女は焦って馬車に戻るよう促《うなが》すが、私はもう一度首を横に振った。安全な場所に移動したほうがいいと、きちんとすすめておきたい。

私の様子を見た侍女が、代わりに青年に問いただす。

「貴方《あなた》、一体ここで何をしているのです？　今は各国からヴェルデ皇国の都へ向かう人たちが使っているので、この街道は危ないですよ」

「あ、あの。こ、ここじゃなく、べ、別の場所、なら……」

「何、妖精さんが連れていってくれるの？」

青年が柔らかく笑う。冷たい色をした青い目に、急に光が灯《とも》ったように見えた。

うっかり見惚《みと》れてしまったが、すぐに我に返る。

皇太子のお妃選びは明日で、今日中に皇都に入らなければ間に合わないのだ。ただでさえ、宿泊費を切り詰めようとギリギリに出発したので、遅れている。見ず知らずの彼のために、寄り道をしている暇はない。

「ごめ、ごめんなさい。こ、皇都に行く、から」

すると彼はこう答えた。

「そう。じゃあ、皇都まででいいから乗せて」

「なんてことを！」

侍女が叫び声を上げる。

彼女が驚くのは、無理もなかった。未婚の上流階級女性の馬車に、見知らぬ男性が同乗するなどまずあり得ない。それは私の国だけでなく、大陸全体に共通するモラルだ。

その常識を知らないということは、この青年は見た目通り、平民なの？　それとも私が旅装姿だから、商人の娘と間違えた？　残念ながら小国のレスタードは、王家の紋章入り馬車でも気づいてもらえないことが多い。

きっぱり断ろうと思って彼を見た私は、少し躊躇《ためら》う。

なんだか疲れているようだ。このまま見捨てたら、引き続きこの場で寝てしまいかねない――そう、二度寝。二度寝の素晴らしさは、私が一番よく知っている。

「で、でしたら、ぎょ、御者《ぎょしゃ》……席、では？」

「姫様！」

侍女が私を「姫」と呼ぶ。けれど青年はまったく動じず興味もないらしい。

私が地味だから、ただの愛称とでも思ったのだろう。

「わかった。じゃあそれで。大丈夫、都に入ったらすぐに降りるから」

青年は立ち上がり、肩に革袋を担《かつ》いだ。

背は高く、細身の割には意外にがっしりしている。彼は迷いのないしっかりした足取りで、停めてある馬車の御者席《ぎょしゃせき》に向かった。

「ま、待って！」

私は自分でもびっくりする程大きな声を上げ、驚いて振り向く青年を手招きする。

彼の親指の付け根にある傷が気になった。放っておいて化膿《かのう》でもしたら大変だ。

「水をお願い」

侍女に頼むと、彼女はレスタードの雪解け水が入った私の水筒を持ってきた。

私は彼の傷を飲み水で洗う。祖国自慢のこの水は、清涼で美味《おい》しく、傷を洗うのにも良い。

洗い終わり水筒を侍女に返そうとした時、目の前の青年が水筒ごと私の手を掴んだ。

「うきゃ⁉」

「まっ」

驚く私と侍女をしり目に、彼は水筒を私の手から奪い、中の水をごくごく飲む。

――喉が渇いていたのね？　それならそう言ってくれれば、別の水を用意させたのに……

手が……、初対面の男性の手が、触れてしまった。それにその水筒は私のもの。あまり意識したくないけれど、間接的にキスをしたことになるかもしれない。

「ふう。おかげで生き返ったよ」

黒髪の青年が、屈託なく笑う。

それは良かった。だけど私はちょっぴり複雑だ。

これからお妃候補として宮殿に上がるのに、すでに浮気をしたような気分になっている。とりあえず、私を責める侍女の視線は、無視することにした。

「そ、そう。それは良かったわ。あ、あとはこれでいい、はず」

持っていた手巾《ハンカチ》を包帯代わりに青年の手に結んだ。

「ありがとう、妖精さん」

――いや、だから違うって。妖精はもっと可憐《かれん》でしょう？

青年は目を閉じ、手巾《ハンカチ》に自分の唇を押し当てた。どうやら、彼なりに感謝の意を示しているらしい。何をしても絵になるわ。

この場所を通らなければ、出会うはずのなかった人。都に着いたら、二度と話すことはない、大勢いる皇国の民《たみ》の一人。

それなのに私はなぜ、彼の仕草の一つ一つに目を奪われてしまうのだろう。

私の視線に気づいた彼が、首を傾《かし》げる。

視線が合い、緊張が増した。これ以上関わるのは、よくない。

私は黒髪の青年に素《そ》っけなく頷《うなず》くと、さっさと馬車に乗り込んだ。

そして青年とは約束通り、都で別れる。

彼は親切にも宿を紹介してくれて、全員皇都に来るのが初めての私たちは、安価で快適な宿がとれて非常に助かった。

招かれたとはいえ、選考の日までの滞在費用は、自分たちで賄《まかな》わなければならない。青年を連れてきたのは意外に良い判断だった。得意げな表情になる私に、侍女が呆《あき》れてため息をつく。

王女にあるまじき行動だと思っているのかもしれない。けれど、青年はいい人で、何もなかったのだから、構わないでしょ。

とはいえ、彼の去り際の一言は気になった。

「じゃあ、また明日。妖精さん」

――明日って？　まさか、馬車に同乗しようと考えているの？　明日私は、宮殿に行かなければならなくて、お昼寝の場所探しに付き合っている暇はないのだけれど。

いえ、きっと、「さよなら」の代わりに「また明日」と言うのが、皇都流の挨拶《あいさつ》なのだろう。

私はそう考えることにしたのだった。

翌日。私は宮殿の大広間に案内された。周囲を見回すなり、息を呑む。

クリスタルのシャンデリアが眩《まばゆ》く輝き、白地のカーテンには金糸の見事な刺繍《ししゅう》が入っている。調度品も豪華で洗練され、床は大理石、壁には精巧な彫刻があり、あちこちに瑞々《みずみず》しい生花が飾られていた。

そんな室内に、華やかな装《よそお》いの令嬢が大勢いて、笑いさざめいている。どの女性も美しく、自信がありそうだ。

彼女たちはみんな、ヴェルデの皇太子のお妃候補だった。

――こんなにたくさんいるのなら、私一人くらい、来なくても良かったのでは？

壁際には、選考担当らしき青い制服の文官が何人も待機している。

「なんだか面接に来たみたい」

そう呟《つぶや》いた瞬間、私の頭の中に、とある記憶が一気によみがえった。

「――嘘でしょう？　よりによってこんな所で思い出すなんて、運が悪いわ」

愕然《がくぜん》と目を見開く。

そう私はこの時、この世界に生まれる前のこと――前世を思い出したのだった。

＊＊＊＊＊

前世の私は、就職活動中の大学生だった。面接がかなり苦手で連敗記録を更新していたのだ。

あがり性で、人前に出ると慌ててしまうため、面接では必ず何か失敗をする。

どもるのはまだ可愛いほうで、カバンを上下逆さに持って中身をぶちまける、なんてこともしょっちゅうだった。面接中にコンタクトを落としたり、違う企業への志望動機を話してしまったり。情けない程、ダメ。

世間では人手不足と言われているのに、就職先が決まらずに焦っていたのだ。

——誰にも必要とされないのは、私に原因があるからなの？

考えてみれば、離婚した両親は私を押しつけ合っていた。

普通こういう場合って、親権を争うんじゃないの？

けれど、親にもそれぞれ事情があるだろうから、逆らえなかった。うちは両親二人ともきつい性格だったので、私はあまり自己主張が得意ではない。

そんなわけで大学への進学を機に、一人暮らしを始めていたけれど、人と関わるのが苦手な私は、家にいることが多かった。毎朝、オフトゥンからギリギリまで出ない。

そして私はその日、今度こそ落ち着いて面接官の目を見て話をしようと決めていたのだ。

話すことをまとめ、受け答えも繰り返し練習したから大丈夫。時間に余裕を持って家を出て、道を間違えないようにスマートフォンで確認しながら歩く。建設現場の前を通るまでは、全てが順調に思えた。

けれど——

「危ない！」という叫び声を聞いたのと、上を見たのは同時だった。

巨大なクレーンが倒れてきて、その後、世界は暗転する。

歩きスマホはやっぱり良くない。そう考えたのが、最期の記憶。

面接には悔いが残っている。結局、あがり性を克服できなかったし、どの企業からも内定をもらえなかった。結果待ちもいくつかあったけど、たぶんダメだったと思う。

こんな自分がお妃候補として面接――いや、選考を受けているなんて、一体なんの冗談なの!?

＊＊＊＊＊

さて、そんなふうに以前の記憶を思い出した今、一つだけ納得できたことがある。

私のオフトゥン好きとあがり性は前世の影響だ。レスタートで十八年愛情を受けて過ごしたにもかかわらず、好みや性格は変わらなかったみたい。オフトゥンは偉大だ。

私の故郷レスタードでは、水鳥の羽を使った寝具が特産品。換羽期《かんうき》に落ちる羽を拾い集め、綺麗に洗って加工する。私はお小遣いをはたいて、オフトゥン一式――敷布と上掛けを揃えたばかりだった。

ああ、早く戻って羽毛の上掛けにくるまりたい。そうしたら、転生という衝撃的な出来事やこの胃の痛い状況を忘れられるかもしれないのに……

そんな考えごとをしているうちに、『皇太子妃選定の儀』が始まっていた。

選ぶといっても、これだけたくさんいるので、いきなり一人に絞るということはない。

私には関係ないと下を向いていると、青い制服の文官が近づいてきて、出身国と名前を尋ねられる。

「レ、レレスタード国からま、参りました。ク……リスタです」

必死にそれだけ口にする。他の令嬢たちは、自己アピールまでバッチリこなしているみたいだが、私にはとてもじゃないけど無理だ。

「レレスタード国のクーリスタ姫、と」

目の前の文官が、そう言いながら手元の紙に何かを書きつける。

——いえ、そうじゃない……でも、今のは明らかに私の喋《しゃべ》り方のせいだ。

人数が多くてすごく忙しそうだから、わざわざ引き留めて訂正するのは申し訳なかった。

一礼した文官がすぐ次に移ったので、私はホッと胸を撫で下ろす。

良かった。志望動機とか皇太子妃として何を為《な》したいかと問われなくて。

まったく答えられないし、考えてもいない。

名前も知られていない小さな国の王女だから大丈夫だとは思うけど、万が一にも誰かの興味をひいてしまうということもある。なるべくおとなしくしていよう。

それにしても、集められた令嬢の人数は多い。まだ時間がかかりそうなので、私は考えごとを再開する。

昨日会った黒髪の青年が教えてくれた宿は、快適だった。備《そな》えつけのベッドはわが国の寝具には劣るものの、よく眠れたと思う。宿の人も親切で、朝食の焼きたてパンは美味《おい》しかった。皇都のど真ん中にある割には、びっくりする程安かったし。

だから宿を出る時、心を込めて「また明日」と挨拶《あいさつ》したのだ。それなのに、宿の主人に「もう一泊ですか？」と聞かれた。

——おかしい、皇都では「さよなら」のことをそう言うのではないの？

昨日の青年の言葉が「明日会いたい」という意味なら、今頃、彼はあの宿を訪ねているはずだ。私がもういないと知って、彼は何を思うのだろう？

考えたくはないけれど、宮殿の関係者だという可能性もある。面接と同じように会社——じゃなかった、皇国に入った時点で選考が始まっていて、彼は事前調査していたとか？

まさか、手が触れたり御者席《ぎょしゃせき》に男性を乗せたりしただけで、身持ちが悪いと評されることはないわよね……

か、間接キスはノーカウントで。向こうが勝手に水筒に口をつけたんだし、そもそも私のものだとバレていないはずだ。

そこまで考えて、ここにいる文官の顔を全員、確認してみた。

整った顔の男性は大勢いるものの、黒髪もアイスブルーの瞳もどこにもいない。

やはり彼は街の人のようだ。気にするほうがどうかしている。

何事もなくお妃選びをやり過ごすことを考えよう。レスタードの誇りを保ったまま、無事に帰ればそれでいい。

私は故郷に置いてきたオフトゥンを思い出し、ため息をついた。

「――はあ」

ドレスをキュッと摘《つま》む。

シンプルな黄色のドレスは薄緑の腰紐《こしひも》がついていて、前世にあった『菜の花』に似ている。そんな花の名前を思い出せたことは、嬉しい。少なくとも嫌な思い出ばかりではなかったようだ。

少し落ち着きをとり戻した私の耳に、周囲の令嬢たちの声が入ってきた。

「ねえ、ご存じ？　この中から十人しか選ばれないんですって」

「あら、こんなにたくさんいるのに？」

「ええ。国内だけで十分なのに、一応、諸外国の顔を立てなければならないそうよ。でも、選ばれるのはわが国の方ですって」

「そうなの。皇太子様も国内の貴族から選ぶほうが安心よね」

この中に誰一人知り合いのいない私は、話には加われず、ただ聞くだけ。

そして、彼女たちの話が本当なら、案じることはなさそうだ。

面倒ごとに巻き込まれなくて良かった。皇太子のお妃なんて、これっぽっちも望んでいない。

ただ、レスタードのような小さな国の顔は、立てたって立たない。転がしておいてほしかった。

遠くからわざわざ呼び立てるなんて、お金もかかるので勘弁してほしい。

しばらくして、ようやく何かしらの選考が終わったらしく、典礼長が声を張り上げた。

「これから読み上げる十人はこの場に残るように。その他の者は、速《すみ》やかにご退室ください」

彼女たちが言っていた通り残されるのが十人だということは、出来レースだというのも本当なのかもしれない。お妃の候補は予《あらかじ》め決まっていて、残りは体面を保つために呼ばれたのだろう。

どちらにしてもこの先の二次面接は、私には関係ない。

「イボンヌ・バージェス、ジゼル・ユグニオ――」

次々と名前が読み上げられ、呼ばれた令嬢がしずしず進み出る。それぞれ豪華なドレスをまとっていて、いかにも自信を持ってお妃選びに臨《のぞ》みましたって感じ。

最初から顔を出すだけと決めていて、途中から帰りたくなっている私とは大違いだ。

「――フェリシア・ロッシュ、以上」

私の名前を口にすることなく、典礼長が候補者の呼び出しを終える。思わずガッツポーズしそうになったものの、上品に肩を落とすことを忘れはしなかった。他の令嬢たちと同じく、ため息をついてもみせる……ただし幸せのため息だけど。

「残念だわ。やはり家格がものを言うのかしら？」

「そうでもないようよ。伯爵令嬢がダメで、子爵令嬢が選ばれているもの」

先程アピールしすぎて文官を困らせていた令嬢たちは、一人も選ばれていない。

だけど、企業ならば熱心な人のほうが喜ばれるだろう。お妃でなく会社の面接なら、彼女たちが一番に内定をもらえるはずだ。

はきはき話せる人は、羨《うらや》ましい。私にはない自信たっぷりな態度やどことなく品のある仕草も。

そこまで考えて、ふと頭に黒髪の青年が浮かぶ。私は雑念を振り払おうと頭を振った。

「速《すみ》やかにご退室ください」と言われたことを思い出し、真っ先に部屋を出ようと振り向く。一番後ろにいてちょうど良かった。

けれど、出口に向かって歩き出そうとしたその時、凛《りん》とした声が飛ぶ。

「ちょっといいかな？　私からあと一人、お願いしたい」

後ろを向いていた私には、その声を発した人物がわからなかった。足を止めて振り返ると、皇帝を見て慌てている典礼長の姿が見える。

「ですが、変更は――」

「構わぬ。好きにさせるがよい」

「ありがとうございます。父上」

どうやら先程の声は皇太子のものだったようだ。自分の父親に軽く頭を下げた彼が、壇を下りてくる。皇帝と皇妃は座ったまま動かない。

――まさか、皇太子様本人が直接指名なさるの？

さっき名前を呼ばれたのは、目の覚めるような美女や華やかな人、可愛い令嬢などタイプの違う十名の女性だ。まだ足りないなんて、皇太子ったら贅沢《ぜいたく》ね。きっとあの十人を軽く超えるくらいの美女を選ぶのだろう。

「――こちらをご覧になられたわ」

「いいえ、私よ。なんて素敵なの！」

大広間を長い足で歩く皇太子を見て、先程選ばれなかった人たちが色めき立つ。

諸国の王女や令嬢たちは、彼が近くを通るとうっとりしたようなため息を上げる。彼が眉目秀《びもくしゅう》麗《れい》だという噂《うわさ》は本当らしい。

プラチナブロンドの髪にシャンデリアの光が当たり、キラキラしていてとても綺麗だ。背が高く、遠目でもスタイルが良い。白に金糸で刺繍《ししゅう》がしてある上着や、銀色の耳飾りもよく似合っている。

そんな皇太子は大広間の中程を過ぎたのになかなか足を止めようとはせず、誰かを探しているみたいだった。期待を込めて見上げる令嬢たちの表情は、彼が通り過ぎると一瞬にして失意に変わる。

まだ見つからないのかしら？　それなら無理に追加しないで、先程の十名で終わりにすれば良いのでは？

皇太子がこちらに近づいてくるにつれ、顔の輪郭《りんかく》がはっきりしてくる。確かに整った顔立ちだ。背の高さや体格、そういえば歩き方にもどことなく見覚えがあるような……

「嘘でしょう？」

私は思わず息を呑む。

――まさか双子、それとも他人の空似なの？　髪の色が違うし、彼とはあの宿の前で別れたはず。

昨日馬車に乗せた黒髪の青年によく似た皇太子は、突然、私の前で足を止めた。アイスブルーの瞳を煌《きらめ》かせて、嬉しそうに笑う。

「見つけた。やっぱりいたね、妖精さん」

「ぞ、ぞぞ、存じません。い、一体何を、お、おっしゃって、いらっしゃるの……でしょう」

最後が消えそうになる。私は彼と視線を合わせないために、無理やり顔をそむけた。

――頑張れ、私。知らないと言い張ってこの場を乗り切れば、無事国へ、オフトゥンのもとに帰れる！

「嫌だな。君の綺麗な緑の瞳を見間違えるとでも？　それに、昨日きちんと予告しておいたはずだ。また明日ってね」

確かに言われたわ。だけど、あれは、さよならの挨拶《あいさつ》じゃなかったの？

黒髪のあの彼が、本当に皇太子だなんて……

「来てくれて嬉しいよ。レスタードのクリスタ王女」

目を見開き固まる私に、彼は丁寧《ていねい》に折りたたんだ手巾《ハンカチ》を差し出した。

「はい、これ。君のだよね。名前が刺繍《ししゅう》してある」

そう言われ、私は「しまった！」と思った。

レスタードは貧乏だから、みんなが物を大切にしている。そのため、自分の手巾《ハンカチ》に名前を刺繍《ししゅう》するのは当たり前なのだ。

でも、国名までは入れていなかったはず。ならば、手巾《ハンカチ》を受け取らなければ、人違いだと押し通せるかもしれない。もったいないけど諦めようかな。

いいえ、皇太子は手巾《ハンカチ》を私に返したかっただけで、その後改めて誰かに声をかけるつもりということもある。そうに違いない。だったらここは、お礼を言って素早く受け取り引き下がろう。

「わ、わざわざ、あ、ありがとうございます。で、でで、ではこれで」

私は彼の手から自分の手巾《ハンカチ》をひったくると、一礼して後ろに下がった。こうすれば皇太子が安心

して本命のところへ向かえる。

「これで？　嫌だなぁ、これで終わりではないよ。私のお妃候補としてこの場に残って」

彼は大股で近づいてくると、手巾《ハンカチ》を持っていないほうの私の手を取った。そのまま自分の口元に持っていき、甲にサッと唇を落とす。

「よろしくね、妖精さん」

――て、てて、手～～！　くく、口～～！

私は頭が真っ白になった。一体どうしてこうなったのかわからない。

突然の出来事に、周囲の令嬢たちも呆気《あっけ》にとられている。

昨日たまたま拾った青年が皇太子で、彼のお妃候補に自分が残る。こんなことになるなんて思いもしなかった。あのまま彼を街道に置き去りにすれば良かったの？

焦っている私のすぐ側で、大きな声が上がった。

「納得できません！　どうしてそんな人が選ばれるのですか？　彼女でいいなら、私のほうがずっと綺麗だし、皇国のためになるわ！」

声を上げたのは、私の隣にいた令嬢だ。美人で気合も十分。

帰りたいし面倒ごとに巻き込まれたくないので、私も彼女とチェンジしたい。

けれど皇太子は、冷めた目で問いかけた。

「綺麗？　君の美的感覚は、私と大きく違うようだ。それに、私はいつ君に発言を許した？」

「くっ」

頬を朱に染めた令嬢は、私を睨《にら》むと足音高く広間を出ていった。辺りに、沈黙が広がる。

私だって彼女みたいにここから去りたい。

誰よ、美女が選ばれると思ったのは……って、私だけど……。こんなに地味なちんちくりんが残るなんて、不満を訴えられるのも納得だ。

早く帰ってふわんふわんなオフトゥンにくるまりたいのに。

「――では、よろしいですかな？　十一名以外の方はご退室を。選ばれた方は、次の選考の準備を願います」

対応の早すぎる典礼長が場をしめようとする。

十一名は中途半端だから、当初の考えを貫《つらぬ》きましょうよ？　十名のほうがすっきりしているわ。

そんな私の訴えるような眼差《まなざ》しは、皇太子によって遮《さえぎ》られた。

「妖精さん、じゃあ頑張って」

彼は私の耳に唇を寄せ、いい声で囁《ささや》く。そして、あっさり自分の席に戻ってしまった。

準備も何も自分が残るなんて少しも考えていなかった私は、この後、何をすればいいのかわからない。ハイレベルな他の十名に聞こうにも……視線が痛いわ。

赤い髪の女性を筆頭に、選ばれた者はいったん、別室に下がるようだ。仕方がないので、私も華やかで美女揃いの彼女たちの後について行くことにした。

次が面接だとしたら、私はどうせ不合格だ。帰る時間が少しだけ伸びたのだと思うことにする。

別室に集められた令嬢たちはみんな、赤や青、桃や緑など様々な色合いの、レースや宝石をふんだんに使った豪華なドレスを着ていた。仕立て直したお下がりを着ている私が、ここに紛《まぎ》れているのは、どう考えてもおかしい。

もしかして皇太子は、昨日のタクシー――馬車代として、私に箔《はく》を付けようと、二次選考に残してくれたのだろうか。そんな気遣いなんて要らないのに。

おろおろする私を残して、煌《きら》びやかな令嬢たちは、楽器を準備し始めている。

私は楽器など持ってきていない。顔だけ出したら帰るつもりだったため、父に来ていた通達にほとんど目を通していなかったのだ。

「さすがは皇太子様がお声をかけられた方ね。楽器も持たずにどうやって演奏なさるのかしら。もしかして、口笛？」

私をチラッと見た赤い髪の女性の言葉に、周りの令嬢たちがクスクス笑う。今のは嫌味……よね？

「まさか、そんな品のないことはなさらないでしょう」

「楽器も嗜《たしな》まない方が、参加するはずないですわ」

彼女たちはそう言うけれど、ごめんなさい、ここにいます。

皇国の貴族は教養として、楽器を弾くことが必須なのかもしれないが、わが国ではそうではない。

姉は横笛の名手で、お祭りに引っ張りだこでも、妹の私は聞くだけで満足しているし、口笛も満足に吹けない。

思えば前世でも音楽は苦手だった。人前に出ると萎縮《いしゅく》してしまうので、どんなに練習していても、本番は必ず間違える。おかげで、通知表は体育と並んで二か三。

準備期間はちゃんと与えられていたから、必死で練習すればなんとかなったのかもしれないものの、ここに来る前まで、私は質のいい羽毛集めに奔走《ほんそう》していた。

手伝えば安くすると言われ、水鳥の巣を掃除し、嬉々として羽を拾い集めていたのだ。おかげで、最高級の羽毛布団――敷布と上掛けをお小遣いで買えた。その寝心地は最高で、くるまるだけで温かく幸せな気分になれるし、節約にもなったから、後悔なんてしていない。

けれど、これからどうしよう？

見たところ楽器の貸し出しはなく、一人一人が専用の楽器を用意してきている。竪琴《たてごと》やハープ、フルートやチェンバロなど、いかにもお嬢様らしい楽器ばかり。

中でもフルートは純金のようで、光輝いている。

あれ一つで、オフトゥンがいくつ買えるだろう？　夏用と冬用、保存用と旅行用を買ってもまだまだ余裕があるかもしれない。

いえ、そんな計算している場合ではなかったわ。

私は楽器がないと正直に申告することにした。

上手《うま》くいけば、脱落できる。私は期待を込めて文官に近づき、小声で呼びかけた。

「あ、あの……」

「なんでしょうか？」

文官の視線を浴び、またしても緊張する。

「も、申し訳ありません。が、楽器を持たずに、来てしまった、ので。か、帰ります」

一瞬驚いたような顔を見せた文官は、すぐ真顔に戻る。

「私の一存ではなんとも申し上げられません。上に確認してまいりますので、しばらくお待ちください」

でも残念ながら、辞退は認められなかった。事前に通告されていたのに忘れたほうが悪いと考えられたらしく、「なんとか頑張ってください」と言われる始末。

どうしよう？　やる気がないとバレたら、皇国を怒らせることにならないだろうか？　何より気を遣ってくれた皇太子の顔を潰してしまう。

――音楽で私にできることってあったっけ。残る手段は、まさか手拍子!?

大きな楽器は、文官の手を借りて運ばれる。私たちが広間に戻ると、次はやっぱり面接だった。

楽器演奏つきで、壇のすぐ前に一人一人立つようだ。皇帝と皇妃、皇太子本人の目の前で話し、演奏する。

「それでは、これから二次選考を開始いたします。身分に関係なくご希望順に進めますので、我こそは、と思う方からどうぞ」

さっきよりも距離が近いため壇上がよく見える。

ヴェルデの皇帝一家が並ぶと、絵画のように美しい。

皇帝ははっきりした顔立ちで髪は銀色、瞳がアイスブルーの方だった。皇妃は華やかな美貌《びぼう》で、
プラチナブロンドの綺麗な髪に菫色《すみれいろ》の瞳をしている。とても大きな息子がいる年齢には見えず、皇

太子のお姉さんだと言い張れるかもしれない。

皇太子は、お二人の良いところを受け継いだようで羨《うらや》ましい。

そんな大国の威厳ある方々に見られると思うと、私の緊張はさらに高まった。

皇太子妃として残る気なんてさらさらないものの、他の令嬢と比べてあまりにも劣っていると、わが国の教育制度を疑問視させることになる。レスタードの評判が地に落ちるのは困るので、最下位でもせめて他とあまり離されずに踏み留まれますように。

「では、わたくしから。よろしいかしら？」

そう発言したのは、先程私に嫌味を言った縦ロールの赤髪の令嬢だった。彼女のピンクのドレスは光沢があり、デザインもすごく凝《こ》っている。手にしている金色のフルートも高価な品だ。

最初が最も難しいから異論なんてもちろんなく、全員がすぐに頷《うなず》く。

緋色の絨毯《じゅうたん》の中央に進み出た赤髪の彼女は、壇上に深々と礼をした。

「バージェス侯爵家、イボンヌ・バージェスです。皇帝陛下、皇妃様、並びに皇太子殿下におかれましてはご機嫌麗《うるわ》しく――」

なるほど、彼女はこの国の侯爵令嬢でお金持ちなのだ。挨拶《あいさつ》も淀《よど》みなくしっかりしている。

私は自分のことのようにドキドキしつつ、彼女への質問を待つ。

「ヴェルデの皇太子の妃として、必要なこととはなんでしょうか」

典礼長が質問した。

「皇室への尊敬と、大国の重責を共に担《にな》う覚悟です」

彼女は堂々と答える。素晴らしいわ。質問されても動じないし、その後の落ち着き払った受け答えにも、私は舌を巻いた。

さっきの嫌味は……私の気のせいだろう。冗談で場を和《なご》ませようとしただけなのかもしれない。だって、ここに残るくらいだ。本当はいい人だと思う。

質問の後は演奏で、彼女はそれも完璧だった。

「皇太子様、小さな頃からお慕《した》い申し上げておりました。『組曲ヴェルデの歌姫』より『歌姫の恋』、を。拙《つたな》い演奏でございますが、どうかお聞きくださいますよう」

そう言って、フルートを演奏し始める。もっと聞いていたいと願う程、プロ顔負けの腕前だ。柔らかく美しい音色には心が癒《いや》される。

ヴェルデの曲は前世のクラシックみたいな感じで、故郷レスタードの陽気な曲とは明らかに趣《おもむき》が違う。

選考官には音楽の専門家がいて、彼は口髭《くちひげ》を撫でつつ、目を閉じ聞き入っていた。他の人も真剣に耳を傾けている。

演奏が終わり、楽器を下ろして深くお辞儀をする彼女。素晴らしかったし、オフトゥンにくるまりながら聞くことができれば、最高だっただろう。もう、彼女が優勝でいいんじゃないかな。

ところがそういうわけにはいかず、その後も次々と腕に自信のある令嬢が名乗りを上げた。

最初に登場したイボンヌがお手本のような態度を示したせいか、二次選考のレベルが格段に跳ね上がっている気がする。

「リード国から参りました。フェリシア・ロッシュです。よろしくお願いしまーす」

そう言ったのは、水色のドレスを着た可愛い系の美少女だ。声も可愛らしい。髪はふわふわのストロベリーブロンドで、砂糖菓子みたいな感じ。

「宮殿の第一印象はいかがでしたか」

「すごーくいいと思います。来たことがなかったので、ずうっと憧れていましたぁ」

典礼長の問いに対する答えは、あどけない。仕草も笑顔も、きゅるんとしている。

「貴女《あなた》はこの国で何を成し遂《なと》げたいですか」

典礼長は少しも手加減することなく、質問を続ける。

――そ、そんな難しい質問するの？

心配になる私をよそに、彼女はすぐに答える。

「えぇっとぉ。食に力を入れて、お菓子の文化を広めたいと思いまーす」

その後も、自分の好きな祖国伝統の焼き菓子について熱く語っている。

そうか、ここに残っているのは見た目が良いだけじゃなく、しっかりした考えを持つ人たちなのね。だったら私も――

『外出禁止令を出してオフトゥン文化を広めたいです』

これでは確実にアウトだ。わが国への印象が、ゼロどころかマイナスになってしまう。何か、まともな答えを用意しておかないと。

私がそんな妄想をしているうちに、フェリシアが演奏を始める。可愛らしい彼女は、チェンバロの鍵盤《けんばん》に手を触れた瞬間、豹変《ひょうへん》した。曲はヴェルデのもので『恋する乙女』というらしい。でも、豪快で激しい演奏は乙女というより戦士のようだ。音楽の専門家も呆気《あっけ》に取られていた。

次は金髪でセクシー系の美女が進み出る。彼女の赤いドレスは首元の開きが深く、豊満な胸が覗《のぞ》いていた。私はいつも胸をできるだけ隠そうとしているけれど、彼女は強調している。そんな自信たっぷりな物腰が、彼女をより美しく見せていた。

「ヴェルデ皇国、子爵家のステラ・ガイヤールです。お目にかかれて大変光栄ですわ」

子爵家とはいえ皇国の貴族は、うちより断然お金持ち。

頼まれれば水鳥を追っかけ回したり、農作業や針仕事の手伝いをしたりする私とは、優雅さが違う。認めたくないけど、もちろん色気も。

遠い目になる私を置いて話は進んでいく。

「わが国の良い点と悪い点を一つずつお答えください」

――あ、これ前世の面接でもあった。

良い面を多めに答えて、悪いことは控えめに。だけど、悪い所が全然ないのもダメらしい。会社の研究をしていないと取られるそうだ。

「はい。良い点は、大陸一大きく人や物が集まることです。さらなる発展が臨《のぞ》めるでしょう」

おお、さすがだ。でも、大変なのはこの次。彼女はなんと答えるの？

「また、悪い点も同じです。大国であるがゆえに統治が難しい。ですから私は、皇太子様を常に支えられる存在でいたいと思います」

――すごいわ！　質問に答えつつ自己アピールもしっかり盛り込んでいて、素晴らしい答えね。

素直に感心する私とは違い、何人かの令嬢が悔しそうな表情になった。みんな本気なんだ……

そしてステラはハープを演奏した。弦を弾くたび、大きな胸も揺れる。彼女の選んだ『ヴェルデに咲く花』も、やはり恋の曲なのだとか。

そんな魅力的な女性を前にしても、皇太子は無表情だった。まあ、あの端整な顔でにやけていたら、そっちのほうがびっくりするかも。

「次、いいかしら」

「も、もちろんどうぞ」

やる気のある令嬢が次から次へと前に出る。私は引きつった笑顔で譲るものの、内心ではかなり焦っていた。

みんなが演奏するのは恋や愛がテーマの曲で、腕前も甲乙つけがたい。私は皇国の曲をほとんど知らない上に、恋愛の機微《きび》があまりわからなかった。

あがり性で前世でも異性と付き合った経験がなく、恋や愛はどこか他人事だ。演奏ができないのに加え、恋に関する音楽の知識もないのでは、無教養の烙印《らくいん》をおされそう。

一番好きなのは眠ることで、オフトゥンへの愛なら誰にも負けないのに。

「オフトゥンの曲、なんてなかったわよね？」

合格なんて望んでいない。だけど、祖国の印象がマイナスとなるのは、避けたかった。

――面接もダメで演奏もダメな私に、何が残っているの？

「あの……この後、私でよろしいかしら」

思い悩んでいると、ハッとする程の美少女に尋ねられた。まっすぐな銀髪と深く青い瞳の彼女は、この中で一番綺麗だ。品のあるハイネックの青いドレスが、とてもよく似合っている。

「え？　ええ。も、もちろん構いませんわ」

急に決まった二次選考。もう少し考える時間がほしい。前の人の話を聞いて「同じです」は許されないみたいだ。

「ユグノ公国より参りました。ジゼル・ユグニオです」

前に進み出た銀髪の美少女が挨拶《あいさつ》をすると、皇太子の口元に微《かす》かに笑みが浮かんだ。

ユグノ公国は栄えていてヴェルデの隣にあるので、彼女と皇太子は顔馴染《なじ》みの可能性が高い。あの国に自分と同じくらいの年齢の王女がいたとは知らず、勉強不足が恥ずかしくなる。

「こ、このたびはようこそ。皇太子妃についての考えをお聞かせ願えますか」

典礼長が手元の書類をせわしなくめくっている。それだけ彼女は皇国にとって、重要人物ということなのだろう。もしくは、彼女の人間離れした美しさに、圧倒されたのかもしれない。

「はい。これは、運命……だと思います」

儚《はかな》げで淑《しと》やかなジゼルは好ましい。小声で話すので聞き取りにくいものの、彼女の周りだけ空気が違うように感じられる。続く質問にもスラスラ答え、彼女は今、外交政策の重要性を訴えていた。

――いよいよわからなくなってきたわ。何人残すつもりなのか知らないけれど、今まで見た誰もが素晴らしいから、私以外全員合格で良いのでは？

ジゼルの見事な竪琴《たてごと》の演奏が終わると、典礼長の声が響く。

「以上で二次選考を終了しま……申し訳ありません。もう一人、残っておりましたね」

告げられた言葉に、私はピシリと固まる。

――ま、まさか最後!?

みんなの視線が突き刺さる。緊張がピークで、手だけでなく足まで震えてきた。

「どうしました？　クリスタ王女、どうぞ前へ」

ドキドキしすぎて気持ち悪い。なんとか足を進めた私は、震えを鎮《しず》めようと手首を握り、貼りついた喉から無理に声を絞り出す。

「レ、レレレスタード国からま、ま参りました。ク、クリ、クリスタ、です」

もうダメだ。これ以上、話せる気がしない。

ドレスを摘《つま》んで膝を折り、礼をする。ガタガタ震えているせいで、姉からもらった髪飾りの羽が揺れ、小さな音が鳴った。

その時、姉の言葉が頭をよぎる。

『クリスタ、レスタードの誇りを忘れないようにね』

そうだ。ここで逃げては、わが国の恥になる。

私はまっすぐ前を向く――のは無理で、誰とも視線が合わないように皇帝の足下を見た。次いで大きく息を吸うと、挨拶《あいさつ》を続けるために口を開く。

「皇帝陛下、皇妃様、こ、こ皇太子殿下におかれましては、た、たいへんたいへんたい……」

皇太子、と言おうとしてどもってしまい、その途端、頭が真っ白になった。急に上手《うま》く話せるはずはなく、自分でも何を言っているのかよくわからない。

「何、変態とな？」

前方から女性の冷たい声が飛んだ。

——まさか皇妃様？　どうしよう、怒らせてしまったの？

「ブフッ」

なんの音だろうと顔を上げると、皇太子が噴き出しているのが目に入る。口元に手を当てて、さらなる笑いを堪《こら》えているようだ。

「これ、そのように笑うでない」

言いながら皇妃も目を細めている。良かった、外交問題とかにはならないみたい。

——でも、私をこの場に残したのって、皇太子殿下よね？　その彼が真っ先に笑うなんてひどいわ。さっさと帰りたいところを、彼のせいでオフトゥンにくるまれなくなっているのに。

オフトゥンのことを考えたためか、怒りが込み上げてきた。目を伏せ再び深く膝を折る。

「大変失礼いたしました。本日はこのようなお傍近くでお会いすることが叶い、誠に光栄にございます」

ムッとしたおかげで、スラスラ話せる。それなら、ずっと怒っていればいいのかもしれないが、怒ると疲れるし、相手にも悪い。

ただ、今日はこれでこの場を乗り切って、大好きなオフトゥンのもとへ帰ろう。私を突き動かすのは羽毛の上掛けのふわっふわの肌触り。それにくるまることを考えて頑張るのだ。

「よい。緊張するくらいのほうが好感が持てる。して、そなたが考える皇太子妃の資質とは何か？」

皇妃が私に質問した。

――キター！

予想通りの問いかけは、どういうわけか典礼長ではなく皇妃からのものだった。

ここは慎重に。自分が笑われるのは構わないけれど、祖国が笑われるのは耐えられない。

「特に……特にございません」

会場がざわつく。誰も予想しなかっただろうその答えは、皇妃に対する侮辱《ぶじょく》と取られるかもしれない。けれど私は、あえてこう答えたのだ。

「ほう。特にない、とは？」

皇妃は私の意見を聞いてくれるようだ。公正な方で良かった。

「恐れながら申し上げます。大国の皇太子の重責は、常人には理解しがたいものがあるでしょう。それだけに、そのお考えは一般の民《たみ》とは異なります。ですから妃となる者は逆に、民《たみ》の気持ちに寄り添える普通の人、公正に判断できる者、皇太子の誤りを正せる者が望ましい、と私は考えます」

この質問の答えは、何も特別である必要はないと思う。ここにいる誰にでもチャンスはある……ただし、私以外。

つまり、他人と違う突飛《とっぴ》な考え方をしている者は面接で不合格になるという前世の経験から、私はみんなと違う答えを述べた。

「普通、で良いと？」

厳しい声に、私は思わず顔を上げる。

――しまった。さっきの言葉も、もしかして、皇妃を侮辱《ぶじょく》したことになってしまうの？

「た、たた、たぶん。こ、こ皇太子様のお好みにもよりますが」

はい、終了。

私の怒りは持続せず、また言葉に詰まり始めた。結局、皇妃を怒らせただけのような気がする。

「言ってくれるな。それなら、普通のそなたが求めるものとはなんだ？」

ふいに笑みを含んだ渋い声が聞こえた。

――この声は皇帝陛下かしら？　直々《じきじき》にお言葉を賜《たまわ》るなんて、恐れ多くて顔を上げられない。目を合わせるなんてもっての外《ほか》だわ。

だけど皇帝は勘違いをしている。私は普通ではなく普通以下。ここにいる令嬢たちと一緒にされたら困るのだ。

第一、私が普通だとすれば、自分で自分を売り込んだことになってしまう。そんな気持ちはまったくなく、大国の皇太子妃なんてお断りだ。

ただ、相手は皇帝。大陸で一番偉い人なので、その言葉を否定するわけにはいかない。彼の面子《メンツ》を潰さないよう、私はありのままを答えることにした。

私の求めるもの――それは、大好きなオフトゥン以外にあり得ない！

あの寝心地の素晴らしさをおいて他に語るものなどないだろう。上掛けにくるまる至福の時、寒い日の温《ぬく》もりは格別だ。

「わ、私は故郷を愛しております。レスタードは小さな国ですが、自然が豊かで景色と水の綺麗な場所です。特産品は水鳥の羽毛を使った寝具で、最高の品質の素晴らしい寝心地と自負しております。どこが優れているのかと申しますと――」

怒った時とオフトゥン愛を語る時の私は、どもらずに済む。趣味を熱く語るのであれば、つっかえずに話せるのだ。

けれどさすがに途中で気づいた。

まずい、このままだとただのオフトゥン――お国自慢だ。皇国や他の国の方々の前で、自分の国だけを褒めるのは良くない。

その時ふと『平和』という単語が頭に浮かぶ。私はその言葉で話を締めくくることに決めた。

「――と、いうわけで、私は平和を、人々が笑顔で過ごせるオフトゥ……お、穏やかな暮らしと平和を求めております」

無理やりこじつけたような気がしないでもないけれど、これで質問にきちんと答えた。

伊達《だて》に何度も入社面接に落ちたわけではない。受け答えの上手な人の結びの言葉をしっかりと覚えている。……って、上手《うま》かったら困るのか。あくまでこの場を乗り切ればいいだけなんだから。

「ふむ。そなたが故郷と家族を大切に思っていることはよくわかった」

やっぱり上手じゃなかったみたい。

良かった。大好きなのはオフトゥンだけど、もちろん故郷や家族も大切だ。一刻も早くレスタードへ帰りたいという熱い思いが伝わったのなら、非常に嬉しい。

「ご質問は以上でよろしいですか？　では、演奏に移りましょう。どうぞご準備を」

典礼長に促《うなが》されたけれど、準備も何も私は楽器を持っていない。

「どうしました？　さあ、早く」

おかしいわ。さっきちゃんと申告しておいたのに……

私が演奏できないことを知りながら典礼長は催促《さいそく》してくるし、令嬢の何人かはクスクス笑っている。困っていると、赤い髪の侯爵令嬢、イボンヌが進み出た。

「もしかして、楽器をお忘れですの？　わたくしのをお貸ししましょうか」

「さすがはバージェス様。お姿だけでなく、お心まで美しいですな」

典礼長が彼女を褒めちぎり、その言葉に令嬢の何人かが首を縦に振る。

「い、いいえ。ごめんな、さい。お気持ちだけで十分、です」

姉に教えてもらったことがあるため、フルートは音を出すのもかなり難しいと知っている。侯爵令嬢はすごい腕前だった。鳴らすだけでは笑われてしまうだろう。

つくづくきちんと練習していれば良かったと悔やむ。

収穫の時に歌うレスタードの『刈り入れの歌』や羽集めの時の『水鳥の踊り』を歌うのじゃ、ダメかしら？　途中みんなでガァガァ合いの手を入れて、とっても楽しいのだけれど。

――ん、歌？　そういえば、歌のテストって音楽の時間にあるわよね。歌でもいいのかな？

私はとっさに皇太子を見た。彼は自分の唇に人差し指を当てて、微《かす》かに口を開けている。あれがただのセクシーポーズじゃなく、『歌え』という意味なら！

歌うだけならこの場でもできる。

ただ、ヴェルデの恋歌など知らない。

のんきにレスタードの曲を歌い、貶《けな》されたら立ち直れないかもしれない。それならいっそ、誰も知らない曲にしよう。この場にいるみんなが初めて聞くような。

私は心を決めると、大きく深呼吸をした。緊張しないように、しっかり目を閉じる。

狭い部屋に一人でいるのだと思えばいい。オフトゥンにくるまり上機嫌でいるのだ、と。

私はオフトゥンへの愛を込め、この世界にはない調べを口にのせた。それは、前世でよく聞いたふるさとを想う歌だ。

オフトゥンがあったかくて、山と水の綺麗な私の祖国。レスタードは最高だ！

歌い終えた私は、ゆっくり目を開ける。広間はシンと静まり返っていた。歌詞も日本語のままなので、どこの国のどんな内容の歌なのか、誰にもわからないはず。これなら選考のしようがなく、可もなく不可もない。我ながらいい判断だったと思う。

ところが――

「素晴らしい！　いつ聞いてもいい曲だ。透明感のある歌声も実に良かった」

専門家と思われる選考官が、大きな声を上げる。

――え？　この歌この世界でも有名なの？

他の選考官も口々に何かを話している。

「歌詞は古代語でしょう。教養もあるし、女性の切なさがよく伝わってきましたね」

「ええ、そりゃあもう存分に。恋に破れた悲しみが胸を打つ、感動的な歌でしたな」

――いやいやいや。それ、かなり違うから。でもまあ、いいか。なんとか乗り切れそうだ。

ホッとした私は、壇上に向かって深々とお辞儀をする。そのままそそくさと下がった。

「楽器ではありませんでしたね。みな様、その点をお忘れなきよう」

一人、典礼長が苦虫を噛み潰したような顔をしている。そんなの見ればわかるから、わざわざ念押ししなくてもいいのに。

「以上で二次選考を終了いたします。陛下、よろしいですな」

「よかろう。みなの者、大儀であった」

皇帝の言葉に、一同揃って頭を下げる。

――やっと……やっとね？　これで愛《いと》しのオフトゥンのもとに帰れるわ！

「では、お妃候補のみな様方は元の部屋へ。只今《ただいま》より、選考会議を行います。ここで残るのは五名のみ。結果が出るまでお待ちください」

続く典礼長の言葉に私はうなだれる。明らかにダメな人は外させてほしい。さらに待たされたのでは、お土産《みやげ》を買う暇がない……

そんな不満が伝わったわけではなさそうだが、典礼長がつけ足した。

「惜しくも選ばれなかったみな様には、後程、謝礼と記念品をお渡しいたします」

――あら、残念賞があるのね？

そうか、皇太子が私を引き留めたのは、このお礼を受け取らせるためだったのか。もしかしたら、さっきも笑うことで皇妃から庇《かば》ってくれたのかもしれない。楽器がなくて困っていた私に、歌えと教えてもくれた。

彼はいい人だ。あと少しで帰れるし、お土産《みやげ》までもらえるなんて最高ね。

そして皇太子妃の候補者たちは、全員控室で待つことになった。部屋に入ったのは私が最後で、扉を閉めた直後、鋭い声が飛ぶ。

「ちょっとどういうこと？　失敗しろって言ったのに間違えずに弾くなんて聞いてないけど」

侯爵令嬢イボンヌがフルートを持ったまま、若草色のドレスの女性を怒鳴りつけた。

「申し訳ございません。ですが、イボンヌ様は大変お上手でしたので、残るのは確実だと思い――」

「ふん、当たり前じゃない。わたくしを誰だと思って？　貴女《あなた》のような出来損ないとは違うのよ。一緒にしないでちょうだい」

こ、怖い。これがさっきまで上品に振る舞っていた人？　誰だ、一瞬でも彼女をいい人だと思ったのは……やっぱり楽器を借りなくて正解だった。

「ちょっとぉ、すごくうるさいんだけど。頭も痛くなるしやめてよねー」

侯爵令嬢に意見したのは、ふわふわのピンクの髪の可愛らしい王女、お菓子好きなリード国のフェリシアだ。勇気ある発言で、理不尽に怒られている女性を救ってあげたらしい。

「はあ？　貴女《あなた》、誰に向かって物を言っているの？」

「誰って？　ただの侯爵令嬢じゃない。怒るんならここじゃなくってよそに行ってよぉ」

違った。単に怒鳴り声が気に障《さわ》っただけのよう。でも、イボンヌのほうが取り巻きが多く、彼女たちが揃って反撃している。

「貴女《あなた》、何様のつもり？　イボンヌ様に向かってその言い草は何なの」

「そうよ。王女といっても、うちより小さな国じゃない。生意気よ」

中心で腕を組んでふんぞり返っている赤髪のイボンヌは、まるで女王様だ。残念なことにハープを弾いたセクシーな子爵令嬢ステラも、彼女の取り巻きらしい。

どうやらこの中の令嬢は半分が皇国の貴族で、侯爵令嬢であるイボンヌに逆らえないみたいだ。

「おわかり？　わたくしの味方は大勢いるのよ。小国の分際で目障《めざわ》りね」

言いながら、イボンヌはこちらまでギロリと睨《にら》む。

――え、私？　何もしていないけど。それにここにいる半分の人は周辺国の王族よ？　皇太子妃になりたいのなら、もうちょっと気を遣ったほうがいいのでは？

「ひどいっ！　みんなで私をいじめて。泣いちゃうから」

案の定、ピンクの髪のフェリシアが、うえーんと泣き出す。周辺国出身者として団結するべき？けれど公国の銀髪の王女、ジゼルは、持ってきた本を読み始めている。こういった揉《も》め事《ごと》には関わらないと決めているようだ。

「はあ、いまいましい。それにしても、いつまで待たせる気なのかしら」

女王様――侯爵令嬢イボンヌがイライラと歩き回る。その声を聞き、ピンクの髪のきゅるるん王女、フェリシアは、一層声を張り上げた。

「うえーん、ひどぉい。うえーん」

「うるっさいわね。静かにしてちょうだい」

「えーん、えーん」

まさか、この状態で選考が終わるまでずっと過ごすの？　ストレスが溜まりそうだし、胃が痛い。お妃選びって本当にしんどい。これなら、就活のほうがよっぽどマシだ。

「あのぉ……」

勇気を振り絞って声を出した私に、その場の視線が集まる。

「何よ」

取り巻きの一人が私に詰め寄るが、ここで怯《ひる》んではいけない。面接の心得を教えてあげよう。

「もうその辺にしたほうがよろしいのではないでしょうか。人の目もあることですし」

そう、今の私はちょっぴり怒っている。だから普通に話ができた。

文官不在とはいえ、宮殿の女官は壁際に控えている。当然今までのやり取りを彼女たちは聞いていた。

前世では、控室にも監視カメラがあったり係の人がいたりして、建物に入った時から入社試験が始まっていた。待つ間の態度も評価に繋がるのだ。

皇太子だって表面だけ取り繕《とつくろ》うお妃より、優しい人のほうがいいわよね？

ところが、イボンヌは聞く耳を持たなかった。周りをバカにしたように見回す。

「人？　結果待ちのわたくしたち以外に、誰かいるとでも？」

驚いた。大陸の中には、使用人を家具同然に扱う国もあると聞く。あの噂《うわさ》は、あながち間違いではなかったのだ。ヴェルデ皇国の貴族は、使用人を人と思わないらしい。

「そのような言い方は良くないですわ。仮にもお妃候補なのでしょう？」

この状況を見過ごすことなどできない。おまけで選ばれたとはいえ、私は最後までレスタードの王女として、誇り高く正しく在りたいと思う。

「わたくしが、ただの候補？」

しかしイボンヌは、私の言葉を気にも留めなかった。手の甲を口に当て、カラカラと笑う。

「貴女《あなた》、やはり田舎者《いなかもの》ね。皇太子様が珍しいから残しただけなのに、いい気になっちゃって。このわたくしが、なんの策も講じてないとお思い？」

「それってどういう――」

そう言いかけた時、扉がノックされ、文官の一人が部屋に入ってきた。

「大変お待たせいたしました。ではみな様、広間へどうぞ」

青い制服の彼が一礼すると、女王のようなイボンヌはコロッと態度を変える。

「あら、そんなこと。お勤め大変ですわね。わたくしたち、ちっとも待っておりませんわ。そうでしょ、みな様」

一瞬で感じ良く優しい令嬢に様変《さまが》わり。私は思わず目を疑った。

「ええ、もちろん。イボンヌ様とご一緒ですもの。嬉しいし退屈いたしませんでしたわ」

「本当に。さすがは侯爵家の方ね。お優しいこと」

取り巻きたちが口々に褒めそやす。普段から、彼女のこんな態度に慣れているのだろうか。

それにしても、泣いていた王女は平気なの？

そちらを見ると、ピンクの髪のフェリシアは、いつの間にか泣き止んでけろっとしていた。私の前をさっさと通り過ぎ、呼びに来た文官ににこやかに笑いかける。

「どうもありがとぉ。ご苦労様でーす」

——ええっと、何これ？　もしかして、心配しなくても平気だったってこと？

壁際の女官たちは無表情を貫《つらぬ》いていて、私だけがこの場に馴染《なじ》めない。

そんな中、私の近くを通った銀髪の美少女が、小さく声をかけてくれた。

「駆け引きも必要。まともに相手をしてはダメ」

お妃選びは面接とは違うみたいだ。

でも、ユグノ公国の王女ジゼルは、なんていい人なの。姿だけでなく心も綺麗で、まるで天使！

銀色の髪の優しい彼女が最後まで残ってほしいと、私は願う。

そして元の広間に戻った私たちは、ズラッと横一列に並べられ、五名の発表を待つことになった。

「それでは、選考の結果を発表いたします。えー、甚《はなは》だ不本意ではありますが……」

「典礼長、不服か？　他の者と職務を交代しても構わぬぞ」

「め、滅相《めっそう》もございません。今のは単なる言葉のあやで……」

皇妃に注意されたためか、典礼長の歯切れが悪い。

——手違いでもあったのかしら？

何があったか知らないけれど、すぐに発表してぱっぱと終わらせてほしい。記念品をくれると言っていたから、城に飾ってみんなに見に来てもらおう。

終了まであとわずか。今度こそ、故郷のオフトゥン目指して出立できる！

「ウォッホン。えー、それでは発表いたします。一人目、ステラ・ガイヤール様」

赤いドレスの胸の大きな子爵令嬢の名前だ。ハープの腕前と、良い点と悪い点の受け答えが評価されたのだろう。女王様の取り巻きだということを除けば、彼女に欠点はない。

「二人目、ジゼル・ユグニオ様」

ジゼルは、あの銀髪の美少女！　嬉しくて、私は思わず声を上げそうになる。

皇国以外の国からもちゃんと選ばれた。公正に選考されているようで良かったし、彼女にはぜひとも頑張ってもらいたい。

「こ、ここからは意見が割れたところでして……」

「前置きはいい。早くせぬか」

典礼長の言葉に、イライラした皇妃の声が続く。

皇妃の言う通りよ。あと三人、もったいぶらずに早く発表してほしい。わくわくしている私とは違い、周りからはピリピリした空気が伝わってくる。女王ことイボンヌは、まだ呼ばれていないため、顔が真っ青だ。

「三人目、フェリシア・ロッシュ様」

二人続けて周辺国の人とは縁起がいい。ピンクの髪のきゅるるん王女は、食についてしっかりした自分の考えを持っていたことが幸いしたのだろう。

最初に聞いた『諸外国の顔を立てるために、呼んだだけ』というのは嘘だったのだ。けれど、さすがに後は、皇国の人かも。

「四人目、イボンヌ・バージェス様！」

気のせいか、典礼長が一段と声を張り上げた。

赤髪の侯爵令嬢イボンヌは、ようやく名前を呼ばれて、ホッとしている。しずしず進み出て、上品にお辞儀をした。

さて、残るはあと一人。

「五人目、クリスタ・レスタード様」

突然自分の名前を呼ばれ、私は耳を疑う。会場も静まり返った。典礼長の説明は耳に入ってこないし、目の前が一瞬、真っ暗になる。

前世ではただの一度も、面接を通ることはなかったのに、私はどんな失敗を、いえ成功を……この場合はやっぱり失敗を、やらかしてしまったの？

いくら考えてもわからない。

どうにか発言はしたものの、ヴェルデ皇国の望む答えではなかったはずだし、楽器を持ってきておらず歌でごまかした。私が残るなんておかしい。きっと何かの間違いよ！

選ばれなかった人たちのすすり泣きが聞こえてくる。正直、代われるものなら代わりたい。

「こたびは己《おのれ》の意見を持つ者を特に評価した。以上だ」

大広間に皇妃の声が響く。皇帝は首肯《しゅこう》するだけで何も言わない。

ここにきて、私はこの『皇太子妃選定の儀』を取り仕切っているのは皇妃であることに気がついた。典礼長や文官、選考官たちは補佐にすぎない。

「お待ちくださいっ。どうかお慈悲《じひ》を！　もう一度チャンスをいただけませんか？」

「次は必ず上手《うま》くできます。自分の意見をはっきり申し上げますので」

「このままでは国に帰れません。今度こそ頑張ります。どうぞお情けを」

不合格だった令嬢たちが口々に叫ぶ。すごく胸が痛い。

私が志望した企業の採用不採用の結果は、メールか手紙で通知されたので、抗議はできなかった。今後の活躍をお祈りされても、ダメなものはダメ。けれどもし、耳を貸してもらえたのなら……

必死の呼びかけに、立ち去ろうとしていた皇妃が振り返る。

「ほう、それで？　我らの貴重な時間を使う価値が、そなたらにあると？」

——こ、怖い。皇妃、怖すぎます。

その時、令嬢たちを注意しようと進み出た典礼長を、皇太子が制した。彼はそのまま壇を下り、選ばれなかった令嬢の前に立つ。

「ここまで来てくれてありがとう。ただ、政《まつりごと》には一度しか機会がない場合もある。それに君たちを選んだら、別の者を落とさなければならない。心優しい君たちが、果たしてそんなことを望むのだろうか？　苦渋の決断をどうか理解してほしい」

そう言って、綺麗な顔に笑みを浮かべた。

――なんだろう、これ？　もしかして、ファンサービス⁉　落としてもらいたい別の者なら、ちゃんとここにおりますが……

「そんな、皇太子様」

「もったいないお言葉です」

「心ない発言をお許しください」

――えっ、それでいいの？　確かに『お祈りメール』よりは親切な説明だったけれど。

選ばれなかった人たちが退室した後で、典礼長が案内を始める。

「先程申し上げた通り、ここにいる五名は宮殿内に部屋を賜《たまわ》ります。最終選考の準備が整うまでの間、滞在を心ゆくまでお楽しみください」

――え、何それ？

名前を呼ばれたことがショックで、説明をまったく聞いていなかった。

――まさかこのまま、当分帰れないとか？　オフトゥンは、私のオフトゥンはどうなるの⁉

私は心の中で叫んだ。

第二章　朱に交われば修羅場《しゅらば》となる

私は今、控室でがっくり肩を落としていた。

引き続き宮殿に留まらなくてはならないのだ。しかも最終選考の準備に時間がかかるらしく、私たちは一人ずつ宮殿に部屋を与えられる。

滞在にかかる費用が皇国持ちであることだけが救いだ。

大国の考え方や流行を体感し、見聞を広めるには、良い機会になるだろう。

「だけど、この状況で楽しめるとも思えない」

令嬢同士が醸《かも》し出《だ》すピリピリした空気が、この先ずっと続くのだ。この雰囲気を楽しめる人がいるとすれば、その人は心臓に毛が生《は》えているに違いない。

ため息をつく私に気づいたのか、隣にいた銀髪美少女ジゼルが巻物を差し出した。

「あげる。その様子では通達を読んでないのでしょう？」

――バ、バレている。

やっぱり彼女は聡明で優しい。皇太子はもったいぶらずに、さっさとこの人に決めちゃえばいいのに。

私はありがたくそれを受け取ると、中をざっと確認してみた。選考について、大陸語で記載されている。

一次選考は本人確認と簡単な質問。通過者十名。二次選考は、面談と楽器演奏。楽器は各自持参のこと。通過者五名。最終選考は、宮殿に滞在後のこと。期間は三ヶ月から半年。詳細は滞在中に発表。皇太子妃内定一名。

「三ヶ月から、は、半年⁉」

――ん？　半年ってことは……

希望の兆《きざ》しが見えてきた。

夏生まれの私は、あと少しで十九歳になる。そうすれば、十八歳以下の者という基準から外れるのだ。

「十九歳間近と言ったら、今すぐ帰れるかもしれないわね」

けれど、喜んだのも束の間、ある一点に私の目は釘づけになる。

皇太子二十歳の年に十六から十八歳にあたる者。選考中に十六、または十九歳となる者も参加を認める。

――そんな、認めちゃダメでしょう！

私は再び肩を落としたのだった。

さて、別室にいた私の侍女に選考結果を伝えたところ、彼女はビックリした顔をした。その後で泣きながら大喜びしてくれたので、それについては良かったと思っている。

宮殿は白鳥が羽を広げたような構造で、皇族の方々が住まうのは左翼棟。私たちは右翼棟に部屋を与えられた。左翼に近い中央辺りが豪華な部屋となるらしく、身分や国の大きさによって割り当てられる部屋が異なるのだそうだ。

一番豪華な部屋は女王こと侯爵令嬢イボンヌのもので、隣が天使な王女のジゼル。その隣にきゅるるん王女――リード国フェリシアで、セクシー子爵令嬢のステラと続く。私は当然一番端っこ。

女官に案内された部屋は、掃除が行き届いて清潔ではあるものの、続き部屋や衣装部屋はなく、大きなベッドと衣類をしまうための家具が少し。

でも、前世で一人暮らしだった私の部屋より断然広い。

「ヴェルデ皇国はお金持ちなのにケチですね。なんですか、姫様に対してこの扱いは!?」

連れて来た侍女は憤慨《ふんがい》しているけれど、私は宮殿の女官に笑顔でお礼を言った。だってお妃になるつもりなどないから、このほうが気兼ねなく過ごせる。

それよりも、重要なのはオフトゥンだ。大きくて寝心地は良さそうだけど、肝心の中身はどうなのか。宮殿の女官が下がるや否《いな》や、私はベッドにダイブする。

「こ、これは……」

上質な寝具だけが持つ柔らかな感触。心なしかお日様の匂いまでする。

馴《な》染《じ》みのある寝心地に、私は慌てて刺繍《ししゅう》を確認した。

「なんてこと！」

真っ白な上掛けの中央には皇国の狼の紋章が金糸で刺繍《ししゅう》されているが、隅《すみ》のほうに小さくレスタードの水鳥の品質保証マークが入っている。しかも特級！

さすがはヴェルデ皇国。お金のかけどころがわかっているし、実に趣味がいい。

「ふわぁ〜。柔らかくてあったかい」

その日、疲れていた私は久しぶりに夢も見ず、オフトゥンにくるまりぐっすり眠った。

わが国の人間国宝とも言うべき、ゴーリオ爺《じい》さんの手仕事による『最高級ロイヤル羽毛オフトゥン』——正式名『最高級ロイヤル羽毛寝具一式』で。


翌朝。ぐっすり眠れた私は、晴れやかな気分で起床した。

——最高のオフトゥンがあるから、ここでの生活を楽しめそうだわ。なるべく部屋を出ないようにしよう。

目覚めてまず、そんなことを思う。

けれど、現実は時に残酷だ。部屋に用意された豪華な朝食をとった後、侍女から思いもよらない話を聞かされた。

「残念ですが、姫様とは今日でお別れです。先にレスタードに戻らせていただきますね」

「え？　先に帰るって……。どうして？」

「他の候補者たちも同じだそうです。なんでも昨夜、五人の侍女を引き連れて大騒ぎをした方がいらして、皇妃様のお怒りを買い侍女を全員帰らせるように、と。優秀な女官が大勢いることですし、姫様なら大丈夫ですよ」

同行してきた侍女は、そう励ましてくれる。

大騒ぎをしそうな人物なら、見当がつく。イボンヌだ。

でも、イボンヌのせいで他の者も侍女を帰されてしまうのは納得できない。

私は極度の人見知りであがり性。緊張しないでまともな会話ができるのは、身内以外ではこの侍女だけなのに。

「そんなぁ。私も一緒に帰りたいわ」

オフトゥンの寝心地が良くても、ここでは安らげない。

皇都は人の多い都会だから、かっこうの鳴き声で目覚めるなんてことは不可能だ。冷たい雪解け水で顔を洗い、緑の匂いがする朝の空気を胸いっぱいに吸い込むことも。

「そうだ。私の持病が急に悪化したことにすれば」

せっかく思いついた名案を、侍女の言葉が打ちのめす。

「国王様が皇国側に返事をお送りした際、『クリスタは健康と優しさだけが取り柄です』と、したためたとおっしゃってましたよ」

お父様、余計なことを。私が病弱だと言い張ったら、国王である父が嘘つきになってしまう。

「二次選考も通るなんて、さすがは私たちの姫様です。吉報をみんなに伝えておきますね」

彼女があまりにも嬉しそうなので、私は不満が言えなくなった。

けれど、お妃候補にたまたま残ったからといって、周りから敵視されるのはつらい。できればみんなと仲良くなって、楽しく過ごしたいのだ。そう言う私に侍女が微笑《ほほえ》む。

「できますよ、姫様なら」

彼女はいつでも私を安心させ、励ましてくれる。彼女がいなくなるのが心細くてたまらない。

今の私は、親鳥から独り立ちするヒナの気分だ。

前世で与えられた愛情が薄かったせいか、私は周りに依存する傾向が強い。オフトゥン好きなのは、心の安定が得られる場所が欲しいのだと思う。彼女がいないと、残るのはオフトゥンしかない。

それでも気を遣わせないよう、私は笑顔を作ることにした。

「元気で。城のみんなにも、私は楽しく過ごすから心配しないで、と伝えてね」

「かしこまりました。姫様もお身体には十分お気をつけください」

――それって胃の痛みも入るの？　だったらすでにダメな気がする。

だけど、弱気な発言をすれば彼女を心配させると知っている私は、堂々と胸を張った。

「健康だけが取り柄なの。お父様も、上手《うま》いことを言うものね」

泣きたい気分を我慢する私を、侍女が母のような優しい目で見つめる。

――お母様が生きていればこんな感じかな？　頼りない私をこんなふうに気にかけてくれるの？

けれど彼女は母ではないし、私は国の代表としてここに残るのだ。泣き言を言ってはいけない。

侍女と御者《ぎょしゃ》兼護衛を見送りに、外に出る。そしてレスタードの小さな馬車が見えなくなるまで、手を振り続けた。

見送りも終わり、自分の部屋に戻ろうと回廊を曲がったところで、中庭が目に入る。暑いくらいの日差しを浴びて、赤や青、黄色の薔薇《ばら》が美しく咲いていた。

手入れのされた花壇に立ち寄り、目を閉じ花の香りを楽しむ。瑞々《みずみず》しい薔薇《ばら》の香りに心が癒《いや》される。

「あーら、こんな所で暇そうね。田舎《いなか》の方はこれだから」

突然、侯爵令嬢イボンヌが現れた。

――私に嫌味を言うために、わざわざ近づいてきたの？

気が立っていた私は、嫌味を返した。

「ど、どなたかのせいで、急遽《きゅうきょ》侍女が国に戻されましたの。バタバタして大変でしたわ」

なぜかイボンヌは、まだ侍女をぞろぞろ引き連れている。その数七名。聞いていたより多い。

「本当、ピンクの髪のバカ王女ったらいい迷惑よ。不便になるのはたまらないけれど、侍女がいなくなってもわたくしの優位は変わらないわ。貴女《あなた》も変な気は起こさないことね。おとなしくしていたほうが身のためよ」

騒いだのはイボンヌじゃなかったようだ。彼女は縦ロールの赤髪を片手で払い、忠告してきた。

言われなくてもそうするつもりだ。できれば部屋の中にずっと引きこもっていたい。

「いいこと、わたくしの味方は大勢いるの。覚えておきなさ――あら、皇太子様。お散歩ですか？」

ふいにイボンヌが話を止めた。その視線の先には皇太子がいる。

イボンヌはこちらに歩いてくる彼に、にっこり笑いかけた。変わり身の早さは天下一品だ。

「ああ。君たちもかな？　どうやら仲良くなったようだね」

「い、いいえ。わ、わ、私は……」

――どこをどうすれば、仲良くなんて見えるの？

反論しかけたところを、大きな声が遮《さえぎ》った。

「ええ。もちろん、そうですの。この国のことがよくわからないとおっしゃるので、わたくしが教えてあげましたのよ」

私はポカンと口を開けた。にこやかな顔で皇太子を見つめるイボンヌは、振り向きざま私を目で威嚇《いかく》する。

『邪魔よ』

声には出さず、皇太子からは見えない角度でイボンヌの唇が動いた。

お妃選びに関わる気のない私は、部屋に帰ろうと軽く膝を折って挨拶《あいさつ》する。

ところがそこに、ピンク色の塊《かたまり》が突進してきた。

「皇太子さまぁ。目を離した隙にいらっしゃらなくなるなんて、ひどぉい」

甘えた声を出すのは、リード国の王女フェリシアだ。

彼女を置いて、私は部屋に戻る道を進む。廊下の途中で今度はセクシーお姉さん——子爵令嬢ステラが姿を現す。

もうお昼近いのに、たった今まで寝ていたのだろうか？　なんだか眠そうな目で髪をかき上げる仕草が気だるげだ。

寝るのが大好きなら立派なオフトゥン仲間に違いない。それなら、真っ先に友達になれそう。

「ねえ、貴女《あなた》。皇太子様を見かけなかった？」

「そ、それなら外に……」

言いかけて、気づく。もし皇太子がピンクの髪のフェリシアから逃げていたのだとしたら、迷惑かもしれない。イボンヌだけでなくステラまで加わり、三つ巴《どもえ》となることは必至だ。

皇太子だからと追っかけ回されるなんて可哀想で、私は曖昧《あいまい》に答える。

「そ、外に行かれた、ようです」

「そう。ところで貴女《あなた》、その喋《しゃべ》り方なんとかならない？　聞いててイライラするんだけど」

自分でもこの話し方が好きなわけではないとはいえ、面と向かって言われると、ショックが大きい。友達になれると思ったけれど、無理だ。

皇太子の居場所を詳しく教えなくて良かった。

「失礼」

私はムッとしながら彼女の横を通り過ぎる。最近怒ってばかりなので、そのうちスラスラと話せるようになるかもしれない。その前に、胃がダメになるだろうけれど。

お友達になれそうなのは、今のところ銀髪の美少女ジゼルだけ。

彼女は『天使』と呼ぶに値する。皇太子を追いかけ回さない控えめな態度も好感が持てた。今度、私のほうから話しかけてみよう。

私はその場面を想像してみる。

「ごきげんよう。オフトゥンはお好きですか」

「いい天気ですね。絶好のお昼寝日和《びより》ですわ」

いや、それじゃあ会話にならない。けれど、睡眠やオフトゥン以外の話題が思いつかなかった。

特技、長く寝ること。趣味、お昼寝、二度寝、うたた寝。好きな物、オフトゥンだもの。

部屋に戻った私は、オフトゥンに寝転がり、どうやって友達を作ろうかと思い悩む。前世はほぼ一人で生きてきたのだが、この世界でも同じでは寂しい。

「前向きに頑張らなくてはいけないわね」

自《みず》ら世界を狭《せば》めるのは損だ。あがり性だからという理由で、隠れて過ごすのは良くない。レスタードでは嫌々ながらも人前には出ていたし、前世では苦手でも面接に挑戦し続けた。

それなら今も、お友達作りに躊躇《ちゅうちょ》している場合ではないと思う。

お妃候補とは名ばかりで、残るはずないとはいえ、寂しく過ごすつもりはない。

そんなふうに悩みつつオフトゥンの上にいたせいか、途中で寝てしまった。気がつけば、辺りが真っ暗になっている。

「クリスタ様、ご夕食の準備ができております。いかがいたしますか」

女官が傍《かたわ》らに立って、手燭《てしょく》に火を灯《とも》していた。

「は、はい。よ、よろしくおね、お願いします」

よく考えると、お昼ご飯を食べていなかったので、お腹がペコペコだ。

「かしこまりました。では、ご案内いたします」

真っ暗な部屋で私が起きるのをずーっと待っていたのなら、申し訳ないことをしてしまった。

「あ、あの。ご、ごめんなさい。私、お待たせしてしまって」

「いえ、それが仕事ですから」

私の言葉に、彼女はすぐに答えたものの、無表情を崩さない。このままだと会話が終ってしまう。

「そ、それでも、です。あの……」

続けようとすると、「まだ何か？」というような冷めた目で見られた。

でも平気。邪魔だとか、イライラすると言われたわけじゃない。

「わ、私の世話を、ひ、引き受けて、くださって、あ、ありがとうございます」

女官の表情が、初めて動いたような気がした。けれどそれは一瞬で、気のせいだったのかもしれない。ただ今度は、「仕事ですから」とは言われなかった。それで十分だ。

千里の道も一歩から——少しずつ私を知ってもらえばいい。

案内された食堂は、豪華だった。壁と天井は白く、彫刻された柱には所々に金の装飾がある。長方形の長いテーブルがいくつも置かれ、真っ白なテーブルクロスがかかっていた。そして、その一つに贅沢《ぜいたく》な料理がたくさん並べてある。

鴨肉《かもにく》のコンフィ、ローストチキン、テリーヌ、キャビア、舌平目《したびらめ》のムニエル、シチュー、パイやサラダ、マリネと、充実している。デザートも溢《あふ》れる程あって数え上げればキリがないけど、結婚式の料理が全コース、一気に出てきたみたいだ。

「こ、こ、こんなに！」

レスタードでは考えられない。今から宴会でも始まるのだろうか？

「他の方はお済みになられましたので、貴女《あなた》様が最後です。準備してもよろしいですか？」

髪を撫でつけた眼鏡《めがね》の給仕に尋ねられ、私は慌てて頭を下げる。

「はい。よ、よろしくお願い、いたします」

途端に給仕が不思議そうな顔をする。私の挨拶《あいさつ》はレスタード式だ。ヴェルデ皇国では手を振るだけで良かったのかもしれない。

だけど、こんな広い所にたった一人じゃ味気ない。私が遅かったせいで、給仕の人が残ってくれている。せめて礼儀正しくしなければ。

そう思っていた私は、取り分けられた食事を口にし大きな声を出した。

「美味《おい》しい、すごく美味《おい》しいわ！」

私は興奮した時にも普通に話せる。

それにしても、さすがは皇国。いろんな場所から多種多様な食材が手に入るのだろうし、味つけも凝《こ》っている。

お腹が空《す》いていたというのもあって、私はお皿に盛られた料理をペロリと平らげた。もちろん、テーブルマナーは守っているし、上品に見えるように気をつけている。

それなのに周りの給仕や女官たちが、なぜか驚いていた。

――全部食べたらダメなのかしら？　残すのが皇国式？

「ええっと。もう一度召しあがるものがございましたらお申しつけください。それとも、まだ召しあがっていない料理を試されますか？」

「ええ。新しいものをお願い」

さっきは私が好みそうなものを適当に取り分けてくれたようだ。だから、まだ口にしていない料理がいっぱいある。さすがに全部は無理だけど、できれば片《かた》っ端《ぱし》から試してみたかった。

私に食べ物の好き嫌いはない。なんたって、レスタードでは『贅沢《ぜいたく》は敵』だ。

そうして食べた中でも、特にサーモンのパイとホタテのマリネが絶品で、私は何度もお代わりをお願いした。

「ご満足いただけましたか？」

「ええ、とても」

給仕の男性に笑顔で頷《うなず》く。すごく美味《おい》しかったし、食事がこれなら明日も楽しみだ。

一日は長いようで短い。けれど、上手《うま》くいかないことがあっても、一つくらいは楽しいことが見つかるはずだ。

雲の形が動物みたいだったとか、道に咲いている花が綺麗だとか。笑顔で挨拶《あいさつ》されたとか、可愛い感じのお店を見つけたとかでもいい。

そんな小さな楽しさがあれば、明日もまた頑張れる。前世でも、そうやって自分を奮《ふる》い立《た》たせて、就職活動を続けていた。

ここでも、嘆いてばかりいられない。

素晴らしいオフトゥンに出会えて、食事が美味《おい》しいことも発見した。今日は、二つもいいことがあったのだ。

私は明るい気持ちで席を立とうとした。

「――きちんと召しあがる方がいらしたとは」

椅子を引いてくれた給仕がボソッと呟《つぶや》く。

もしかして、他の令嬢たちはあまり食べなかったとか？　もったいない。

「あ、あ……余ったら、ど、どうするの？」

ふと気になった私は、聞いてみた。

――宮殿の職員で宴会か、みんなで持ち帰り？

「料理ですか？　もちろん、処分いたします」

「しょ、処分？」

「はい。責任をもって廃棄します」

「捨てちゃうのー!?」

分ければいいのに、どうしてそんなもったいないことをするのか、つい尋ねてしまう。

「みんなで食べればいいのに」

「仕《つか》える方々と同じものをですか？」

皇国では、貴族と使用人とでは食べる物が別なのかもしれない。でも、こんなに美味《おい》しそうなものを丸々捨てるだなんて……

「ええ。……見つかると問題だというなら、あの、持ち帰るのもダメなのかしら」

日持ちしそうなお菓子もある。これならお腹が空《す》いた時に、いつでも食べられる。

そう言うと、部屋中に動揺が走った。無表情の女官も身じろぎしている。

「規則ですから、持ち出せません」

「そ、そうなの……」

規則と言われてしまっては仕方ないけど、それでもやっぱりもったいないな。

――あ、そうだ！

「料理の責任者を呼んでちょうだい」

私はわざと、冷たい声で言ってみた。途端に給仕が慌て出す。

「お口に合わないものでもございましたか？」

あれだけ散々食べといてという感じの視線だったけれど、気にしない。

「ええ、早く」

給仕に合図された女官が、すぐに料理長を連れて戻ってくる。

料理長は恰幅《かっぷく》のいい初老の男性で、困ったような顔で近づいてきた。

――急にごめんなさい。どうしても、聞いてもらいたいことがあるの。

そう思うものの、人生初のクレームだから、ここからはしっかり話をしなければいけない。

まずは料理長が頭を下げた。

「お呼びだと伺いました、王女様。わが国の料理でお口に合わないものがございましたか？」

「合わないどころか、全部美味《おい》しか――いえ、コホン」

私はもったいぶって咳をする。

みんなに注目されるのは嫌だし、できれば早く部屋に戻りたい。だけど、料理が無駄になるとわかっていて、見過ごすことはできなかった。

「あの……美味《おい》しいけれど、何かちょっと、ち、違うのよね」

「違う？」

料理長がムッとする。彼は大陸で一番大きなこの国の宮廷料理を任されているのだ。腕に相当自信があるのだろう。確かに全て満足いくものだった。

でも、ここで怯《ひる》んではいけない。せっかく作られた素晴らしいお料理を、無駄に捨ててしまうなんて、許していいことではないもの。

「そ、そう。だからね、あ、あの……持って帰ってみんなで確認、してほしいの」

「確認？」

「え、ええ。全部のお料理を、一つ一つ丁寧《ていねい》に、食べてほしい。私には、何がどう違うのかわからないから、なるべく多くの人で、味を確かめてほしいの」

顔をしかめる料理長の隣には、眼鏡《めがね》をかけた給仕がいた。彼だけはピンときたようで、料理長に耳打ちしている。わかってくれればいいな。

私の言葉は、「もったいないから料理を捨てずに、全て美味《おい》しく味わってほしい」という意味だ。

こんなに丁寧《ていねい》に作られた料理を、捨ててしまうのはもったいない。規則があって持ち帰れないのだとしても、味の確認という名目なら食べられるのではないかと、考えたのだ。

「そう……ですか。お気に召さないのなら、仕方がありませんな」

料理長が眉根を寄せて答える。ああ、私の真意は理解してもらえなかったみたい。

がっかりして肩を落とした、その時――

「厨房《ちゅうぼう》に持ち帰り、一つ残らず味を確かめてみましょう。いやあ、大変な作業だ。ここにいるみなも手を貸してくれると嬉しい」

料理長は私を見た後、ニコニコしながら辺りに呼びかけた。

「あの……あ、ありがとうございます」

私はすかさず礼を言う。さすがはヴェルデ皇国の給仕と料理長だ。察しも頭もいい。

「だが、大丈夫ですか？　貴女《あなた》は我儘《わがまま》な性格だと思われますよ。その覚悟がおありなのでしょうか？」

料理長にそう心配されたが、私はむしろそれでいい。

私が評判を落とせば、皇太子のお妃候補から外される。

そこまで考えて行動したわけではないし、祖国を悪く思われたくないけれど、ヴェルデ皇国の料理が合わないとわかれば、最終選考を待たずに候補から脱落できるかもしれないわ。

「ええ、もちろん」

私ははっきり答えた。食事はこれからも、最後に取ることにしよう。

「そうですか。本当に、こんな方がいらしたとは。お気に召した……いや、違うと感じなかった料理はございましたか？」

料理長は、どれが好きかと聞いてくれている。それなら、と私は張り切って答えた。

「サーモンのパイとホタテのマリネ！　繊細《せんさい》で素晴らしい味わいでしたわ」

「そうですか。よく覚えておきましょう。貴女《あなた》に違うと思われる料理ばかりお出ししないように」

そう言って、彼は片目を瞑《つむ》る。

今後もあの味を口にできるのかと思うと嬉しくて、皇国に残って良かったと、私は初めて思うことができた。


翌日は、朝から団体行動で、私は皇妃や他の候補者たちと一緒に食事をとることとなった。

長方形のテーブルの奥にはもちろん皇妃。そして、部屋の順番通り候補者が並んで座る。奥からイボンヌ、ジゼル、フェリシア、ステラ、末席が私だ。目立たず非常にありがたい。

皇太子は公務で不在。

私は緊張で食事が喉を通らない……とか、そんなことは一切なかった。

野菜がゴロゴロ入ったスープには、サワークリームが添えてあった。クロワッサンに似た形の焼きたてパンにはたっぷりのバターを乗せる。皮を香ばしくパリパリに焼いたチキン、宝石箱みたいな魚と野菜のゼリー寄せ、ふわふわの卵料理や色とりどりのサラダなど、何から食べるか迷う。

席に着くなり一人ずつ出されたので、私は遠慮せず自分の分に手をつけた。

ゼリー寄せの中にサーモンを見つける。サラダの中には焼いたホタテが入っていて、私はにんまりしながら口に入れた。昨夜と同じく白ワインと香草で下味をつけた凝《こ》った味わいだ。

皇妃から遠く、話しかけられないのをいいことに、私はパクパク食べていた。周りの令嬢たちは硬くなっているのか、申し訳程度につつくだけ。もともとみんな、食が細いのかもしれない。

そんな中、銀髪のジゼルだけは私と同じようにきちんと食べていた。しかも、パンをお代わりしている。美味《おい》しく味わうのが自分だけではないと知り、私はホッとした。

やっぱり彼女となら友達になれそう。

「――そなたらに、言っておきたいことがある」

朝食がほとんど終わった頃、皇妃が切り出す。

「この中に、わが国の食事にケチをつけた者がいる。客人がいつ来てもいいように、多めに饗《きょう》するのがわが国の理《ことわり》じゃ。先日の騒ぎといい今回のことといい、そなたらは皇太子妃候補という自覚が足りぬ」

私は、運ばれてきたデザートに伸ばしかけていた手を止めた。食欲が一気になくなる。

それって私のことよね。昨夜の件が、もう皇妃の耳に入ってしまった。

自分のしたことに後悔はないけれど、ここにいる人たちが叱《しか》られてはいけない。

「も、も申し訳ありま……」

「大変申し訳ありません。不快な思いをさせてしまいました」

私の言葉と同時に、ジゼルが頭を下げた。

――どうして？

すると、皇妃がジゼルに向かって頷《うなず》いた。

「よい。そなたのせいで全員が侍女を帰された。よい教訓になったであろう」

――え？　一昨日《おととい》大騒ぎしたのって一番おとなしそうなジゼルなの？　そんなふうにはまったく見えないのに。

だけど誰も何も言わないので、どうやら本当らしい。

「そちもじゃ」

彼女に気を取られていた私に、皇妃の叱責《しっせき》が飛ぶ。やはり昨夜のことを聞いていたようだ。

「勝手な真似は慎《つつし》むように」

思わず身じろぎすると、目の端に笑うイボンヌが見えた。フェリシアは手を可愛らしく口に当てて驚く様子をしているが、目はキラキラ輝いている。ステラはうつむいているけれど、口角が上がっているのが丸見えだ。

しかし私は納得できない。食べ物を粗末にするのは、食材や心を込めて作ってくれた人、関わってくれた全ての人に対して失礼だ。

怖くて堪らないけれど、意を決して口を開く。

「は、はい。で、ですが――」

「ほう。わらわに意見しようと？　わが国のやり方に不満があると申すのか」

皇妃は完全に怒っているらしく、私が話す前に遮《さえぎ》った。けれどもう、後には引けない。手の震えを悟られないようにしながら、私はなんとか声を絞り出す。

「い、いえ、決してそのようなことはありません。ですが、最高の料理を粗末にするのは……」

「ケチをつけるでないと言った。文句を言わなければ、残った物をどうしようとそなたの勝手じゃ」

話は終わりだとでもいうように、皇妃は空《くう》を手で払う。候補者たちから聞こえる忍び笑いに、私は唇を噛み締めた。

けれど、ふと気づく。皇妃はみんなの前で「残った物は私の勝手」と、明言した。それは、お許しをもらったということだ。

私は皇妃に向かって丁寧《ていねい》に頭を下げる。細められた目がキラリと光った気がしたけれど、よくからない。朝食を終えた皇妃は、さっさと退室したから。

姿が見えなくなった途端、他の候補者たちが一斉に喋《しゃべ》り出す。

「こっわーい。美人だけど、きっついお義母《かあ》様って苦手だわ」

「バカね。貴女《あなた》ごときが皇太子様を射止められるとでも？　その点わたくしなら大丈夫」

「すでに睨《にら》まれた憐《あわ》れな人たちもいるものね。身の程を知らずに愚《おろ》かなこと」

フェリシア、イボンヌ、ステラが口々に言う。

私は皇太子妃など望んでいないので、別に平気だ。それどころか今は、皇妃は優しい人なんじゃないかと思い始めている。

残った物を好きにできるなら、食事時は必ず最後までねばって、みんなで分けることにしたい。

でも、本当に気の毒なのは天使のようなジゼルだ。再び怒られたのは私のせいかもしれない。

食事が終わって部屋を出るタイミングで、私は彼女を呼び止めた。

「あ、あの……」

「何か」

ジゼルが振り向く。今日の装《よそお》いは藤色のハイネックのドレスで、袖の部分には可愛らしい小さなリボンが付いている。品良く美しいその服は、見れば見る程、彼女に似合う。

「ご、ごめんな、さい。私のせいで」

「なんのことかしら？　騒いだのは私の侍女よ。貴女《あなた》には関係ない」

「い、いいえ。でも、あの、私のせいで。また怒られることになって」

「いいえ。皇妃様は昔からあんな方。根に持たないから、貴女《あなた》も忘れたほうがいい」

ジゼルは優しく、私のことまで気遣ってくれる。

――これならお友達になってくれるかしら？

私は期待に胸を膨らませて、頼んでみた。

「あの……も、もしよろしければ、どうかお友達に、なって、いただけない、でしょうか」

祈るようなポーズで、彼女の青い瞳を一心に見つめる。

「……そう。ごめんなさい、誤解させたみたいね。貴女《あなた》のことは嫌いじゃないけど、私は誰とも馴れ合う気はないから」

美しい唇から紡《つむ》ぎ出《だ》される言葉は、容赦《ようしゃ》がない。

「こ、困らせて、ごめんなさい。い、いいの、気になさら、ないで」

頑張ってそれだけ口にすると、私は逃げるようにその場を去った。

まっすぐ部屋に戻り、オフトゥンを目深《まぶか》に被って涙を流し、過度の期待をしてしまった自分を反省した。

優しい人が必ずしも友達になってくれるとは限らない。向こうには向こうの都合がある。そもそも友情は徐々に育《はぐく》むもの。急ぎすぎた私がいけない。

謝ってくれたし、嫌いではないと言ってくれた。それに、誰とも仲良くする気はない、とも。

それは、『お妃候補は友達ではなくライバルでしょう』という意味なのかもしれない。

自分が妃になりたくないからといって、みんなもそうとは限らないのだ。現に、他の候補者たちは全員やる気に満ちている。彼女たちからすれば、私は努力をしない怠《なま》け者だ。

「私、気がつかないうちに、周りの人をイラつかせていたのかしら？」

昨日、ステラにも言われた。どんどん悲しくなってくる。

ここは、皇太子の妃になりたい者が集まる場所。華やかだけど冷たい宮殿に、私の居場所はない。

――大好きな故郷を離れてまで、なんのためにここにいるの？　王女としての務めも満足に果たせない私では、ここにいる意味などないのに。

「お父様、お姉様……」

家族のことを考えると、ますます涙が溢《あふ》れる。

一人ぼっちも疎《うと》まれることも、前世で経験してきたはずなのに、居心地の良い故郷でぬくぬく過ごしてきたせいか、親しく話せる人のいない生活をひどく寂しく感じる。

――こんなことではいけないわ。前向きに頑張るって決めたでしょう？

泣くだけ泣いたら、元気良く笑わなきゃ。一日はまだ始まったばかりで、今日はまだ楽しいことを見つけていない。楽な道を選んでばかりいては、レスタードの王女としての誇りを守れない。

オフトゥンにくるまるこの姿では、誇りも何もあったものじゃないけれど……

しばらくぼうっとしていると、近くで人が動く気配がした。

女官が来たのかもしれない。

あれからほとんど時間が経っていないように感じるけれど、もう昼食なのかしら？

手で涙を拭《ぬぐ》い、もぞもぞとオフトゥンから脱皮する。顔だけ出して見上げると――

「泣かないで、妖精さん」

ベッド脇の椅子に腰掛けて私を覗《のぞ》き込んでいたのは、夢みたいに綺麗な顔だった。

その彼の長い指が、躊躇《ためら》うように伸び、私の頬に優しく触れる。

アイスブルーの瞳が今はとても柔らかい。困っているのか、笑う表情は皇太子というより最初に会った黒髪の青年を思い出させた。

――そうか、これはきっと夢なのね？　泣いているうちに寝てしまったみたい。『最高級ロイヤル羽毛オフトゥン』恐るべし。いるはずのない人を夢の中に呼び出してしまうなんて。

「私なら、君の望みを叶えてあげられる。たとえそれが、周りの意に染まぬことであっても」

――ほら、思った通り夢だわ。そうでなければ突然現れたこの人が、都合のいいことを喋《しゃべ》るはずがないもの。

夢なら、なんでも言っていいのかな？

お妃候補を辞退して、今すぐ故郷に帰りたい。お土産《みやげ》はこの『最高級ロイヤル羽毛オフトゥン』で。あと、私が途中で帰っても、レスタードのことを悪く思わないでね……

「さあ言って。君の望みは？」

――私の望み？　そう、これが夢であるならば、叶えてほしいことがある。それは、前世からずっと憧れていたこと……

「——お友達がほしい」

私はそう口にした。

ささやかだけど、切実な望み。あがり性の私をバカにせず、王女だからとかしこまりもしない、対等に話せる相手がほしい。

生まれ変わった今も自信のない私は、互いに励まし助け合える『親友』と呼べる存在に、心から憧れていた。

目の前の皇太子は、私の言葉を聞いて一瞬きょとんとした表情をする。その後で、なぜかホッとしたように笑った。そして私の髪を撫で、掠《かす》れた声で優しく囁《ささや》く。

「わかった。私が君の友達になろう」

言い終わるなり、彼は私の額《ひたい》にキスを落とす。

予告もなく触れた唇は、契約の印《しるし》なのかもしれない。

大国の皇太子がお友達って、贅沢《ぜいたく》すぎるけど。いいの、これは夢だから。

自分が夢に見るくらい皇太子に憧れていたとは、それこそ夢にも思っていなかった……なんだか少しくすぐったくて、だけど幸せな夢。

クスクス笑いながら、私は再び瞼《まぶた》を閉じる——目覚めた時には当然、彼の姿はなかった。

「二日続けてお昼寝しすぎで昼食抜きって……」

泣きつかれて寝てしまった私が気がつくと、またしても夕方になっていた。ゴーリオ爺《じい》さんの『最高級ロイヤル羽毛オフトゥン』の寝心地がいいからといって、人としてダメな気がする。

窓から見える茜色《あかねいろ》の空に、我ながら呆《あき》れてしまう。

しかも今回は、皇太子まで夢に出てきた。

ようやく友達ができたので夢から目覚めたくなかった、というのが正直なところ。

「お友達ならお妃選びに翻弄《ほんろう》されないって思っているのよね。どう考えても自分に都合が良すぎるでしょ」

友情と愛情は別物だから、皇太子と友達になればお妃候補から外れる。他の令嬢たちから目の敵《かたき》にされなくて済むし、いつ実施されるかわからない最終試験に怯《おび》えなくていい。ずっと欲しかった友達も手に入れ、堂々と故郷に帰ることができるのだ。

「側室にならなくてもいいし」

妃選考試験の最終候補は側室として残るという噂《うわさ》もある。

今いるのは私を入れて五人だから、それが本当であれば一人が皇太子のお妃で、残りの四人が側室になるということだ。

でも、友達だったら側室の話も関係なくなるし。

しばらくして、ノックの音と共に、部屋にお茶のセットが運ばれてきた。無表情だけど優しいあの女官が、用意してくれたらしい。

ほんのり香るカモミールに心が安らぐ。泣いていたのがバレたのは恥ずかしいけれど、慰《なぐさ》められた気がして、じんわり心が温かくなった。

「あ、ありがとうございます。あの……」

「なんでしょう？」

「そ、その。よ、よろしければ、お名前を……」

断られるのを覚悟で聞いてみる。これからお世話になるのに、名前も知らないのでは申し訳ない。

結局、私はここに残ると決めたのだ。無理をせず少しずつ前に進もう。

「……お代わりはいかがですか？」

違うことを聞かれてしまったので、私はがっかりして両手で持ったカップに目を落とす。お茶はもう結構だと首を横に振って断った。

「……マーサ・ギルマンです」

「え？」

「ここでは、マーサとお呼びください」

「あ、ありがとう！　私はクリスタ。クリスタ・レスタード」

「存じております」

「そうよね。あの、私のこともクリスタと――」

「無理です」

興奮するとスラスラ話せる私は、自分も名前で呼んでもらおうと、勢いでお願いしてみた。けれど、そこまでは望みすぎだったみたい。

でも彼女は名前を教えてくれた！　表情は相変わらず動かないが、名前を呼んでもいいと言ってくれたのだ。それだけで、すごく救われた気がする。

——ほら、前を向いていれば、必ずいいことがある！

私は嬉しくなって、マーサに笑いかけた。彼女の表情がほんのちょっと柔らかく見えたのは、気のせいではないと信じたい。

そして私は、夕食に合わせ、薄桃色のドレスで定刻の少し前に食堂に入った。他のみんなはすでに席に着き、熱心に話し込んでいる。

それもそのはずで、今朝の皇妃の席に皇太子が座っていた。紺色の地に金糸が入った上着、真っ白なシャツとトラウザーズの彼は、本日もすごく麗《うるわ》しい。プラチナブロンドが濃い色に映《は》え、名画に描かれた人物のようだ。

候補者たちはそれぞれ彼の気を引こうと必死で、イボンヌはコロコロ笑って機嫌が良いし、フェリシアも可愛らしい仕草に磨きがかかっている。ステラはまばたきの回数がすごいし、今回はなんと天使なジゼルまで真剣に話に加わっていた。

ところが皇太子は、色気たっぷりの笑顔で話しかけてくる。

「やあ、クリスタ王女。君が最後だ。全員揃ったね」

「も、申し訳あり……」

「構わない。みんなが早く来すぎたみたいだ」

私が席に着くと、イボンヌがこちらを見て怖い形相《ぎょうそう》になり、口だけ動かした。

『もっとゆっくり来なさいよ』

少しでも長く皇太子と話していたかったのだろう。それなら、このまま話し続ければいい。私はお昼の分までしっかりいただくつもりなので、それ程、話に参加できないし。

シュリンプカクテルにローストビーフなどが並んでいて、ブイヤベースからは湯気《ゆげ》が立っている。ミートローフの中にはカラフルな野菜や卵が入り、デザートのタルトからはたっぷりのフルーツが零《こぼ》れ落ちそうだ。他にもサラダやキッシュ、カルパッチョやアクアパッツァまであって、今日もどれから食べるか迷う。

給仕は私に好き嫌いがないとわかったのか、頷《うなず》くだけで多めに取り分けてくれる。皇太子が食べ始めたのを合図に、私も遠慮なくいただくことにした。

——色気より食い気。今日も元気でご飯が美味《おい》しい。

ほら、今日の楽しいことも見つけてしまった。

「——王女。クリスタ王女、君は？」

夢中になって食べていると、ふいに声が聞こえた。

な、何？　もしかして私、皇太子に話しかけられていたの？　気がつかなかった。

なんの話かわからず困った私を見たイボンヌが、すかさず教えてくれる。彼女は皇太子の前では親切だ。

「旅に出るなら何を持っていきたいか、ですって」

——ええっと、旅に出るなら？　それならもちろん、オフトゥンでしょう。

「オ、オフ……お気に入りの、寝具があれば最高ですわね」

「寝具……ねぇ」

「装身具のほうが重要だわ」

「ねーねー、皇太子様はぁ？」

「ぜひお伺いしたいわ」

候補者たちの甘えた声に皇太子が苦笑している。一方私は、ブイヤベースを美味《おい》しく味わった。

「友達、かな？　安らげる相手となら、旅はきっと楽しい」

夢の続きのような彼の言葉に、私は思わず噴き出した。

「まあ」

「あら、嫌だ」

注目を集めて恥ずかしい。給仕がすかさず飛んできた。

「た、た、大変失礼、いたしました」

私の夢を知っているみたいな台詞《せりふ》を言われたからって、噴き出すのはマナー違反だ。

みんなが責める視線で私を見る中、一人だけ口元に手を当てて笑いを堪《こら》える人がいた。皇太子だ！

『友達』という言葉に反応してしまっただけで、彼を面白がらせようとしたわけではない。どうして笑っているのか理解できなかった。

「気にしなくていい。楽に過ごしてくれ」

私を慰《なぐさ》めてくれたのか、真顔に戻った皇太子が言った。それが良くなかったのか、他の候補者たちは彼の注意を引こうと、一層激化する。

「お友達が羨《うらや》ましいですわ」

「私も～。お友達じゃ嫌だけど、ずっとお側にいますぅ」

苦笑する皇太子に、次から次へと話しかけた。

「一体どんな方なのかしら。気になるわ」

「皇太子様はどんな方がお好きですか？」

すると皇太子は、ほとんど手をつけていない料理を脇に押しやり、口を拭《ぬぐ》って立ち上がる。

「中座してすまないが、仕事に戻らなくてはならない。みなは遠慮せず、夕餉《ゆうげ》を楽しんでくれ」

皇太子というのは、のんびりしていられないようだ。

「えぇー。つまんなぁい。もう帰っちゃうのぉ？」

「お忙しい貴方《あなた》を癒《いや》してさしあげたいわ」

「頑張って」

「わたくしか父がお力になれることがあれば、何なりとお申しつけください」

フェリシア、ステラ、ジゼル、イボンヌの順に口を開く。

「ありがとう、気持ちだけで十分だ。夕食を続けてくれ。それと……私の友達は控えめで、食事を楽しむ人だ」

振り返らずに立ち去る皇太子を、全員が言葉もなく見送る。私も何か言ったほうが良かったの？

「このブイヤベース、美味《おい》しいのに食べていかないのですか？」なんて。

私がそんなことを考えてぼんやりしているうちに、皇太子の前で被っていた猫を、みな一斉に脱ぎ捨てる。

「もう！　なんのために仕度に時間をかけたと思っているのよ。少ししかいないんじゃ詐欺《さぎ》だわ」

金色のドレスを着たイボンヌが、イライラと首を振る。確かに、ただの夕食にしては豪華な装《よそお》いだけど、皇太子が来るっていう情報は一体どこから聞いたのだろう。

「お側にも行けなかったわ。お話もほとんどできていないし。まあ、控えめな方がお好きなら、ちょうどいいわね」

ステラはそう嘆いているけど、皇太子とかなり話していた。彼女の装《よそお》いは、胸元が黒いレースで強調されていた。

「残念ね。選考の内容を聞き出せなかった」

ジゼルは今夜もハイネックのドレス。水色で綺麗だけど、窮屈《きゅうくつ》に見える。ステラと足して二で割ったら、ちょうど良さそう。

「せっかく可愛くしたのにぃ。お好きなお菓子も聞き出せなかったわ」

フェリシアは、黄色に白の可愛らしいドレスだ。でも好きなお菓子って、皇太子が甘い物が苦手だった場合を想定していないのだろうか？

「あ、あの……せっかくですから、みな様、め、召しあがられたら？」

私は目の前に置かれた、それぞれのお皿を指さした。残ったらもったいない。

全部平らげた私は、どれをお代わりしようかと、目下《もっか》悩み中だ。

「貴女《あなた》バカぁ？　全部食べたら太っちゃうじゃなーい」

フェリシアは、顔に似合わずキツイことを言った。だったらお菓子をやめればいいのに。

「わたくしの嫌いな海老《えび》が入っているのに食べられるわけがないでしょう？　しっかりしてよ。料理人も給仕も使えないわね」

「そうよ。なんでも取り分ければいいってもんじゃないわ。ちゃんと事前に調べたのかしら」

イボンヌとステラが文句を言うが、要らないなら持ってきた時に、首を横に振るだけでいい。給仕はきちんと確認していたのに、皇太子との話に夢中で聞いてなかったのは彼女たちだ。

そんな中、ジゼルが急に食べ始めた。友達にはなれなかったけれど、彼女には好感が持てる。

「大体貴女《あなた》何なの？　遅れるならもっと遅く来なさいよ、気が利かないわね。食事のマナーも下品だし。これだから、田舎《いなか》の王女は」

「皇太子様は、貴女《あなた》を珍獣のように思っていらっしゃるだけよ。いい気にならないことね」

イボンヌとステラが私を責める。皇太子に話しかけられ、出された物を食べるようにすすめただけで、この言われようはない。

「なーんか食事する気が失せちゃったぁ。私帰るー」

フェリシアは自由だ。甘いタルトをしっかり食べ、満足したらしい。

ふいに食事中のジゼルが、イボンヌに話しかけた。

「貴女《あなた》、さっきの話だけど。父親が大臣なのは関係ないのに出す意味あって？」

「あら、家格や父の力も皇太子の力になるわ。結婚って、そういうことでしょう？」

「それならうちのほうが上。ユグノ公国はヴェルデ皇室と親戚筋」

イボンヌの父親が皇国の大臣とは知らなかった。彼女の尊大な態度はそのせいらしい。

また、ジゼルが堂々としているのも納得できる。ユグノ公国はお金持ちで、その王家とヴェルデ皇室が親戚同士なのは有名な話だ。

その点、私は小さな国レスタードの出身だから、父にはなんの力もない。お妃候補を外れたい今回に限っては、喜ばしいことだ。

そして彼女たちの争いは、最後まで続く。私は末席であることが災《わざわ》いし、食堂から部屋に戻る彼女らに、次々と嫌がらせをされた。

「あら。ごめんあそばせ」

まず隣の席のステラに、カップを倒される。立ち上がる時に手が引っかかったように見せかけていたが、わざとだ。紅茶の染みが真っ白なテーブルクロスと私の着ていたドレスに広がる。

「そんなに食べることがお好きなら、よーく味わったらいかが？」

イボンヌは紅茶用の砂糖の壺を取ると、逆さに持って中身を私のスープ皿にぶちまけた。幸い綺麗に食べた後。気が済んだのか、皇国の二人はスタスタと出口に向かう。

「ひっどぉい。だーいじょうぶー？」

「ええ。ありが……」

そう言ったフェリシアは、心配で飛びついたフリをして、持っていたマカロンのようなものを私の肩に押しつけた。ピスタチオ色の鮮《あざ》やかな緑の塊《かたまり》が、床に落ちて転がる。

「いっけなぁい。持って帰って食べようとしてたの忘れてた。ごめんなさぁい」

楽しそうにクスクス笑いながら、彼女も部屋を出る。

こんなこと本当にお菓子が好きなら、してはいけない。ぐしゃっと変形した、見るも憐《あわ》れな焼き菓子……

床に屈《かが》んでそれを拾い上げようとした私の視界に、水色のドレスが入った。

ジゼルだ。彼女も何か？

「そんなこと、使用人にさせなさい。舐められてはダメ」

冷静に諭《さと》されてしまう。彼女は品もあるし悪い人ではなさそうだけど、いつも話しかけないで、というオーラを発している。彼女は私を一瞥《いちべつ》し、そのまま退室した。

候補者たち全員が食堂を出た後、見計らったように給仕や女官が飛んでくる。

「私共にお任せください。新しいお皿をお持ちします」

「紅茶のお代わりはいかがですか？」

親身に世話を焼いてくれる彼らの前では、泣けない。

『残った物をどうしようとそなたの勝手じゃ』という皇妃の言葉を思い出し、私は最後まで席を立たなかった。

突然向けられた悪意にはびっくりするものの、こうして善意を感じることもある。

だから私は大丈夫。

「あ、ありがとう。で、でしたらせっかくなので、みな様もご一緒に、いかが？」

私がそう言うと、給仕や女官が驚いたように顔を見合わせた。

朝食と同じ人がいたので、私と皇妃のやり取りは知っているのだろう。「ぜひ」と促《うなが》したのに従い、遠慮がちに席に着く。

様子を見に来た料理長も加わって、食事会が和やかに始まった。

私の故郷レスタードでは、城のみんなが揃って食事をとる。温かいものを温かいうちに食べ、その日の出来事や今後の予定を話すのだ。私は専《もっぱ》ら聞き役だったけど、それでも楽しかった。

今回も料理長の話や、女官の一人が出産を終えて戻ってくるという報告を聞く。

食堂担当の彼らの仕事は、この後の片づけでおしまい。そのため、無表情だと思っていた女官たちも心なしかくつろいでいる。心を開いてもらえたようで、嬉しい。

でもそれも、長くは続かなかった。食堂の入り口から、ある声が聞こえてきたからだ。

「盛り上がっていて楽しそうだね？　ご相伴《しょうばん》に与《あずか》ろうかな」

「こ、こここここ……」

決して鶏《にわとり》の鳴き真似をしているわけではない。皇太子様、と言おうとしているのに、言葉が出ないのだ。

話をやめて一斉に席を立つみんなにならい、私も慌てて立ち上がる。

「そのままでいい。邪魔をするつもりはなかった。軽食を頼もうとしたら、誰もいなかったんだ」

食堂の入り口で皇太子がおかしそうに笑う。

先程の紺色の上着は今、羽織《はお》っておらず、白いシャツとトラウザーズだけだ。首元も少しくつろげている。そのため色気がだだ漏《も》れで、直視できない。

──今はみんなで食事会。塩気はいるけど色気は要らない。

けれど考えてみると、皇太子は夕食をほとんど食べていなかった。仕事中に小腹が空《す》いたのだろう。

それなのに私は、彼自《みずか》らがここに戻ってくるなど予想していなかった。

皇国の使用人に対する扱いは、たぶん厳しい。ここにいる人たちが咎《とが》められたらどうしよう？

「も、申し訳ございません。わ、私の責任、です」

深く頭を下げる私に返ってきたのは、意外な答えだった。

「なんのことだ？　親睦《しんぼく》を深めてくれたようで嬉しいよ。せっかくだから、私も仲間に入ろうかな」

──そ、そんな滅相《めっそう》もない。怒られないならそれで良いの。

私は用がないので失礼しようと決めた。そのほうが皇太子もゆっくりできるはず。

「で、ででては、私は、こ、これで」

もう一度礼をし、皇太子の側を通り過ぎようとする。すると手首を掴まれ、腕の中に引き寄せられた。

「おっと、まだ行かないで」

ち、近い近い近い。

皇太子は鍛えているらしく、見た目より筋肉質だ。着崩しているため鎖骨が少し見えていて、またしても目のやり場に困る。

焦って目を伏せた瞬間、私は思いがけない言葉を聞いた。

「友達なら、食事に付き合ってくれるだろう？」

「と、と、と友達～～!?」

びっくりして見上げると、綺麗な瞳とかち合う。

今のって聞き間違いかしら？　あれは夢で、友達が欲しいという私の願望を、彼が知っているはずがない。

「忘れたの？　妖精さん」

「わ、忘れた？」

「つれないな。友達が欲しいという君の望みを、私は了承したはずだ。仲良くしよう」

「え、えええぇぇ～～!?」

夢……よね？　でなきゃ、自分の部屋で皇太子に髪を撫でられて額《ひたい》にキスされるなんて、あり得ない！　どこまでが本当で、どこからが夢なの？

皇太子は、自分の隣に私を導く。動揺したまま着席する私に、優しく語りかけた。

「食事が終わっているなら側にいてくれるだけでいい。みなも堅苦しく考えずにくつろいでくれ」

――いや、それって無理。一番無理なのは私だけれど、ここにいる人たちも当然緊張するよね？

そう思ったのだが、そうでもなかった。

「こうしていると、昔を思い出しますなぁ。ランドルフ様は寂しがりやでしたから」

「料理長、それは子供の頃の話だろう？　今は違う」

「はっはっは。もちろんわかっておりますとも。怒られるたびに厨房《ちゅうぼう》に駆け込んできたことは、内緒にしといてあげますから」

「あのなあ……」

——そ、そうなの？　でも料理長ったら、全然内緒にしていない。

苦笑しながら食べ始める皇太子。髪がほんの少し乱れていて、なんだか可愛く見えてきた。考えたら彼は二十歳。端整な顔立ちと優雅な物腰のため、実際の年齢よりかなり上に見えるけれど、前世の私よりも年下だ。

大国の皇太子が背負っているものは大きく、たまにはこうやって息抜きしたいのかもしれない。料理長の言葉に安心したのか、それとも実は慣れているのか、みんなも普通に席に着き、食事会は続行された。先程までと同じく和《なご》やかな雰囲気だ。

食べ終わり、口元を拭《ぬぐ》う皇太子を見ていて、私はふと気になった。

「こ、皇太子、様」

「なんだい、妖精さん。いや、クリスタ」

——な、名前呼び！　レスタードの王女ではなく、いきなりの名前呼びだ！

おかげで聞こうとしていたことが、頭から吹っ飛ぶ。

「こ、ここ皇太子様。ク、クリスタというのは……」

「そうだな、変、かもね」

そうでしょう。出会ったばかりだしお互いの立場もあるから、あまり馴れ馴れしいのは変だ。

「私はランドルフ。ランディと呼んでくれていい」

「はい？」

「私たちは友達だろう。それとも、一国の王女が自《みずか》ら口にしたことを覆《くつがえ》すのかな？」

「まっ……」

——まさか。でも、名前を呼び合うのは行きすぎなのでは？

どう断ればいいのかと悩んでいたところ、テーブルの上に置いていた手を皇太子が握る。そのまま持ち上げられて、手の甲にキスされた。

——待って！　友達ってそんなことまでするの？

顔が熱くなり、どうすればいいのかわからない。

「ああ、ごめん、驚かせてしまったね。友達だし、許してくれるだろう？」

焦ったものの、急いで頷《うなず》く。

皇国では、友達の手にキスしたりするのね。それでも皇太子とお友達というのは、恐れ多くて無理がある。

「あ、あの……こ、皇太子……様」

「ランディだ」

「ラン、ドルフ……様」

「まあ、最初のうちはそれでいいかな。何？」

「と……友達というのは、や、やはり難しい、かと」

正直な気持ちを告げる。

直接話しかけられただけで嫌がらせをされた。友達になったらもっと厄介だ。

「それが君の考え？　友達よりも妃候補筆頭がいいと言うのなら、それでも構わないけど……」

「……えっ」

今度こそ聞き間違いだろうか。いつの間に妃候補の一番目に？

「そ、それはちょっと……」

「そう、残念だ。それなら、友達でいいんだよね？」

残念だと言うのは社交辞令だとしても、妃候補筆頭か友達か——

それなら確かに、ただの友達のほうが良い。考えた末に私は首を縦に振った。途端に皇太子のアイスブルーの瞳が輝く。

「良かった。友達だから遠慮は要らない。困ったことがあれば、なんでも相談してくれ」

再び手にキスを落とされる。握られたままなのをすっかり忘れていた。

でも、友達同士でこんなにベタベタするなら、妃になる人は大変だ。私も意識してはダメ。ドキドキするのは驚いたからで、決してときめいたせいではない。

そう決意した私は視線を感じて顔を上げる。料理長が私たちのやり取りに目を細めていた。他の人たちは賢明にも見て見ぬフリだ。恥ずかしい……

それなのに皇太子は、涼しい顔でしっかり絶品のブイヤベースを完食していた。

「ごちそうさま。料理長、美味《おい》しかった」

「お口に合ったようで光栄です」

料理長が笑みを見せる。

「みなはゆっくりしてくれ。じゃあクリスタ、よい夢を」

皇太子はダメ押しとばかりに、私の頬に口づけた。

「なっ……」

「おやすみ」

掠《かす》れた声が耳をくすぐり、色気がすごくて倒れそう。友達なのに、触りすぎでは？

こんな調子で、この先やっていけるか心配だ。

自分の部屋に戻った私は、オフトゥンを被り夜中過ぎまでカタカタ震えていた。


皇国に来て一週間。朝食の席で、皇妃がこんなことを言い出した。

「最終選考まで、ただ待つのは退屈であろう。一人ずつ教師をつけるゆえ、妃としての心得を学んでみてはどうじゃ？」

最高級ロイヤル羽毛オフトゥンがあるので、ただ待つほうが私は嬉しい。だけどもちろんそんなことは言えなかった。

どう答えようかと考えていると、他の候補者たちが次々に発言する。

「さすがは皇妃様。素晴らしいお考えですわ」

「喜んで。ヴェルデ皇国の理解に努めたいと思います」

「頑張りまーす。楽しみですぅ」

「皇太子様のご負担を少しでも軽くできるよう、精一杯励みます」

皇妃の前では、みんな態度が良い。

一瞬この前の夕食での嫌がらせを暴露したい気分になるけれど、お妃候補の数を減らしてはならないため、我慢することにした。

それでなくとも五人しか残っていないのだ。わが身が危《あや》うい。

もっとも皇太子本人とは、『友達』ということで話がついている。

友達として彼のために何ができるのか、毎晩、オフトゥンの中で考えてもいた。

思いついたのは、彼に相応《ふさわ》しいお妃を見極めること。初めてできた友達の役に立てるように、頑張りたい。

「――そなたは？　返事はまだか」

ふいに声が聞こえ、私ははっとした。考えごとをしていたせいで皇妃に返事をしていない。

「こ、皇妃様の仰《おお》せのままに」

「そうか。全員がわらわと同じ意見で嬉しく思う。では、本日から早速励むがよい」

皇妃は満足そうに笑うと、一足先に食事を終えて出ていった。その後は当然のごとく、みんな猫をかなぐり捨てる。

「あーもう、わたくしはすでに完璧なのに。誰よ！　賛成したのは」

イボンヌはそう言うが、真っ先に素晴らしいと追従《ついしょう》したのは彼女だ。

「おしゃれ以外のことを学べというの？　何を今さら。そんなの嫌だわ」

皇太子様の負担を軽くすると宣言したステラの意見も、イボンヌと変わらない。

「楽しくないいっつーの。誰が好きこのんで勉強なんてするのよぉ」

楽しみですぅと言ったフェリシアの言葉も、やはり嘘だった。

ここに盗聴器があれば全員アウトだ。もう一度、お妃選びを最初からやり直さなければいけなくなる。いいえ、まだジゼルがいた。彼女なら完璧なはず。

私はさっと彼女を見た。

「皇国は理解してもらうだけではダメ。他国のことをわかろうとしなければね」

ジゼルの言うことはもっともだ。でも、先程とニュアンスが微妙に違う。あの発言が皇国の二人を当てこすったものだとしたら、見事だとしか言いようがない。

「貴女《あなた》は？　一人だけいい子ぶるの？　それとも田舎者《いなかもの》は、自分の意見などないのかしら」

ふいに私に向けたイボンヌの言葉に、ジゼル以外の二人がクスクス笑う。

「わ、私は別に。こ、皇妃様のおっしゃること、にも、一理ある、かと」

皇妃がわが子の相手に教養を望むのは当然だし、皇太子妃が愚かだと国が傾いてしまう。皇妃はそう考えたのだろう。

私にとってはありがた迷惑とはいえ、一人一人に教師をつけてくれるなんて、贅沢《ぜいたく》なことだ。

「ふん。バッカじゃないの。ここでそんなことを言っても、誰も聞いてないのに」

「せいぜい頑張れば？　頭が空っぽのほうが吸収しやすいしね」

皇国の二人にバカにされるのには、慣れてきた。笑いたければ笑えばいいわ。悪意はいつか、自分に跳ね返る……と、信じたい。

「こっわーい。年増のひがみはこれだから」

フェリシアは、二人をからかった。彼女は一体誰の味方なのだろう。

「年増ですって？　失礼ね。私は十七歳よ。未発達のチビが偉そうに」

ステラが答える。

十七歳なら私より一つ下だ。それなのに、あの色気って何？

「やっぱり年じゃない。私、十六だしぃ」

「年齢は関係ない。大事なのは中身」

大ゲンカに発展しそうな二人のやりとりにジゼルが口を挟む。

さすがは天使。ジゼルはいつも正しい。

けれど考えてみると、もうすぐ十九歳になる私が一番年上のようだ。このままバカにされっぱなしというのは、なんだか癪《しゃく》だという気持ちになる。

「貴女方《あなた》、本当に皇太子妃になりたいの？　人の上に立つ者は、人格的に優れていないといけないのよ」

怒りにまかせてスラスラと説教する。このくらいの嫌味はいいはずだ。彼女たちがこれで目を覚ましてくれれば嬉しい。友達である彼のためになるだろう。

「はあ？　田舎者《いなかもの》が何よ。ろくなドレスも仕立てられないくせに」

「そーよ、そーよ。もっと可愛くしてから言ってよねぇ」

「急に話し出したと思ったら、何それ。わたくしに逆らうなんて、貴女《あなた》、何様？」

やっぱりダメか。ジゼル以外の三人を余計に怒らせてしまった。

私はがっくりと肩を落として部屋に戻った。


宮殿に滞在して、あっという間に二ヶ月近くが過ぎた。

私は高齢のお爺《じい》さんを教師として紹介されている。彼は身体がしっかりしていて隙がなく、文官よりも武官といった感じの人だ。

白い髪と顎髭《あごひげ》の、強そうだけど陽気なお爺《じい》さん先生は、私を見るなり楽しそうに笑ったのだった。

そんなお爺《じい》さん先生ことマルセル先生は最高だ。教養が深く人間的にも尊敬できる。教え方もとても上手で、皇国の地理や歴史に詳しい。

私が一番興味のあった、ヴェルデ皇国と諸外国との細かな関係について質問したところ、民族ごとの習慣の違いや地方の言い伝えを、まるで見てきたかのようにわかり易《やす》く解説してくださった。

先生の教えにより、皇国に対する理解が日に日に深まっている。そのうち故郷に帰る身でも、学んでおいて損はない。レスタードでも試せそうな政策などもあるので、いつか貧乏国の汚名を返上できるかも。

それに先生は、私がつっかえても嫌な顔をしない。落ち着いて話せるまで、気長に待ってくれる。

けれどある日、先生が私にこんなことを聞いてきた。

「スラスラ話せるようになりたいですかな？」

「え、ええ。も、も、もちろん」

慌てて返事をした翌日、発話の専門だという教師が現れた。

学者風のその男性のおかげで、私のどもりはだいぶ改善されている。今日も話し方のレッスンだ。

「口を開く前に目を閉じて深呼吸。大好きな人や物を思い浮かべ、ゆったりした気持ちになってください」

私の場合はもちろんオフトゥン。頭に描くのは、それにくるまってぬくぬくほわほわしている自分の姿だ。

微笑《ほほえ》む私を見て、同席しているマルセル先生も楽しそうにほっほと笑うし、上手に話せると褒めてくれる。

なぜか時々、皇太子も来て私を励ましてくれた。

日々が充実しているのは、二人の先生と友達である彼のおかげだ。

「お爺《じい》さんでかわいそぉー」

「部屋だけでなく、教師もハズレだなんておかしなこと」

「一人じゃ足りないなんて。貴女《あなた》、余程頭が悪いのね？」

お妃候補の三人は相変わらず会うたびに嫌味を言うし、ジゼルは我関せずだけど、気にならない。

ちなみに私以外の候補者には、現役の若い教師がついている。

お爺《じい》さんのマルセル先生は、隠居していたところを引っ張り出されたようだ。ヴェルデ皇国は人材不足なのかもしれないし、私がお妃候補としてまったく期待されていないのかもしれない。

けれど、私はマルセル先生が一番だと思っている。

先生のすごい所は、他にもたくさんあるのだ。

先日、外で先生を待っていた時、宮殿の文官や武官、身分の高い人たちが先生に頭を下げているのを見た。やはりただ者ではないようだが、本人に尋ねてみても笑ってごまかす。

「ただの無位無官の爺《じい》です。クリスタ様、もしや私に惚れましたかな？」

そんなところも大好きだ。先生の冗談に、私も冗談で応じる。

「ええ。あと五十年早くお会いできていれば、きっと」

「ほっほっほー。坊に聞かせてあげたいですな」

坊が誰のことを指すのかわからないが、この年齢ならお子さんではなくお孫さんかもしれない。

先生のお孫さんなら、素敵な方だろう。

だからといって、紹介してもらおうとは思わない。私は表向き、『ランドルフ様のお妃候補』だ。

軽々しい言動は慎《つつし》まなければならない。

ランドルフ様といえば、私との友達付き合いが、最近ますます加速している。

顔を合わせた時に当然挨拶《あいさつ》するが、お仕事中には話しかけるのを遠慮している。それなのにこの前、深緑色の制服を着た秘書官と打ち合わせていた彼に会釈《えしゃく》したところ、手近な部屋に引っ張り込まれてしまったのだ。

彼が秘書官に指示を与えて早々に退出させ、部屋には私たちだけとなった。

いくらお妃候補でも、皇太子が未婚女性と二人きりというのはまずい。

「こ、皇太子様。これはちょっと。お話があるなら、外で伺います」

「ランディだ。私たちは友達だろう。警戒する必要がどこにある？」

「いえ、警戒しているのではなく、大陸の一般常識と言いますか……」

「そう。別の期待をされているのかと思ったよ」

――別の期待、とは？

よくわからないので、眉根を寄せてランドルフ様を見る。すると彼は、色気ましましの笑顔で近づいてきて、私の眉間を長い指で撫でた。

「困った顔も可愛いけれど、クリスタには笑顔が似合う。さあ、笑って」

気がつけば腰に手を回されている。

――い、いつの間に⁉

圧倒的な美貌《びぼう》の前になす術《すべ》もなく、私はコチコチに固まった。笑ってと言われても、無理な相談だ。

「どうした。笑えないなんて、つらいことでもあるのか？」

――ちーがーうー。

いえ、ちょっとはそれもあるけれど、他の候補者たちに意地悪されても今は前程気にならない。

だって私は、みんなからすごく大事にされているもの。

先生たちは優しいし、宮殿で働く人とも少しずつ打ち解けている。日中は無表情な女官たちも、一日の終わりには笑顔を見せてくれるのだ。最近では、家族や身の回りの出来事なども話している。

だから私は、もうつらいとは思わない。

それよりも、今のこの状況が――腰に置かれた手や密着する身体、私の頬や唇に触れてくる彼の指が、とても気になり、つらい。

「あの、こ、皇太子……様」

「ランディだ。じゃあ今日は、ランディと呼んでくれたら放してあげようかな？」

そう言って、彼はにっこり笑う。

――これってなんの罰ゲーム？　もしかして、心臓爆発耐久レース？

なんだか変な気持ちになるので、それ以上顔を近づけないでほしい。

「ラ……ランディ、様」

「うーん。惜しいけど、まあいいかな。次は頑張って」

額《ひたい》に優しいキスが落とされ、約束通り解放された。

おかしい、今の流れでキスする必要がどこにあるの？

けれど、それからというもの、彼の求めに応じて周囲に他の候補者たちがいない時には愛称で呼ぶことになってしまったのだ。

通常はきちんと「皇太子」と言っている。友達だからって公私混同は良くない。

ランディもそれはわかっているようで、普段は無表情。時々夕食の後で会っていることも、他の候補たちには内緒にしている。

ただ困ったことに、愛称を呼んだ時の彼は、色気が増す。

友達だからかもしれないが、そうだとすると友達付き合いって案外難しい。呼び方一つで友情にひびが入るみたいだし、ヴェルデのスキンシップはレスタードよりも過激だ。

そんなある日のこと。私は秘書官を通じて皇太子の執務室に密かに呼び出された。

目の前に、豪華なドレスが何着も並んでいる。

「受け取ってほしい」

「いえ、こんなに高価なものをいただくわけには……」

「どうして？　クリスタは何も頼まないが、みんな仕立てているよ。必要なものだろう？」

他のお妃候補は新しいドレスを何着もあつらえているのだとか。フェリシアに至っては、靴もだという。頼まなかったのは私だけなので、心配したようだ。

どうせ帰るのに無駄遣いはよくない。だけど、持ってきたドレスは流行遅れだし、数が足りないのも事実だった。ここはありがたく受け取ったほうがいいのかしら？

「友達からの誕生日プレゼントだと思えばいい。どちらにしろ、君に合わせて作らせた。返されても困る」

素っ気なく言う割には、ランディは私の反応を気にしている。

つい先日、誕生日が来た私は、十九歳になっていた。その日彼は公務で忙しかったし、大げさにしてほしくないので、内緒にしていたのに。

気にかけてくれたと知り、すごく嬉しい。初めてできた友達から初めてもらう贈り物が、素敵なドレスだなんて、出来すぎだ。

「クリスタ、誕生日おめでとう。生まれてきてくれてありがとう」

「そんな！　こちらこそありがとうご……」

感動で目を潤《うる》ませた私は、お礼を言いかけたところではたと気づく。

「待って！　ど、どうして私のサイズを？」

「さあ。どうしてだろうね？」

ランディは溢《あふ》れんばかりの色気でごまかそうとするけれど、そうはいかない。

おそらく、私の世話をしているマーサが教えたのか、今のドレスのサイズを参考にしたのだろうけれど……

ランディに体型がバレているのかと思うと、照れる。私は胸が大きくバランスが悪いのだ。

「細かな直しは女官に頼めば対応してくれるはずだ」

「そう……ですか」

そこへランディが、とどめの一撃を放つ。

「ちなみに私は、どんな姿の君でも好きだよ」

——好きって、友達としてってことよね？

言葉は相手にわかるように言いましょうと、発話の教師には教えられている。

ランディったら、守れてないじゃない。

おかげで私は、妙に焦ってしまったのだった。


三ヶ月目ともなると、皇国での生活に慣れてきた。

朝食は大抵皇妃が同席する。昼食は自由で、前もって申告しておけば参加しなくてもいい。イボンヌとステラは美容のためという名目で、時々欠席していた。きっとお昼寝しているのだろう。

それはいいとしても、勉強のほうもサボっているようだ。二人とフェリシアを図書館で見かけたことはなかった。ジゼルは真面目に学んでいるらしく、本を抱えている姿をよく見かける。

もっともイボンヌとステラは皇国出身だし、フェリシアもヴェルデの妃に憧れていたらしいので、候補になる前にほとんどのことを学び終えていて、余裕があるのかもしれない。

夕食は皇妃や皇太子、時々皇帝が同席される。だが、皇太子であるランディは来てもすぐに席を外す。そのため、候補者たちから不満が続出した。

その後は愚痴《ぐち》大会で、とばっちりが私に及ぶ。

「皇太子様、働きすぎで可哀想。私が手伝ってさしあげたいわ」

「使えそうにない人たちもいるけどぉ。本を読めば賢くなるってわけでもないのにねー」

「あら、食べることもお好きでしょ？　まあ、残飯《ざんぱん》でも喜ぶくらいだから、なんでもいいのよ」

夕食の時に最後まで残る私を、イボンヌがあてこする。あんなに立派な食事を『残飯《ざんぱん》』と言うのは許せない。あれが残飯《ざんぱん》なら、レスタードの普段の食事はペットフードになってしまう。

そんなことを考えて反論せずにいたら、イボンヌが予想外の行動に出た。なんと、私の目の前のデザートのジュレに、温かいシチューをかけたのだ。

冷たいジュレは溶けてドロドロ。これにはさすがに頭にきた。

「いい加減にしてくださらないかしら！　準備をされる方の気持ちを考えたことがあるの？」

私のあまりの剣幕にイボンヌが怯《ひる》む。以前の私なら、そこまで言うのが精一杯だっただろう。けれど、尊敬できる先生方や友達として大事にしてくれる彼との日々が、私に自信を与えてくれた。

突如、言うべきことをはっきり主張しなければいけない、という思いが湧き起こる。

「それとも、こういう食べ方がお好きなのかしら？　でしたらお返ししますわね。さあ、どうぞ」

私はイボンヌのドレスに器《うつわ》を押しつける。心のこもった料理が台なしにされるのを、この先も見るのは嫌だ。

ふいにジゼルの視線を感じたけど、彼女は相変わらず何も言わなかった。

「ちょっ……汚れるじゃない。このドレス、いくらすると思っているのよ！」

「やめなさい。こんなこと、皇妃様の耳に入ったらどうするつもり？」

ステラがイボンヌに加勢する。それこそ望むところだ。

自分本位の考え方を皇妃は嫌う。顔を合わせるうちにわかってきたが、あの方は皇国の未来を常に案じているのだ。自分のことしか考えられない嫁では、合わないだろう。

「皇妃様には、私からお話ししましょうか？」

「バッカじゃないの！　そんなこと、誰が許すと思ってんの」

「そうよ、少しふざけただけじゃない。怒るなんてみっともないわ」

「こっわーい。私はちゃーんと食ーべようっと」

我関せずとフェリシアが言う。でも、嘘ばっかりだ。彼女はいつも嫌いなものをわざと床に落とす。

けれど、この一件以来、彼女たちはほんの少し態度を改め、食べ物を使った嫌がらせは減った。それでも懲《こ》りずに嫌味を言ったり、さりげなく邪魔をしてくるので、私は候補者たちが部屋に戻った後でゆっくり夕食をとることにしている。

給仕や女官、料理人や庭師など、ここで働く人たちと一緒だし、時々はランディも参加する。私はこの心温まる時間が好きだ。

そんなある日の夕食会に、珍しくマルセル先生がご一緒すると言い出した。先生が参加されると聞きつけて、ランディが慌てて駆けつける。

「老師！　珍しい、貴方《あなた》が宮殿で食事をとると言い出すなんて」

「ほっほっほー。気分転換もたまには必要です。それに、可愛い生徒の普段の様子を見たいという誘惑には、勝てませんでしてな」

先生はニコニコ笑いながらランディを見る。どうやら、彼の先生でもあったみたいだ。

「私がお誘いした時には断っていたのに。だが、老師といえども必要以上の接触は認めません」

「なかなか言うようになりましたの。ランドルフ様からそんな言葉が飛び出すとは」

ランディは、自分はもう大人だからあまり気にしなくてもいいと言っているようだ。それだけ成長していると先生に印象づけたいのだろう。

マルセル先生も、彼をからかい楽しそうにしている。やはり先生はすごい方だ。教えを受けることができて、運が良かった。

そして、ランディが気さくなのは、マルセル先生の教育のおかげなのかもしれない。

「それで、クリスタ様。坊――ランドルフ様のことをどうお考えですか？」

私はとっさにランディを見る。

「とても良いお友達です。すごく優しいですし」

スキンシップが多すぎる……とは言わなかった。皇国ではそれが当たり前みたいだから。

それに、先生に挨拶《あいさつ》のハグやキスが友達のマナーだと教えられたら、今後一切拒否できなくなる。

「ほっほっほー。坊は相変わらず、踏み込みが甘いようですな」

「放っといてくれ」

私の答えに嬉しそうな先生と、ぶすっと横を向くランディ。私は何か変なことを言ったのだろうか？

その後、食事が始まる。料理はやっぱり味わい深く、会話も楽しかった。先生と料理長は旧知の間柄らしく、昔話に花を咲かせる。みんなの様子もいつも通り。

この頃は少しずつ人数が増えて、宮殿で働くほとんどの人が集まっていた。

そんな中、ランディだけが先生の前で緊張しているのか、いつもより口数が少ない。もしかして、さっきの私の答えに褒め言葉が足りず、友達甲斐《がい》がないと思っているのかもしれなかった。次からは気をつけよう。

それに今のところ、私は彼の役に立っていない。お妃候補を見極めようとしているのに、難航している のだ。


イボンヌとステラは相変わらずで、私に当たるだけならまだしも、宮殿で働く人たちを家具か何かのように見下している。とてもじゃないけどおすすめできない。

かといって、フェリシアは気分屋さんだ。きゅるるんとして愛想のいい時はいいが、辛辣《しんらつ》な態度の時もある。皇国の二人に比べればマシでも、お妃に相応《ふさわ》しいかと言えばちょっと……

一番いいのはジゼルだけど、彼女は淡々としているからよくわからない。いつも着ているハイネックのドレスは硬い鎧《よろい》のよう。彼女がもう少し心を開いてくれたら、楽しくお話しできるのに。

「――タ、クリスタ。君はどう思う？」

隣の席のランディが話しかけてくる。考えごとをしていたせいで、返事が遅れた。

「あの、すみません。もう一度お願いできますか？」

私の言葉に彼が苦笑する。そんな何げない笑顔でさえ、かっこ良かった。首元を開けてくつろいでいるから、今日も色気が絶好調だ。

「女性に男として意識してもらうためには、何が必要だと思う？」

きゅ、急にそんなこと聞かれても、恋愛経験のほとんどない私にはわからない。

私だったら甘く掠《かす》れた囁《ささや》きで十分だ。

だけど、今聞かれているのは、彼の意中の女性に意識してもらうということ。

急に、手のひらに痛みが走ったような気がして、全身がだるくなる。健康だけが取り柄なのに、変だ。

——何か、何か言わなくちゃ。

「し、親睦《しんぼく》を深めてみては、いかが？」

「具体的には？」

ランディは真剣な表情で私の手首を掴んだ。本気なのだとわかる。

身体の奥がますます痛い。

「その方と、なるべく一緒に、いようとする、とか」

「すでに試している。なかなか気づいてもらえない」

——そ、そうなの？　ランディが陰でそんなことをしていたなんて、まったく知らなかった。彼は誰が好きなのだろう。

「で、でしたら、その方の好きそうな物を、贈ってみては？」

「初日に用意させた。他にも色々と。満足しているようだが、どうだろう？」

「ちょ、直接確認してみれば、よろしいの、では？」

答える私に、彼は眉根をひそめる。

発話のレッスンを受け、ここでの生活にもだいぶ慣れてきたのに、緊張して上手《うま》く話せない。

「クリスタ様、どうされましたかな？　嫌なものは嫌と言っていいんですぞ」

「老師！」

ふいに先生が私に声をかけた。ランディが慌てたような声を上げる。

——けれど、違うわ。嫌ではない……と思う。

ランディは友達として、好きな人のことを打ち明けてくれたのだ。それは嬉しいことのはず。なのに、胸の奥がモヤモヤするようなこの感じは何？

もしかして、行動に移す前に相談してほしかった？

でもそれは、ただの我儘《わがまま》だ。

友達よりも想う人を優先するのは当たり前。置き去りにされたとか、嫌だとか思ってはいけない。

私は真っ先に彼の幸せを応援するべきだ。

それと、あと一つ。私はもう「ランドルフ」とも「ランディ」とも呼んではいけない。

その呼び方は、彼の好きな人のものだ。ただの友人が馴れ馴れしく愛称を口にすれば、相手の女性は不愉快に感じるだろう。

そのことが——なぜだかひどく悲しかった。

第三章　弱り目に祟《たた》りだ

夕食後。マルセル先生を見送るため、私はランディ――皇太子と一緒に食堂を出た。そして、彼とも別れ、自分の部屋に戻ろうと廊下を歩いていた時に、突然声をかけられる。

「ちょっと貴女《あなた》、今のどういうこと？」

怒った顔で近づいてきたのは、ステラだ。寝つけなくて、厨房《ちゅうぼう》に寝酒を取りにいこうとしたところ、私たちの姿が見えたので後をつけてきたらしい。

「どういうって……た、たまたま？」

我ながら苦しい言い訳だが、しょっちゅう会っていたと知られたら、何を言われるかわからない。ステラに誤解されるだけならいいけれど、皇太子が大切に想っている女性の耳に入り、彼女に疑われたら大変だ。

「嘘おっしゃい。私、知っているのよ」

両腕を組んだステラが、私を睨《にら》む。

「貴女《あなた》、この前も皇太子の執務室から出てきたそうね。フェリシアが見たと言った時は嘘だと思っていたのに、その様子では、どうやら本当なのね。興味のないフリして抜け駆けだなんて、一体どういうつもり？」

「どうって……皇太子様とはお友達です。そう言っていただきました」

とりあえず、きちんと説明しなければいけない。彼自身が友達になろうと言ってくれたことは真実だ。その言葉が、皇国で心細い思いをしていた私の心の支えになっていた。

「はっ、バカじゃないの。男女の間に友情なんてあるとお思い？　おおかた貴女《あなた》に迫られて困った皇太子様が、仕方なくそうおっしゃったのでしょうね」

そうなのかしら……

ステラの言葉に、私はしばし考えた。

友達になった経緯は、残念ながらよく覚えていない。夢で見た話が現実になっていて、びっくりしただけだ。ステラの言うように私が寝ぼけて迫ったのかもしれない。

けれど彼は、私の誕生日を知っていて、ドレスをたくさん用意し、「生まれてきてくれてありがとう」とまで言ってくれた。嫌々ということはないはずだ。あの時から私は彼のことが……

——ちょっと待った。今、何を思ったの？

私は呆然《ぼうぜん》と立ち尽くす。浮かんだ考えが頭から離れず、ステラの声は耳に届かない。

この想いは内緒にしようと決めた。だって、私と彼は友達なのだから。

その日以来、再び私に対する嫌がらせが始まった。

ステラは私が頻繁に皇太子と会っていると、他の候補者に広めたらしい。元通りどころか、以前にも増して攻撃が激しくなる。

ただ、『抜け駆け女』だとか『泥棒猫』だとか言われても、否定できない。

皇太子に会えて嬉しいという気持ちは、私の中に確かにあった。

顔を見てホッとしたり、その笑顔に胸が苦しくなったり。そんなことが、幾度もあったのだ。

ステラの言葉は正しいのかもしれない。男女間の友情は脆《もろ》く、一方が恋してしまえばそこで終わり。

彼の大切な人に誤解を与え、彼に迷惑をかけたくない。

そう考えた私は、なるべく彼と顔を合わせないように心がけた。夕食の時に最後まで残るのもやめている。

最初は本当に具合が悪く、早々に部屋に戻っていた。夕食会にいつも通り現れた皇太子は、私のことを心配していたそうだ。そんな話を聞くだけで、胸がキュッと苦しくなる。

そして私は、彼に会うのが怖くなった。友達として案じてくれる彼に、私はそれ以上を望んでいる。その気持ちを悟られるのが嫌で、彼を避けるようになった。

ほとんどの時間をオフトゥンに逃げ込んで過ごす。オフトゥンの中にいれば、誰かに私の心の内を知られることはない。

幸い、みんなで集まる夕食会は皇太子が認めてくれ、「今も全員が残って食事を楽しんでいます」、とマーサに聞いた。

皇太子は、あの場に好きな人を呼ぶかもしれない。今度はその人と楽しい時を過ごすのだろう。

そう考えると苦しくて、一層私の足は遠のく。

マーサは最近私が少し痩《や》せてきたようだと言う。確かに、変わらず豪華な料理を、心から楽しめなくなってしまった。

一方、皇太子も遠くから見る限りではあるが、ため息が多くなったようだ。そんな姿を見るのはつらく、秘書官を通じて呼び出されても何かと理由をつけて断った。

好きな人のことで悩む彼にアドバイスを求められても、上手《うま》く話せる自信がない。こんな状態では彼に迷惑をかけてしまう。

彼には、想う人と幸せになってほしい。

「――ああら失礼！　いらしたとは気づかなかったわ」

「もう、邪魔よぉ。さっさと部屋に戻ればぁ？」

「ここから消えろ、とは言わないけれど、わたくしに顔は見せないで」

今日も候補者たちはやりたい放題だ。ジゼルはそれを見ても何も言わない。

最終選考前に、棄権できたらいいのに。

この中に皇太子の好きな人がいても、自分が力になれるとは思えなかった。

――今日のいいこと。何かあったっけ？


それから何日か経った。候補者たちは相変わらずだ。

「皇太子様～、どこですのー？　わたくしならここにおりますわー」

「彼が探しているのは私ですぅ。こっちに来たと思ったのにぃ」

皇太子が候補者たちに追い回されているようで、廊下が騒がしい。私は自分の部屋に急いだ。

図書室から帰る途中で、両手に本を抱えている。それを目ざとく見つけたフェリシア、イボンヌ、ステラの三人が、わざと体当たりをし、足を踏む。

「ごめんなさーい。だって、ちょうど通り道にいらしたんだものぉ」

「ああ、邪魔だこと。なんだか空気も悪くなったみたい」

「本当ね。泥棒猫は泥棒らしく、夜に動けばいいものを」

落とした本は、タイミングよく通りかかったジゼルが拾ってくれる。問いかけるような表情をしていたけど、私は何も言わずに頭を軽く下げた。

意地悪が一段落するまで、おとなしくしておこう。

両手に本を抱えたまま、部屋の扉に手をかける。気づいたマーサが中から開けてくれたため、本を崩すことなく部屋に入れた。

お礼を言おうと見上げると、彼女は珍しく困った顔をしている。

――どうしてそんな顔をしているの？

首を傾《かし》げていると、他に誰もいないと思っていた部屋の奥から、低い声が聞こえた。途端に胸がツキンと痛む。

「遅かったね、クリスタ。待っていたんだ」

長い足を組んだ皇太子が椅子に腰掛けている。そんな何げない姿も様《さま》になっていた。けれど、彼が現れるなんて、おかしいわ。

「こ、皇太子……様。一体どうして」

「どうしてって、君がそれを聞くの？　聞きたいのは私のほうだ。なぜ私を避ける？」

端整な顔が悲しそうに歪《ゆが》む。自分が彼にこんな表情をさせているのかと思うと、胸が苦しい。

料理長は皇太子を寂しがりやだと言っていたが、どうやらそれは本当だ。彼は友達である私が自分を避けていることに気づいただけで、こうしてわざわざ訪ねてきたらしい。

「クリスタ、どうして？」

椅子から立ち上がった彼が近づいてくる。私は動けず、その場に立ち尽くした。皇太子はそんな私の頬に手を添え、真剣な表情で顔を覗《のぞ》き込《こ》む。

「意地悪が激しくなるから？　それとも、私とは友達でいるのも嫌？」

その言葉に私は息を呑んだ。彼は私が候補者たちに嫌がらせされていると知っていた。それなのに、その中の誰かを好きになれるなんて……

違う、私が本当に言いたいのは――

「――友達で……いたく、ない」

「私もだ。泣かないで、妖精さん」

いつか夢の中で聞いた台詞《せりふ》は切なくて、余計に涙が出てくる。うつむく私の頬に零《こぼ》れ落ちる涙を、彼が指で優しく拭《ぬぐ》った。

「私も同じだ。これ以上、君とは友達でいたくない」

肩に両手が置かれ、私は無意識に顔を上げた。超絶美形が迫ってきたかと思うと、彼に涙を吸い取られる。

「な、なな、何を……」

びっくりして泣き止んだ私の顔を、淡い青の瞳が映していた。眩《まぶ》しくて直視できず、私はギュッと瞼《まぶた》を閉じる。

すると、今度は唇に温かい何かが触れた。

「……え？」

今のって——

驚いて瞼《まぶた》を開くと、目の前に色気たっぷりに微笑《ほほえ》む皇太子の顔がある。

「こ、こ、こ、皇太——」

「ランディだ。さあ言って、私の名前を」

彼の色気と掠《かす》れた声が、私の心を直撃する。これまでで一番の破壊力だ。頭が真っ白どころかピンク色に染まっている。

私は、彼の望む言葉を発した。

「……ランディ」

皇太子は満面の笑みをたたえ、それを見た私は自分の立場を思い出す。愛称を呼んでいいのは、彼の好きな人だけだ。私は彼の胸に手を置き、精一杯押し戻した。

「皇太子、様。貴方《あなた》には好きな方がいるはずでは？」

「ランディだと言っただろう。クリスタ、今のでわからないとは言わせない。私が好きな人は、君だ。君も同じ気持ちだと嬉しい」

そう言いながら、彼は私を優しく抱き寄せた。近すぎる距離に、かなり戸惑《とまど》う。

そして包まれた腕の温かさが馴染《なじ》む頃、ようやく彼の言葉が私の頭に沁み込んできた。

——彼が好きなのは……私？

信じられない思いで彼の表情を窺《うかが》うと、嬉しそうに微笑《ほほえ》まれる。

意識した途端、顔中に熱が集まった。心臓がうるさいくらいに高鳴って、今にも爆発しそうだ。

——ランディが好きな相手は、私。嘘みたいだけど、真実なのね！

舞い上がり幸せな気分に酔っていたところ、私を抱き締めた彼がため息をつく。

「……こんな時に、国外へ出かけなければならないとはね」

「お、お仕事？」

「ああ。自分の妃の選考中なのに、致し方ない。しばらく留守にする」

「そう……ですか」

「クリスタ、そんな顔をしないで。君は私をどうしたい？」

視線が交わり、そのまま額《ひたい》を合わされる。いわゆる、おでこコツンだ。

聞かれたことより、彼の仕草のほうが気になって、考えがまとまらない。色気たっぷりの瞳と長いまつ毛が間近にあるのは、心臓に悪かった。

「このまま連れていきたいよ。上掛けにくるんで持ち運ぼうかな」

——そ、それはある意味、至福では⁉

私は思わず目を丸くする。

「大丈夫、もちろんそんなことはしない。当分会えないが、いい機会だ。今後のことをゆっくり考えて、戻った時に君の気持ちを聞かせて？」

耳に唇を寄せ甘く囁《ささや》くランディに、私は素直に頷《うなず》く。

「お妃候補として前向きに頑張ってほしい。後のことは心配要らないよ。私がなんとかする」

渋々といった感じで私から離れた彼は、もう一度笑って部屋を出ていった。

甘い時間に浸《ひた》る私に、壁際に控えていたマーサが声をかけてくる。

「私は何も見ていませんので……」

その言葉にさっきまでの自分たちを思い出し、顔が熱くなった。

「見てないって……今の、みみ、見て！」

「いいえ。お妃選びの期間中ですし、皇太子様が候補の方の部屋にお一人で入るなどあり得ません。一体なんのことでしょう？」

マーサはなかったことにするつもりらしい。だけどさっきまで、確かに彼はここにいた。

私は指先で唇に触れ考える。

初めてキスされ、愛称を呼んでほしいと言われた。

好きだと告白されたのも、生まれて初めてだ。

ランディは、私にたくさんの初めてをくれる。

――私も彼に想いを伝えたい。旅立つ前に好きだと言おう！

ランディに会いたい一心で、私は久しぶりに夕食後、もう一度みんなと食事をとる。

でも明日の準備で忙しいのか、ランディはとうとう姿を見せなかった。

仕方なく部屋に戻った私は、彼の執務室を訪ねようと思いつく。邪魔なら秘書官が止めるだろう。

気合を入れて部屋を出ると、廊下で彼の姿を見かける。

誰かの部屋のドアから出てくるランディ。私はとっさに柱の陰に隠れた。

「ありがとう、ジル。君なら安心して任せられる。これからよろしく」

優しく笑う彼の姿と会話の相手を見て、心臓が止まりそうになる。

彼もジゼルもすごく嬉しそうに笑っていた。

「妃の件は引き受けた。でもランディ、安心しないほうがいい。本気になったらどうする？　遊びで済むうちに早く戻って」

「本気は許さない。仕方がないな、ジルの仰《おお》せのままに」

ジゼルは当然のように「ランディ」と口にしていた。愛称を許す女性は、私だけではなかったのだ。彼もジゼルを「ジル」と親しげに呼んでいる。

私に気づかず、ジゼルはクスクス笑う。

本来のジゼルは、こんなふうに明るく笑う人なのだろう。

ショックを受けているはずなのに、私の頭はどこか冷めている。

考えてみると、ヴェルデ皇国とジゼルのいるユグノ公国は隣国同士で、彼らは親戚だ。幼い頃からずっと親しく、互いに特別な相手だったとしても不思議はない。

彼の本命はジゼルなのだ。長く宮殿を留守にする前、最後に顔を見ておきたいと願うのは彼女のこと。誰かに見られても構わないと考える程、愛《いと》しく想うのも。

——なんだ、私はおまけだったのね？

機嫌良く立ち去るランディを、柱の陰から見送る。その後ろ姿まで素敵だなんて、本当にずるい。

そしてジゼルは、周囲を警戒しつつ、さっと扉を閉めた。

自分の部屋に戻った私は、先程の彼らの会話を思い返す。

『妃の件は引き受けた』とジゼルは言った。つまり、就職と同じで、内定しているのではないだろうか。

私は盛大な勘違いをしていたらしい。

皇太子から告げられたのは、好きだという台詞《せりふ》と、戻った時に気持ちを聞かせて、ということ。お妃になってほしいと乞《こ》われたわけではない。

『皇太子妃選定の儀』は、お妃だけではなく、側室も選ばれるという噂《うわさ》だ。

彼の好きは、私の好きとは違う。

大国の皇太子が私を好きになるなんて、思い上がりも甚《はなは》だしい。私はきっと友達以上妃以下で、側室にしてやるくらいには……好き？

胸が痛くて苦しい。笑い合う二人など、見なければ良かった。つい先程まで幸せで舞い上がっていた自分が虚《むな》しくなる。

友達ではいられないと、悩む必要なんてなかった。彼はとっくに、好きな人と結ばれていたのね。

ただ、本気でなく遊びだったら許せるというジゼルの考え方は、理解できなかった。私ならたとえ遊びでも、好きな人が別の人を愛する姿は見たくない。身を引くことを選択する。

だから、側室なんて絶対に無理だ。今でさえ、胸が張り裂けそう。

誰かを好きになるのって、こんなにつらく苦しい――

彼を想う私は、オフトゥンにくるまって朝までずっと泣き続けていた。


翌朝。あり得ない程目が腫《は》れた私は、具合が悪いと言って皇太子の見送りを休むことにした。

旅は国外で時間もかかるらしいので、その間にこの恋を諦めるつもりだ。

部屋の窓から外を眺めて、彼の姿を目で追う。

今日の彼も素晴らしく、夏空に合う水色と白の装《よそお》いが、ますますかっこ良く見えた。

するとふいに皇太子がこちらを振り仰ぐ。何かを探しているようだ。そんな仕草に期待しそうになる自分を必死に抑える。

「――いよいよ出発なのね」

彼が馬車のほうに向き直るのを確認し、私は窓に貼りついた。本当は見送りに出て「身体に気をつけて」と声をかけたい。だけどそれは、私の役目ではないのだ。

馬車に乗り込む直前の皇太子が、最後にもう一度振り返る。私が見ていることは知らないはずなのに、こちらに向かって「行ってくるよ」というふうに片手を上げた。そのまま扉を閉め、彼は旅立つ。

一晩で一生分の涙を流した。私はもう泣かないと決めている。

その日の午後は、まったくと言っていい程勉強に集中できなかった。ボーッとする私の横で、マルセル先生が分厚い本を閉じる。

「あっ、すみません。どこまででしたっけ？」

「いやいや、座学はもういいでしょう。たまには、中をご案内しますかな？」

宮殿内の大抵の場所は、すでに見学を終えている。けれど、マルセル先生の心遣いが嬉しくて、私は一緒に見て回ることにした。

案内と言いつつ、先生に解説する気はないみたい。廊下を通り階段を下り、回廊を歩くだけだ。

先生は年齢の割にはしっかりした足取りで、普段あまり通らない場所を通りまっすぐ進んでいく。

途中、すれ違った何人かが先生を見て頭を下げる。けれど、ご本人は軽く会釈《えしゃく》をする程度で、ほとんど気づかないフリだ。

「――失礼ですが、どちらまで？　ここは関係者以外立ち入り禁止です」

黒く大きな扉の前で若い兵士に止められる。

来たことのない場所だと思っていたら、兵舎の近くだ。ヴェルデ皇国軍の訓練場や武器庫があるこの先は、軍の関係者だと皇室が認めた者以外、立ち入り禁止となっている。

「ほっほっほー。そうじゃった、お勤めご苦労」

笑う先生に合わせ、私も笑おうとした。とはいえ、笑い方を忘れてしまっていて、顔が引きつる。

「可愛い生徒に中を案内しようと思ってな。私の名は、ラスター。そう言えば通じるかの？」

「貴方《あなた》が！　た、大変失礼いたしました」

若い兵士が慌てて頭を下げる。扉の前のもう一人の兵士も、同じ反応だ。マルセル先生の一言で、私たちはあっさり中に通された。先生の後について階段を上がる。

その途中で、ふと気づいた。

ラスターというのは、大陸中でその名を知らぬ者はいない名将の名前だ。大陸の小競《こぜ》り合いを五十年前にヴェルデ皇国の名の下、終結させ、皇国の今の繁栄を形造ったと聞く。

本名は、ジェラルド・M・ラスター。御歳八十近かったはずだ。

驚愕の事実に気づいた私は、慌てて息を呑む。

そのまま階段を上《のぼ》り切《き》ると、屋上のような場所に出た。下で動く兵士たちを眺め、満足そうに微《ほほ》笑《え》む先生の姿を見て、私は確信する。

「せ、先生！　マルセル先生ってもしや……」

「なんのことですかな？　ほら、ここからなら訓練場がよく見えますぞ」

「先生。いえ、ラスター将軍。どうして本当のことを隠しておられたのですか？」

「ほっほっほー。クリスタ様、無位無官の爺《じい》になぜ、そんな質問を？　では、お聞きしますが――」

マルセル先生、すなわちラスター元将軍が、顎鬚《あごひげ》を撫でながら目を細める。

「貴女《あなた》の言う本当のこととはなんですか？　肩書きにどれ程の意味がありますかな？」

「それは……」

いきなり難しい質問だ。就職活動中の面接でも、聞かれたことはない。私は答えに窮《きゅう》した。

「目に見えるものだけが真実ではないし、その逆もまた然《しか》り。自分の見たこと感じたことを知識や経験で補い、曇《くも》りのない心で判断することも時には必要ですぞ」

私は先生の目を見て頷《うなず》く。本当のことは目で見てしっかり考え心で判断しなさいと、そういう意味に違いない。

「地位や名誉などなんの役に立ちましょう。人との絆《きずな》や笑顔で過ごせる毎日のほうが、よほど大事じゃ。それは貴女《あなた》が、一番よくご存じではないですかのう」

「先生……」

先生はやっぱり私の先生だ。すごく素敵で尊敬できる方。

「それよりほら、みなが稽古《けいこ》に励んでおります。クリスタ様に見惚《みと》れる不届き者がいたら、注意しようと思っておりましたのに。残念ながらいないようですなぁ」

そう言いながら、先生はほっほと楽しそうに笑った。

けれど、そんな奇特な人はいないと思う。お妃として相手にもされない私が、誰かの目を引くはずがない。

先生の凄さがわかったところで、新たな疑問が生じる。

「どうして私にこの場所を見せてくださったのですか？　それに、先生程の方が、なぜ私の教師をしてくださったのです？」

「おや、先程申し上げたことを聞いていませんでしたかな？」

真実は自分で見つけなさい、ということらしい。私はそれについては、後でじっくり考えることにした。今は、滅多《めった》に見られない訓練の様子を見る。

しばらくして、一部の兵士が、目の部分だけを出した黒いマスクを被っていることに気がついた。仮面舞踏会でつける布でできた仮面のようなものだ。

「先生、あの方々はどうしてお顔を隠していらっしゃるのですか？」

「あれかの？　隠すというより保護しておる。あの上に兜《かぶと》を被るのが、皇国の上級騎士の習わしでな。平時も外さぬとは、良い心がけじゃ」

「上級騎士って、高位貴族の方々ですよね？」

「そうじゃ。次男坊や三男坊が多いがの。戦功を立てた名のある騎士じゃ。皇国の要《かなめ》となる精鋭揃いで、戦功によって爵位を与えられた者もおる」

「そんなにすごい方たちが、一般の兵と共に訓練なさっているのですね」

「力ある者こそ驕《おご》るべからず。平和な世と言っても、小競《こぜ》り合いがあるのもまた事実。民《たみ》の暮らしを守るために、己《おのれ》を鍛えるのは当然のことでしょう」

元将軍の先生は、そう言って懐かしそうに目を細める。

なんだかすごいことを聞いてしまった。

そう言えば、初めて会った日、皇太子も怪我《けが》をしていたと、思い出す。あの手の傷は剣で切られたようだった。

やはり彼も、普段から鍛えているに違いない。無駄のない引き締まった身体に納得がいく。

私はそこでため息をついた。

——諦めようと決めたのに、すぐに彼のことを考えてしまってはダメ。別のことを考えよう。

たとえば、ヴェルデ皇国について。この国は身分による差別が厳しいという噂《うわさ》だったけれど、ごく一部の貴族がそうであるだけで、大半の人は身分に縛られていない。そうでなければ、ここまで発展しなかっただろう。

そこに思い至り、先生の『真実は自分の目で見てしっかり考え、心で判断しなさい』という教えが、心にストンと入った。

「貴女《あなた》にお教えすることは、まだたくさんあるようですな」

先生はそう言って笑ったのだった。


それから一週間後。朝食の席で、皇妃が私たちに尋ねた。

「ここでの暮らしはどうじゃ？　勉強は捗《はかど》っておるか？」

みな途端に猫を装着し、優雅に答える。

「もちろんですわ。皇国の地理も歴史も全て頭に入っております。周辺国に比べ、一歩どころか十歩以上も進んでいますもの。本当にここは素晴らしい国ですわね。他の国に生まれなくって良かったと思っています」

真っ先にイボンヌが発言した。その言葉に、私は反発を覚える。ヴェルデ皇国びいきの彼女は周辺国をバカにしている。

そんな私の感情とは関係なく、次はフェリシアが言う。甘えたような声は皇妃の前でも健在だ。

「私も好きぃ。だって、全部綺麗だもの。一生懸命学んでいますぅ」

「周辺国の語学が少し難しいですが、後は問題ございませんわ」

そして伏し目がちのステラは、もともと頭がいいのか自信を持って答えていた。

「私はまだです。学ばなければいけないことがたくさんあります」

ジゼルだけが謙虚な回答だ。話し方も上品で、皇太子が彼女を選んだのは当然だと思えた。私は彼女の答えに続くことにする。

「私も同じです。覚えることが多くて、まだまだ未熟だと痛感しております」

私の返答にジゼル以外の三人がクスリと笑った。勝ち誇ったその様子に、皇妃の厳しい声が飛ぶ。

「ふむ、よくわかった。ならば、余裕がある三人に聞いておこうか。皇太子が向かった先は？　かの国の特産品は何じゃ？」

いきなり地理のテストだ。皇太子が向かったのは、ここから国を二つ程挟んだ険《けわ》しい山のそびえる小国。特に宝石の産出国として有名だ。

「え？　ええっと……」

「どこだったかなぁ。ど忘れしちゃったかもぉ」

簡単だと思うのに、イボンヌもフェリシアも答えられない。

「先に答えていいわよ」

突然、隣のステラに話しかけられた。ジゼルは何も言わず、なぜか私が、皇妃の視線に晒《さら》される。緊張するけれど、以前のようにどもることはない。

「リュスベックです。かの国には、多数の鉱山があり、宝石、特に良質のエメラルドが採れることで有名かと。ですが、険《けわ》しい山が多く気候が安定しないため、農作物が育ちにくいとも聞きます。ヴェルデ皇国との関係は良好で、リュスベックが飢饉《ききん》の際に援助したことで、現在国宝となっているエメラルドをプレゼントされたそうですね」

マルセル先生に教えてもらった通りに答える。私の知識は、全て先生の受け売りだ。

「国宝！」

「宝石？」

「エメラルド！」

イボンヌ、ステラ、フェリシアが同時に叫ぶ。三人共初めて聞いたみたいだ。

――まさか、全然勉強していないの？

「ほう。よく学んだな。これがその時に贈られたものじゃ」

皇妃が私を褒め、腕に嵌《は》めていたブレスレットを外す。

大粒のエメラルドだけでなく、サファイアやダイヤモンドまでちりばめられたそれは、芸術的で美しい。

「素敵！」

「なんて綺麗なのかしら」

「素晴らしいわ」

みんなの驚く顔を見て、皇妃が満足そうに笑う。

「そうであろう？　純度も高く高価な品じゃ」

もしかして、皇妃は自分の腕輪を自慢したかっただけなの？

「まあ、今はわらわが預かっておるが、これは本来、皇太子の妃が所有するもの。そなたらの誰が腕に嵌《は》めるのか、楽しみであるな」

その言葉に私の胸は痛んだ。

皇太子の妃、と聞いただけで痛みが走るなんて、自分でも相当だと思う。手に入るはずのないものを求めても仕方がないのに。

皇妃は輝くブレスレットを見せて、最終選考も頑張るようにと、私たちを励ましてくれたのだろう。でも彼の心はもう、一人に決まっているのだ。

ジゼルなら知性も容姿も家柄も、全てにおいてヴェルデ皇国皇太子の伴侶となるに相応《ふさわ》しい。

彼女の腕に輝く予定のブレスレットを見て、私は穏やかでいられなくなった。

「そうなんですか」

「楽しみですわ」

「さっすが皇国ですぅ」

何も知らない三人は、はしゃいでいる。とっくに結果は出ていると知ったら、彼女たちはどんな顔をするのか……

みんなにわからないようこっそりため息をつく。

高価なブレスレットなど要らない。私が欲しいのは――

オフトゥンより先にプラチナブロンドを思い浮かべてしまった私は、こっそり苦笑したのだった。

皇国に来て、あっという間に四ヶ月が過ぎた。ここにいるのもあと少しだ。

自分を憐《あわ》れんでばかりもいられないと、私は残った時を悔いなく過ごそうと決めた。

皇太子がいなくなって寂しいのか、ジゼルが以前よりも話しかけてくれるのが嬉しい。天候や読んだ本の感想など、他愛もないことだけど、会うたびに私の意見を求めてくる。

複雑な気持ちがないわけではないのだが、彼女は美しくて頭が良く、自分の意志を持つ素敵な人。欠点など何もないように思えた。

「もうすぐ戻られるそうよ。楽しみね」

今も私は本棚の前でジゼルに話しかけられている。誰のことを指しているのか、すぐにわかった。

彼にとってジゼルは特別な存在だから、直接連絡があったようだ。私や他の候補者たちにはなんの知らせもないからといって、嫉妬《しっと》はやめよう。

私は急に苦しくなった胸を押さえて軽く頷《うなず》き、ジゼルの後ろを足早に通り過ぎようとした。

「どうしたの？　彼の話はしたくない？」

その肩を掴まれる。意外に大きな手だ。

黙ってうつむく私に、彼女はさらに問いかける。

「そう。じゃあやめる？」

それは、お妃候補をやめたら、ということなのだろうか。辞退できるものなら、とっくにそうしている。

正直、私は候補とは名ばかりだから、最終選考を待つまでもなかった。ジゼルに内定したのなら、もう解散でも構わない。

だけど――

「途中で投げ出したくありません。王女としての責務を果たしてから、国に帰らないと」

「……え？　帰る？」

私の答えに、ジゼルはひどく驚いた。彼女は私が側室になると考えていたのだろうか？

「どういうこと？　ランディ――皇太子を、好きではない？」

そう聞かれ、泣かないと決めたはずなのに、私は泣きそうになった。唇を噛みしめ、必死に耐える。

そんな私を見たジゼルの頬に朱が走り、彼女はため息を漏《も》らした。

「ごめん、クリスタ。今日はこれ以上近づかないほうがいいみたい。友達になってほしいと言われた時も、危なかったけど」

意味がよくわからない。私たちはライバルで仲良くなれるはずがないと、そういうこと？　それは前にも聞いているし、何もこんな時に、初めて私の名を呼ばなくてもいいと思う。

ジゼルとは友達になりたかった。親しく名前を呼び合う関係を、どんなに望んでいたことか。だけど、彼女がお妃になり、思い出したように皇太子を貸し出されても虚《むな》しいだけだ。

これ以上傷つくのが嫌で、私はジゼルと距離を置くことにした。

傷つくといえば、最近イボンヌ、ステラ、フェリシアの嫌がらせがパッタリ途絶えている。

顔を合わせても嫌味を言われなくなったし、食事を邪魔されることもない。

皇太子がいなくなったからかもしれないし、彼女たちも彼の本命がジゼルだと気づいたのかもしれなかった。

そう思ってそれとなくフェリシアに聞いてみると、最近、部屋に怪文書が届いたという。

『妃候補の中に内通者がいる』

そんな文面の紙が、部屋に置いてあったらしい。

「皇太子様と内緒で会っていたくらいだもの。内通者ってもちろん貴女《あなた》よね？　でもぉ、悪気があったわけではないの。今までのことは見逃してくれると嬉しいなぁ」

フェリシアはそう言って、にっこり笑った。

急に意地悪されなくなったのはその紙が原因のようだ。ただ、怪文書は私の所には届かなかった。

まあ、内通者がいたとしても、大して違いはない。お妃になる一人は、もう決まっているようなものだから。

フェリシアが続けて言うには、イボンヌとステラは内通者を炙《あぶ》り出そうと画策《かくさく》しているとのこと。

初めは互いを疑っていたのだと聞かされた。

「二人とも懲《こ》りないわよねぇ。どちらかが内通者なら、皇国のレベルもたかが知れてるなぁ」

「さあ、どうかしらね」

私は適当に相槌《あいづち》を打っておく。

内通者に興味はない。残りの期間を有意義に過ごして無事に自分の国に帰ることだけを考えればいいのだ。

ところがある日、ジゼルにまで尋ねられた。

避けていたのに廊下で出会い、彼女に捕まってしまったのだ。向こうから話しかけられたら、無視するわけにもいかない。

「内通者がいるっていう噂《うわさ》、ご存じ？」

「ええ、フェリシア様から聞きました」

「それで、どう思う？」

「どうって……ただの質《たち》の悪いいたずらでは？」

「……そう。貴女《あなた》はそれでいい」

他の人に聞こえないようにするためか、彼女は耳元に顔を寄せて囁《ささや》いた。ちょっとくっつきすぎで、バカにされたみたいな気分になる。

それに、ジゼルの身長にも驚いた。ここに来た時は私より少し高いくらいだったのに、屈《かが》んで話すくらいにまで成長している。同じ物を食べていたはずの彼女の背は、どうやって短期間でそんなに伸びたの⁉

このままいけば、いつか皇太子を追い越してしまうかもしれない。そうなれば、二人並んでも絵になるどころか……ダメだ。醜《みにく》い嫉妬《しっと》はやめよう。

背の高さでお妃が決まるわけではない。あの人は、身長なんて気にしないだろう。

どうあがいても勝ち目はないと、私は胸を痛めたのだった。

そんなある日、イボンヌが大騒ぎをしている場面に出くわした。

「わたくしの首飾りが盗まれたわ。きっと内通者の仕業よ！」

青い制服の文官が困っている。話を聞こうにも彼女が興奮しているため、なかなか聞き取れないようだ。

「ほら、彼女が怪しいわ。部屋を隈《くま》なく探してちょうだい！」

あろうことかイボンヌは、たまたま会った私を指差す。

「内通者ってあの人なんでしょ。内通者ならわたくしの部屋にも自由に入れるわよね。彼女の部屋に私の首飾りがあれば、犯人だわ！」

「そんな！」

私は声を荒らげた。

——いきなり犯人扱い？

私は内通者ではないし、第一イボンヌの失くなった首飾りがどんなものかも知らない。

文官がイボンヌに落ち着くように言っている。彼はイボンヌの話を聞いているけれど、首飾りの色が赤だの黄色だの紫だのころころ変わるため、埒《らち》が明かないらしい。

犯人扱いされてムッとしたので、私はその場から離れた。

首飾りなんて高価なものを失くすだなんて……。宮殿の中で盗難事件は考えにくい。イボンヌは、どこかに置き忘れただけではないのかと、首を傾《かし》げながら自分の部屋に入る。

すると女官のマーサが慌てていた。

「どうしたの？」

「クリスタ様、髪飾りが一つ、見当たりません」

「えっ？」

私は焦って確認する。

「そんな、どうして！」

故郷で姉からプレゼントされた髪飾りがどこにもなかった。大事にしまっておいたはずなのに、いくら探してもない。

ショックで気分が悪くなる。疑いたくはないけれど、この部屋に泥棒でも入ったの？

「姉が無理して買ってくれたのに……」

貧乏国の王女である私がヴェルデ皇国でバカにされないようにと、持たせてくれたもの。白鳥を象《かたど》った白い羽に黄色と緑色の宝石があしらわれた、私にはもったいない程の品だ。食事の時に何度か髪に挿《さ》したこともある。

泣かないと決めたはずなのに、またしても泣きそう。

何日も皇太子のことで悩んでいたから、ドレスの中に紛《まぎ》れ込んだものを、そのまま洗濯に出してしまったのかもしれない。

それとも呪いか祟《たた》り!?　警備の厳しい皇宮で、イボンヌの首飾りまで失くなっているのだ。

「この部屋で一番高いのってこのオフトゥ――寝具でしょう。泥棒はこっちを狙うはずよね」

やはり、私が間違えたのだ。急いで部屋を飛び出した私は、宮殿の洗濯場を目指す。

念のため、どこかにないかと途中でも聞き回った。食事会で顔を合わせた人を中心に、自分から積極的に話しかけてみる。

「白い羽が白鳥の形で、黄色と緑色の小さな宝石が付いた髪飾りなんだけど。この辺に落ちていなかったかしら？」

こんなこと、人見知りであがり性だった頃からは想像できない。だけど、初対面の人と話すのは緊張するなんて、そんな悠長なことは言っていられないのだ。

あれは特注品で、世界にたった一つしかない大切なもの！

「見ていませんねぇ」

「すみません。見つけたらすぐにお届けします」

「探すのをお手伝いしましょう。どの辺で失くしたんですか？」

宮殿のみんなが親身になってくれる。だけど彼らには彼らの仕事があるので、捜索《そうさく》は私だけでいい。

「ごめんなさい、お手を煩《わずら》わせる程ではないの。自分で探すから大丈夫。ありがとう」

手当たり次第に探してみたけど見つからない。やはり洗濯場で聞くのが一番早いだろう。

この世界は、前世で言えば中世ヨーロッパをイメージする社会。家電製品はなく、服はもちろん手洗いだ。洗濯は一日がかりの重労働でありながら、ヴェルデ皇国の洗濯婦たちの地位は低い。

私は敷地の外れにある、川に面した洗濯場を訪ねた。

「お仕事中ごめんなさい。少しいいかしら？」

髪飾りを見かけなかったかと、尋ねてみる。ところが、彼女たちの反応は冷たい。

「お貴族様がこんな所になんの用事で？」

「あたしらの邪魔をしに来たのかい？」

確かに、邪魔と言われても仕方がない。しかもドレスはほとんどが洗い終わった後で、髪飾りがあったとしてもずぶ濡《ぬ》れだろう。女官のマーサは離れて待機していた。

「あの……邪魔にならないように手伝いますから。それなら、質問してもよろしいですか？」

「はあ？」

「あんた、何を言って……」

私は早速腕まくりをした。見よう見真似で、板に服を擦《こす》りつける。

「なんてことを！　貴女《あなた》がそんな……」

「そこまでしなくても、教えてやるのに」

「いきなり来てごめんなさい。でも、とても大事なものだから」

せっかくなので、もう少し手伝うことにする。聞くところによれば、洗っている時に違和感を抱いたり、髪飾りを見かけたりした者はいないという。

それなら、もしかしてまだここにあるかもしれない。期待をこめてドレスをめくっていると、この場のみんなも協力してくれた。忙しい仕事なのに、付き合わせてしまって非常に申し訳ない。

「……見つからないわ」

「服の中にしまった覚えはないんだろ？　だったらこんな所に来るはずないさ」

「貴重品は見かけないなぁ。あったらとっくに、こんな仕事は辞めている」

「どうしてですか？　人々の生活と命を守る尊いお仕事ですのに」

彼女たちの口から出た愚痴《ぐち》に、思わず言葉が零《こぼ》れた。

衛生は大事で、不潔にしていると病気が蔓延《まんえん》する。わが国のレスタード城では、洗濯は女性が当番制で行っていた。水は冷たく大変だから、感謝しこそすれ、見下すことはない。

私たちが清潔にしていられるのは、彼女たちが一生懸命働いてくれるおかげだ。

「そんなことを言われたのは、初めてだわ」

「あんた、本当に貴族？」

次々に疑わしそうな目で見てくる。故郷のレスタードは、貴族と民《たみ》の垣根がほとんどなく、王女の私と民《たみ》の距離が近いせいかもしれない。

「たぶん……」

首を傾《かし》げて答えた途端、大笑いされた。

しばらくして、マーサが遠慮がちに声をかけてくる。いい加減、戻らなくてはいけないようだ。

ここにはないと判断した私は、一人一人に頭を下げて感謝を伝えた。

「また来な、とは言えないけど」

「髪飾り、見つかるといいねぇ」

優しい言葉をかけてもらう。見つからなかったのは残念だけど、いい人たちと出会うことができた。

幸せな気分で宮殿に入り部屋に戻ろうとしていたのに、運悪く例の三人とすれ違ってしまう。

「ねぇ、何か匂わない？」

「洗濯女の匂い？　濡《ぬ》れてるし、内通者じゃないって証明するために、必死なのかしら？」

「そういう人がぁ、かえって怪しいのかなぁって思うんだけどー」

私が内通者であるという疑いが晴れたのか、次々と嫌味を言われるが、何を言われても構わなかった。そもそも、日々仕事に励み懸命に生きる人たちは尊い。彼女たちを無視した私は部屋に戻り、夕食に行く仕度をした。

ところがその夕食の席で、もっとすごい事件が起こる。

私が着席しかけた時、取り乱した様子のジゼルが食堂に飛び込んできた。

「大変だわ、どうしよう！」

かなり慌てているのか彼女の銀色の髪は乱れて、顔色も真っ青だ。

「どうなさったの？」

「ブレスレットが失くなってしまったの！」

彼女は言うなりすごい力で私の肩を掴む。相当動揺しているみたい。

なんとイボンヌと私に続き、ジゼルまで大切なものを失くしてしまったようだ。

「どこで？」

「わからない。部屋に戻って気づいた時には、もう……」

「どんなブレスレットなのかしら？」

そう問いかけると、彼女は言いにくそうに下を向く。

「夕食までという条件であのブレスレットを皇妃様からお借りしたの。以前見せていただいた時、あまりに綺麗だったから」

「まさか！」

「えぇーーっ」

「なんてこと！」

私は驚いて言葉を失った。他の候補者たちもびっくりしている。

それもそのはずで、ジゼルが口にしたのは、先日見せられた国宝のブレスレットのことだ。未来の皇太子妃のものを、あっさり貸してもらえるなんて……どうやら皇妃まで、ジゼルを認めていたらしい。

『ほら、やっぱり』

そんな声が、頭の中で聞こえる。

苦しいくらいに想っても、皇太子と皇国が妃にと望んでいるのは私ではない。

そんな中、気を取り直した三人が、動揺しているジゼルにここぞとばかりに悪口をぶつけた。

「わたくしから言わせれば、他国との親善、いえ、国の宝を失くすなんて大失態だわ」

「本当に失くしたのかしら。盗んだのではなくて？　お妃候補が聞いて呆《あき》れるわね。恥を知りなさい！」

「皇妃様がいらしたら、言いつけちゃおっと」

それを聞いて、落ち込んでいた私は怒りが湧いてきた。

そんな言い方は酷い。こんな時こそみんなで協力するべきではないの。

「くだらないことを言う暇があったら、みんなで探しましょう！　イボンヌ様は食堂を、ステラ様は大広間をお願い。フェリシア様は廊下と部屋の周りを――」

「どおしてぇ？　だって、失くしたの私じゃないしぃ」

「そうよ、他人の不注意の始末を、なぜわたくしが？」

「あくまでも紛失したと言い張るのなら、そんなに高価なものを失くすほうが悪いわ。これで貴女《あなた》も終わりね。いい気味」

さらに、三人は反発した。

「貴女《あなた》もバカね。他人のことなど放っておけばいいのに」

「どうせ皇太子様もいないんだしぃ。いい子ぶっても誰も見てくれないわよ？」

「そうよ、候補は一人でも少ないほうがいいでしょう？」

三人の言葉に胸が痛む。ジゼルが失格になるかもしれないと考えたのは私も同じだ。

皇国にとって大事なブレスレットを失くしたのだから、たとえ皇太子妃に一番近いジゼルでも許されないのではないか、と。

でも、最終選考で彼女の代わりのお妃が選ばれたとして、それが何になるの？

他人の不幸によって転がり込んだお妃の地位に、価値があるとは思えない。第一ジゼルが脱落すれば、あの人はとても悲しむだろう。

泣き出しそうなジゼルを見捨てることは簡単だ。自分の髪飾りも失くなった今、他人の物を探す余裕なんてない。

だけど——

「ジゼル様、急いで探しましょう！　宮殿のみんなにも手伝ってもらえば早いわ」

緊急事態だから、当てにならない三人は放っておく。昼も夜もで悪いけど、ここで働くみんなに呼びかけたら、何かわかるかもしれない。

私の考えをジゼルに告げると、彼女は了承してくれた。二人で食堂を飛び出す。

ことの重大さは、ジゼルのほうがよくわかっていた。自分の進退よりもブレスレットが見つかることが大事だと言い、積極的に探し回る。そんなところも尊敬でき、こんな時なのに、またもや胸が痛んだ。

その思いを振り切り、私も宮殿で働くみんなに捜索《そうさく》をお願いする。侍従、女官、給仕、料理人、兵士、文官など、会う人ごとにブレスレットの形状を伝えて頭を下げた。

夜なのにほとんどの人が快《こころよ》く引き受け、自分の持ち場を探すと約束してくれる。協力しますとわざわざ申し出てくれる人までいて、すごくありがたい。

ジゼルの行動範囲は広く、どこで失くしたのかも覚えていないと言う。私は宮殿の中だけでなく、外も回ることにした。

けれど私が外に行こうとすると、別の所を探していたはずのジゼルが戻ってきて、「夜だし危ない」と言う。宮殿の敷地内は安全なのに。

「大丈夫よ。護衛もいるし」

「いいえ、私のせいで貴女《あなた》に何かあったら大変」

彼女はそう言って、ぴったりくっついてきた。女同士だし別にいいけれど、かなりの密着度だ。

探し回るのに手を繋ぐのもいかがかと思う。でもジゼルはそれだけ不安なのかもしれない。

「これだけ多くの方が探してくださっているんだもの。すぐに見つかるわ」

落ち込むジゼルを励ますと、責任を感じているのか、彼女は唇を噛みしめて私の肩に頭を乗せた。

「きっと出てこない」

「大丈夫、心配しないで。最後まで一緒に探すから」

――こう言えば、少しは安心できる？

けれど、ジゼルはかなり堪《こた》えているようで、暗い顔でわけのわからないことを言い出した。

「動くのが、クリスタでなければ――」

なんのことかまったくわからない。歩き回らないと探せないのに、私と一緒じゃ嫌なの？

もしかして、彼女まで私を内通者だと疑っている、とか？

「あの、私は内通者のこと、本当に知らないから」

そう告げると、ジゼルはなんとも言えない表情をする。私の手を強く握り、ブレスレット探しを再開した。

カンテラの灯りを頼りに、外にいたあらゆる人にブレスレットを見なかったかと尋ねて回る。

暗いので庭や噴水、人工池の辺りは探せない。代わりに庭師や厩番《うまやばん》に聞き回り、先程の洗濯場にも行ってみた。

誰もいないかもしれないと予想していたのに、明日の準備のために一人の女性が残っている。

「おや、もう戻って来たのかい？　残念ながらないみたいだよ」

「いえ、今度は違うもので……」

私はブレスレットのことを説明した。すると、親切なおばさんは顔をしかめる。

「そんなに次々と。なんだか災難続きだねぇ。誰かに盗まれたんじゃないのかい？」

隣のジゼルが、ビクッとした。どうやら彼女も、その可能性を考えていたみたいだ。

「それはないと思います。だって、ここは大陸で一番立派な皇宮ですもの。いらっしゃる方々もみんな立派で優れています。侵入者がいない限り、盗まれるなんて思えません」

私はきっぱり言い切った。

知り合った人々はみな優しく、自分の仕事に誇りを持っている。そんな人たちを疑うなんてもっての外だ。他のお妃候補にしたってお妃選びさえ絡まなければ、本来はいい人だと信じている。

私たちは夕食もとらずに夜遅くまであちこち探した。しかし、やはり見つからない。小さくはないし、華やかな物だから人目につくはずなのに。

このままでは、ジゼルだけでなく警備の兵も叱責《しっせき》されるかもしれない。

そう思った私は、誰かに相談しようと考えた。思い浮かぶのは、プラチナブロンドの皇太子だけ。

でも、彼はここにいない。

「ジゼル様、皇太子様以外で力になってくれそうな人物に心当たりはないかしら？」

ヴェルデ皇国と親交の深い彼女なら、宮殿内に味方が大勢いるのではないか、と期待して尋ねる。

けれど彼女は悲しそうに首を横に振った。

「クリスタがいい」

――いえ、いいとか悪いとかじゃないの。私は一緒に探すことはできても、なんの力も持たないから。

いよいよ困った私は、ジゼルにある提案をした。

宮殿に戻り、皇妃の部屋の護衛に取り次ぎを頼む。

「夜分に大変申し訳ありません。皇妃様のお耳に入れたきことがございます」

ところが、なぜかジゼルが皇妃の部屋には入れないと言い出した。ブレスレットを失くしたことに責任を感じ、恐れているのだろうか？

仕方がないので、私だけ中に入り、代わりに説明する。正直言って私も怖い。

ただ、皇妃は公正な方だ。理由も聞かずにいきなり怒ることはないはず。それに、あの優しい皇太子の母親だ。そう考えると、ほんの少しだけ怖さが薄れる気がする。

「それで？　こんな夜更けに緊急の用件とは何じゃ」

皇妃は大きな椅子に腰を下ろしていた。夜なのにきちんとした格好をしている。

「――あの……お聞き及びかと存じますが」

私は震える声で言った。

宮殿内をあれだけみんなで探していたのだ。皇妃はとっくにご存じだろう。

私はジゼルから聞いた話を一生懸命説明する。ジゼルが悪く思われないように、そこだけは言葉を選んだつもりだ。

必死だったので、それほどどもらずに話せた。以前に比べてだいぶスラスラ話せるようになったし、聞き苦しくはなかったはずだ。

黙って私の話を聞いていた皇妃の答えは、意外にあっさりしたものだった。

「明日の夕刻までに見つからなければ、対応を考えよう。宮殿を挙げて探しても構わない。用件はそれだけか？　自分のことでもないのに、お節介だこと」

――え、それだけ？

私がお節介と言われるのは仕方がないが、他人のことなら見捨てても構わないと言っているみたいでがっかりする。私はすかさず言い返した。

「恐れながら申し上げます。近しい人が困っている時に手を差し伸べるのは、当然のことです。それがたとえ、ライバルであったとしても」

「ほほ。ライバルねぇ？」

皇妃の菫色《すみれいろ》の瞳が、面白そうに煌《きらめ》く。

ジゼルと私がライバルだとは、言いすぎだった。図々《ずうずう》しいと思われたらしい。

刺すように胸が痛み、思わずうつむく。

「レスタードのクリスタ王女、無理をするでないぞ？」

心の中を見透《みす》かしたかのように、皇妃は声をかけてきた。聡《さと》い彼女は、何もかもご存じだ。彼女の息子、ランディに寄せる私の想いもきっと――

皇妃のプラチナブロンドを見ただけで、私は彼を思い出す。彼は今頃、どこで何をしているのだろう？　優しい言葉を、あのキラキラした色気たっぷりの笑みを、他の誰かに向けているの？

彼が私のものにならないことは、よくわかっている。彼が一番好きなのはジゼルで、私ではない。だからこんな所で、うっかり涙を流すわけにはいかないのだ。

私は感情を隠すために目を伏せて、深々と頭を下げる。皇妃の視線を感じたような気がしたけれど、そのまま下がることにした。

翌日の早朝。ブレスレットの捜索《そうさく》を開始しようと、私は二度寝の誘惑と戦いながらオフトゥンを出た。時間が早いせいか、それとも曇《くも》っているためか、室内でも肌寒い。

オフトゥンはぬくぬくしているので、再び潜《もぐ》り込《こ》んだら、きっと素晴らしい夢が見られるだろう。

「ダメよ、困っているジゼル様のために、頑張ると決めたでしょう？」

自分に言い聞かせ、ふっかふかの『最高級ロイヤル羽毛オフトゥン』に、もう一度だけ恨めしげな視線を向ける。ブレスレットを早く見つけて、今日は絶対お昼寝するぞ、と決めて。

故郷のレスタードは極寒の地なので、寒さや雪には慣れているはずなのに、季節の変わり目の今、皇国にいても寒く感じるから不思議だ。

「日が昇れば暖かくなってくるし、このままで大丈夫よね？」

レスタードから持ち込んだ簡素なドレスを着る。これなら少しくらい汚れても平気だから、この格好で宮殿中を探すつもりだ。

皇太子からもらったドレスは、見た目も生地も豪華でこんな時には適さない。

加えて、受け取った当初は浮かれていたけれど、彼とジゼルとの仲を知ってしまった今では、彼女に申し訳なくて袖を通す気になれなかった。結局、衣装棚の肥やしとなり、女官のマーサがため息をついている。

着替えを手伝ってくれる彼女には、ジゼルと皇太子の関係については何も話していない。二人の楽しそうな声を聞いた時のことを思い出すと未だに胸がツキンと痛み、正直笑って話せる自信がないのだ。

「彼のことを考えている場合じゃなかったわ。今は、ブレスレット探しを優先させなきゃ」

あちこち回ろうと、私は早速部屋を出た。ところが、出てすぐの廊下で意外な人物と鉢合わせる。

「……イボンヌ様？」

「あら」

彼女はこんなに早起きではなかったはず。まあ、ステラ程遅くもないけれど……ってことは、もしかして！

「イボンヌ様も、ブレスレットを探してくださるの？」

「――え？　ええ。もちろんよ」

――昨日は全然乗り気じゃなかったのに、急にどうしたのかしら？　酷いことを言ったと反省したの？

「イボンヌ様、ありがとう。昨日も見て回ったのだけど、明るいほうが探しやすいわよね」

「そうね。わたくしもそう思うわ」

イボンヌも本当はいい人に違いない。協力して探せば、きっと上手《うま》くいく。

ジゼルは昨日、すごく落ち込んでいた。失くした物が早く見つかるに越したことはない。

「じゃあ、私は上の階を……」

「それなんだけど――」

私の言葉をイボンヌが遮《さえぎ》った。

「さっき、池のほうに光る物が見えたの。あそこにあるんじゃない？」

「池って芝の向こうの？」

「そう。誰かに伝えようと思って」

早朝だというのに、すでに外を探していたらしい。イボンヌは、すごく優しい人だったのだ。必死に探す宮殿のみんなの姿を見て、自分も手伝わなきゃいけないと考えたという。

昨夜、遠くは探していない。庭園や噴水、植え込みなどは暗くてほとんど見えなかった。光る物が見えたと言うなら、人工池が確かに一番怪しい。

「あの……ありがとうございます。先に探しておきますので、他の方にも伝えていただけますか？」

「もちろんよ。任せてちょうだい」

イボンヌが請け合った。

朝食までまだ時間があるから、私はすぐに池を見に行こう。

宮殿のすぐ外には見事な庭園が広がり、中央の噴水が水飛沫《みずしぶき》を上げている。さらに行くと、樹木が綺麗に刈り込まれて迷路になった場所があり、その先の緑の芝の中に池があった。前世のゴルフ場のような、人工的に作られたものだ。

私は池を目指して歩き出す。巡回中の護衛が、自然に付き添ってくれた。

目当ての場所に着き、楕円形《だえんけい》の池を覗《のぞ》き込《こ》む。

この人工池は浅く、水深は膝下くらいで主に観賞用だと、マルセル先生に教えてもらっていた。

だが水面が薄緑色に濁っているせいで中がよく見えず、光る物がどこにあるのか確認できない。

「こんなことなら、来る前に詳しく聞いておけば良かったわ」

後悔先に立たず――ここから宮殿までは意外に距離があり、いちいち戻るのは面倒くさ……大変そうだ。

「なんとか朝食までに探し出せないかしら?」

そうすれば、ジゼルも安心するだろうし、宮殿で働く人たちの迷惑にもならない。きっと、みんなが気にかけているはずだ。

眺めていても仕方がないので、私は池の中に入ることにした。とはいえ、この格好のままで池には入れない。スカートを摘《つま》んで持ち上げたところ、護衛に慌てて止められる。

「ク、クリスタ王女、一体何を!」

「え? 何って、この中に入ろうと思って」

「今ですか？　どうして……」

外にいた護衛には、ブレスレットを探していることを話していなかった。けれど彼に説明すると、代わりに入ると言い出しかねない。見たところ彼の靴は革の編み上げブーツだし、脱ぐのに時間がかかりそう。その点私なら、スカートをまくればＯＫだ。

ただ、この世界では、貴族の女性が足を見せるのは、はしたないとされている。日本の女性を見たら、みな卒倒してしまうだろう。だから一番いい方法は……

「あの、向こうを向いてくださる？　それと何か拭く物があれば、ありがたいのですが」

要は見られなければいい。スカートの下にも短いズボンのようなものをしっかり穿《は》いている。前世の記憶がある私はまったく恥ずかしくないし、簡素なドレスは水に濡《ぬ》れても構わない。何より今は、一刻も早くブレスレットを見つけたかった。

「わかりました。女性と交代しますので、そのままお待ちください」

「ええ、ありがとう」

とりあえず、私はにっこり微笑《ほほえ》んでおく。護衛が遠くに離れたのを確認して、ドレスの裾をまくった。

朝のせいか池の水はかなり冷たく、裸足《はだし》を浸《ひた》した瞬間、悔む。

寒さに慣れているとはいえ、すごく久しぶりだ。レスタードの雪解け水は透《す》き通《とお》っているが、人工池の水はそこまで綺麗じゃないし、ただ冷えるだけ。しかも――

「マルセル先生の嘘つき」

膝下だと聞いていた水深が、ところどころ意外に深い。

考えてみると、先生は私よりも身長があってしっかりした体形だ。皇帝にしろ皇太子にしろ、この国の男性はみな背が高くて足が長い。彼らに比べると、私は全体的に小さめだ。もしかして、彼らの基準で膝下って意味なんじゃあ……

そんなわけでスカートをしっかりまくって結んでいたにもかかわらず、結局腿《もも》までぐっしょり濡《ぬ》れた。

こんな姿を護衛が見たら、びっくりするだろう。急いで探して、見られないうちに池から上がらなければ。

私は少しずつ慎重に中央に向かって進んでいった。腰を屈《かが》め、足の裏に変な感触があれば手で触り確認する。でも、触れるのは小石や落ち葉ばかりで、ブレスレットではなかった。

薄曇《うすぐも》りで時々太陽が出ているのに、なにもキラッと光ってくれない。

「ゴム長靴や防水エプロンがあればいいのに……クシュン」

気温がほとんど上がらず、くしゃみまで出た。健康だけが取り柄なのに、変なの。

あっさり見つかると思っていたブレスレットは、なかなか出てこなかった。

「おかしいわ。でも、護衛が戻って来ないってことは、そんなに時間が経ったわけではないのかしら。じゃあもう一度、端からよく探してみましょう」

そう呟《つぶや》いた私は、気持ちを奮《ふる》い立《た》たせて探し続ける。寒さに慣れてきたせいか、水が心地良く感じられた。

「クシュン……ハクチュン」

しばらくして、くしゃみだけでなく鼻水まで出てくる。それに、身体がだるいような気もした。

ずっと水の中にいたからかもしれないけれど、これくらいで風邪をひく程、身体は弱くない。

ただ、太陽が今日は休むと決めたみたいで、空はますます曇《くも》ってきた。これではもう、ブレスレットはキラッとしてはくれない。

ようやく池の中の捜索《そうさく》を諦めた私は、芝に上がろうと足を前に進めた。

「うわっ」

水底が揺れ、いきなり転んでしまう。必死に身体を起こしたものの、全身ずぶ濡《ぬ》れになった。

地面だけでなく、周りの景色まで歪《ゆが》んでいる。まるで、悪い夢の中にいるみたい。

服がぐっしょり湿って、身体が重たい。

人がいなくて良かった。こんな姿は恥ずかしいもの。

「クリスター、どこだー」

ふいに遠くのほうから少年のような声が聞こえた。その声に聞き覚えはない。でもほんの少しだけ、大好きなあの人に似ていると思う。こんな時まで私は、皇太子を思い浮かべてしまうのだ。

――彼の笑みが好きだった。煌《きらめ》く淡い青の瞳や「妖精さん」と呼ぶ優しい声も。

私に触れる長い指先は優しく温かい。好きだと言う彼の言葉が嬉しくて、ほんのひと時夢を見た。

現実では叶うはずのない、甘くて切ない恋の夢を。

苦しくなった私は、胸に両手を当てた。

ここにいないあの人に、私はこんなにも焦がれている。諦めようと努力しているのに、会えない間もどんどん好きになっていく。

初めての感情に戸惑《とまど》い、どうしたらいいのかわからない。

涙が後から後から溢《あふ》れ出す。どうせ顔も濡《ぬ》れているのだから、今は泣いてもいいよね？　泣かないと決めたはずなのに、ただただ恋しくて……

ひとしきり泣いた私は、手の甲で涙を拭《ぬぐ》う。先程の声のほうを見ると、白い服を着た女性が私をめがけて走ってきていた。大好きなあの人が一番大事に想う銀色の髪の彼女だ。

「……タ、クリスタ！」

息が切れているためなのか、ジゼルの声は昨日より低く余裕がない。

彼女はブレスレットのことをイボンヌに聞いてここに来たのだろう。

――ごめんなさい。一生懸命探したけれど、まだ見つかっていないの。

今朝のジゼルも圧倒的に美しい。私は髪から水が滴《したた》り落ち、ドレスも身体にピッタリ貼りついている。

皇太子の妃にと、望まれている彼女を羨《うらや》ましく思うのは、いい加減にやめないといけない。

正気に戻ろうと私は首を横に振る。途端にくらっとめまいがした。

「わわっと」

よろけたものの、どうにか転ばずに済む。

「クリスタ……うわっ」

慌てて側に来たジゼルは、手で顔を隠して私から目を背《そむ》けた。

それはちょっと失礼だわ。全身ずぶ濡《ぬ》れとはいえ、見られない程醜《みにく》い姿ではないはずなのに。

「クシュン」

ほんの少しムッとしていると、またしても、くしゃみが出た。

「クリスタ、服が……服が透《す》けている！」

顔を覆《おお》ったまま、ジゼルが叫んだ。女性同士なのにドレスが透《す》けたくらいで慌てるなんて変なの。下着だってきちんとつけているから、丸見えってことはないのに。

「クシュン、クチュン」

「どうしてこんな所に？　いや、とにかく池から上がって。早く着替えないと、身体が冷えてしまう」

相変わらずこちらを見ないジゼルが、手を差し出した。

けれど、心配はご無用。身体が冷えるどころかポカポカして、むしろ暑いくらいだ。

「ほら、急いで戻ろう。でないと――」

ジゼルの大きな手に掴まった私は、芝地に足をかけた。

その瞬間、彼女の後ろから現れた人物にグイッと腕を引っ張られ、ずぶ濡《ぬ》れの身体を抱き留められる。

「え……？」

驚きのあまり固まった。その人は、自分の着ていたマントで私を覆《おお》うと、力強く抱き締める。

私の顔は、彼の胸板に押し当てられていて動きが取れず、その人物の顔がよくわからない。

だけど、チラッと目にした瞬間、心臓が大きな音を立てた。彼が私の思う通りの人だとしたら――

「クリスタ、なぜ君一人でこんな所にいたんだ」

艶《つや》のあるいい声に、私の胸の鼓動は全力で駆け出す。

「皇太子、様……」

確かに彼がそろそろ帰国するという話は知っていた。でも、今日だとは聞いていない。

こんなにみすぼらしい姿を、久々に会う大好きな人に見られるなんて。

悲しくなってうつむくと、彼が謝ってきた。

「ああごめん、責めているわけではない。クリスタ、会いたかった……」

近すぎる距離と甘い言葉で、一気に頬が熱くなる。寂しい思いも会いたい気持ちも、きっと私のほうが強い。

顔を上げて「私も」と答えようとしたところ、彼がとがった声で詰問した。

「ジル、これは一体どういうことだ！」

途端に胸が、引きつれるように痛む。

そうだ、忘れていた。彼の愛する人も、この場にいたのに！

私ったら、なんてことを言おうとしていたのだろう。ジゼルは黙っているけど、心中が穏やかだと限らない。この様子を見て、悲しんでいるのではないの？

厳しい声の皇太子の横顔は、冷たく険《けわ》しい。それに、この体勢もかなりいけなかった。早く離れないと、ジゼルに疑われる！

身体を引き剥がそうと、私は一生懸命皇太子の胸を押した。それなのに、彼は私を捉《とら》えたまま離さない。逆に、腰に回した腕の力を強め、ピッタリくっついてくる。

「ごめん、……にもよく……」

「皇太子様、も……クシュン」

もう大丈夫だから離れて、と言おうとした声がジゼルと重なる。彼女の言葉を聞き取れず、私のくしゃみで皇太子は身体を強張《こわば》らせた。

「あの、風邪がうつるといけないから、早く離れて——」

「離れる？　そんなわけないだろう。一刻も早く戻ったほうがいい」

皇太子はマントごと抱えるようにして、私の膝下に手を入れた。あっと思う間もなく私を横抱き——いわゆる、お姫様抱っこをして歩き出す。私は急いで彼にしがみついた。

「ま、まま、待って！」

頭に靄《もや》がかかったみたいに、何も考えられない。皇太子に抱えられて胸の鼓動が全力疾走し、身体がますますポカポカしてくる。

「待たない。ジル、先に戻って侍医を手配してくれ。部屋に連れていく」

「わかった」

ジゼルは宮殿まで走って戻るようだ。私は申し訳ない気持ちでいっぱいになった。けれど自分で歩くと言いたくとも、頭がぐらぐらする。

「顔が赤い。クリスタ、目を閉じて楽にしていて」

皇太子の言う通り、目を閉じたほうが今は楽だ。安定感のある腕の中は心地良く、爽《さわ》やかな香りのする彼の服は、冷んやりしていて気持ちがいい。

ふいに複数の人の声が聞こえてきた。

「皇太子様、代わりましょう」

「いや、いい。私が運ぶ」

「お留守の間の出来事と、調査の件についてですが」

「報告は後で聞く。ああ、その件は私が直接——」

彼の声が、身体を伝って響いてくる。私を抱えているのに、息が乱れないことがすごい。

規則的な揺れに身を任せていたせいか、私は眠気に襲われ、意識を失う。

その直前、額《ひたい》に優しい感触を受けたような気がした——


目を開けると、私はオフトゥンの中だった。幸せだけど、周りの景色は歪《ゆが》みぼんやりしている。

「苦しそうだ。なんとかならないのか?」

「熱が高いようです。……恐らく急激に身体が冷えたためかと。当分安静に……」

「今朝早く、お出になられて……」

いろんな人の声が聞こえ、自分の部屋なのになんだか別の人の部屋みたいに感じる。

荒い呼吸をしつつ、私はその中の一つ――大好きな声の持ち主に手を伸ばす。

「気がついた？　無理をせず、ゆっくり休むといい」

優しい声のその人は、私の手を取り握ってくれた。

霞《かす》む視界に、プラチナブロンドと端整な顔が飛び込んでくる。淡い青の瞳は、私だけを映していた。

ずっと……ずっとこうして、私の側にいてくれたなら。

「――行かないで」

――あの人の所になど、行かないで。このまま、私だけを見てほしい。

熱のせいで、今の私はすごく我儘《わがまま》だ。

「わかった、君の側にいるから。安心してお休み」

彼は穏やかな声で答えた。

違う、今だけじゃない。この先もずっと……他の女性と貴方《あなた》を分け合うのは嫌なの！

そう言いたいのに、だるくて言葉にできない。悲しい気持ちで、私は深い眠りに落ちていく。

そして再び目を開けた時、彼は変わらずそこにいた。

ベッド脇の小さな椅子に長い足を組んで座り、手にした書類に目を通している。

部屋の灯りで陰影を帯びた横顔は、まるで彫刻のようだ。淡い金色の髪が、ランプの光で揺れている。伏せられたまつ毛は長く、真剣な表情も美しい。

灯りがついているということは、随分遅い時間なのだろう。だとしたら、こんな時間に、皇太子が一人で私の部屋にいるのは変だ。それに女官のマーサや他の人たちはどうしたのかな？

ベッドの上で首を動かす。その音に気づいた皇太子が、書類から顔を上げて私のほうに腕を伸ばした。長い指が私の額《ひたい》に触れ、熱さを確かめる。

「まだ熱が高いな。お腹は空《す》いてない？　呑めるなら、薬を呑もうか」

私は黙って首を横に振った。食欲はまったくなく、あるのは驚きだけだ。

どうして彼がここに？　熱のせいで、私は妙な夢を見ているのだろうか。

けれど現実に薬が用意されている。健康な私にはあまり縁がなかったけれど、この世界の薬は薬草を乾燥させてすり潰したものが多く、粉薬が基本だ。完璧にすり潰すことはできず、葉っぱの感触が舌に残る。物によってはとても苦くて非常に呑みにくい。

皇太子は水差しの水をコップに注ぐと、薬を入れて混ぜた。私を起こして背中を支え、コップを口元に当ててくれる。

予想通り、苦くて呑みにくい。半分程呑んで顔をしかめた私に、彼は微笑《ほほえ》む。

「口移しでもいいけど、どうする？」

私はコップに両手を添え、慌てて残りを喉に流し込んだ。苦いとかまずいとか言っている場合ではない。熱で身体が火照《ほて》っている上にそんなことをされたら、確実に心臓が破裂してしまう。

急ぎすぎたため、むせた。そんな私の背中を、彼がさすってくれる。

「ごめん、ごめん。病人相手に無理なことはしないから。ゆっくりお休み」

皇太子は私の手からコップを受け取り、空になったことを確認すると、満足そうに私の頭を撫でた。

なんだか小さな子供を相手にしているみたい——そう感じた私は、口を尖《とが》らせた。すると彼は困った顔で笑い、私の頬に手を添える。

「な、なな…」

「しっ、黙って」

親指が私の唇に触れた。動けず凝視していると、彼は綺麗な顔を近づけてくる。

——嘘でしょう⁉ まさか、このタイミングでキスするの？

ギュッと目を閉じた瞬間、彼はあっさり身を引いた。すぐに目を開けると、彼は私の唇を拭《ぬぐ》った親指を、自分の舌でペロッと舐めている。

伏し目がちなその表情が凄《すさ》まじい色香を放つから、部屋の温度が急激に上がったような。キスされていたら悶絶《もんぜつ》して、命が危なかったかもしれない。

「な、何を……」

「ん？ 薬がついていたから」

「そんなこと……もしうつったら」

「君の熱なら本望だ。その時は一緒にベッドに潜《もぐ》り込《こ》もうか？」

皇太子はどうやら、私の熱を上げにかかっているようだ。薬はいるけど色気は要らない。

というより、もう、無理だわ……

「お休み」と囁《ささや》く声が遠くで聞こえた気がした。

——頭と身体がふわふわしている。現実味のない光景に、私はこれが夢だと気づく。

隣には、椅子に座って腕を組む、疲れた表情の皇太子の姿があった。

——どうしてそんな所で座ったまま寝ているの？　寝るならやっぱりオフトゥンでしょう。貴方《あなた》も早く、横になればいいのに……

「まだ寝ないの？　そんな所にいたら風邪をひいてしまうわ」

口に出して言ってみる。その声は掠《かす》れてガラガラだ。自分の声じゃないみたい。

「具合はどう？　さっきより顔色は良いけど」

彼が眠そうな声で問いかける。私は、自分より彼のほうが心配だ。

「ランディこそ、大丈夫なの？」

そう聞くと、びっくりした顔をした。

——ランディと愛称を呼んだから？　夢の中ではいつも、私は貴方《あなた》をランディと言うのに。

これは夢だもの。別に愛する人のいる貴方《あなた》が、私の側にいるはずがない。こんな時間に、私の傍《かたわ》らで私だけを映して、微笑《ほほえ》んでいるわけないもの。

「ジゼル様よりもっと、私を好きになって」

心の声が口をついて出た。現実では無理なことも、夢なら告げられる。叶わない望みでも、夢でなら笑われることはない。

「ジル？　なぜ彼がここに出てくる？」

――やっぱり夢だ。ランディが愛する女性を「彼」だと言い間違えた。

「今だけは、私を好きだと言ってくれる？　嘘でもいいから大事に思っているって」

彼を見つめ、願いを口にする。夢なら、これくらいの我儘《わがまま》は許してほしい。

「今だけじゃなくずっと……私が愛するのは君だけだ」

夢の中の皇太子は、願い以上の言葉を口にした。私はそれを聞いて涙する。

――ここでなら、私は彼の一番なのね？

ああ、なんて幸せで残酷な夢なんだろう。

「泣かないで、妖精さん」

「私も。離れてもずっと、ランディが好きよ」

頬に流れる涙をそのままに、想いを込めて囁《ささや》いた。

レスタードに帰っても、私は貴方《あなた》を忘れない。私を認めてくれた大切な人だから。

大国の皇太子なのに、気さくな彼。端整な顔も困った表情も、優しい微笑《ほほえ》みも、決して忘れはしない。もちろん、アイスブルーの煌《きらめ》く瞳と倒れそうになる程溢《あふ》れる色気も。

「離れる？　まさか、今さら手放すはずがない」

夢の中の彼は、すごく優しかった。だから余計に悲しくなる。

「疲れたから早く寝ましょう。オフトゥンは広いし温かいのに、どうしてそんな所にいるの？」

私は彼にそう言った。

寝ていてもさらに寝ようとするなんて、自分は相当のオフトゥン好きだと思う。全部は譲れないけれど、半分なら彼にオフトゥンを貸してあげてもいい。

「いや、私はここで……」

「ほら、早く」

私は笑って隣を叩く。

——夢なのに遠慮するなんて、ランディったらおかしいわ。

彼はいつも紳士で、それは夢でも同じことだった。リアルな夢は『最高級ロイヤル羽毛オフトゥン』のおかげかもしれない。このオフトゥンは日々進化するのかも。

そして私は、さらに深い眠りに落ちた。

＊＊＊＊＊

『——オフトゥンは広いし温かいのに、どうしてそんな所にいるの？』

オフトゥンとは、ベッドのことだろうか？

クリスタは寝ぼけているのか、それともまだ熱が高いせいか、私を誘惑するようにそう言った。

『ほら、早く』

そう言ってベッドを叩き、隣に入れと可愛く誘う。

私は、自制心を総動員してこの場に留まった。病人に無理はしないと約束したのだ、誘いに乗ってはいけない。

冷静であろうと、これまでを振り返ることにする。

私は名をランドルフ・ヴェルデュールという。大陸一大きなヴェルデ皇国の皇太子だ。

大昔、この国は砂漠だったらしい。緑に憧れた先祖はヴェルデュール——緑という姓を名乗った。そして、その姓から国名がとられたのだ。

大国の皇子として生まれた私には自由がほとんどなく、小さな頃から教養やマナー、とりわけ帝王学を叩き込まれた。自国の政《まつりごと》は無論、近隣諸国の情勢は知っているのが当たり前、友好国の国王とその近親者の名も全て頭に入っている。

そんな自分の運命を受け入れてはいるものの、妃選び——『皇太子妃選定の儀』だけは反対だった。国家間や国内の衝突を避けるためとはいえ、わが国が一方的に妃を選ぶ制度はおかしい。

大国に大国の理《ことわり》があるように、小国にも小国なりの考えや事情がある。中には嫌々参加する者もいるだろう。

それに、選考で伴侶を決めるというやり方自体が気にくわない。

そもそも『皇太子妃選定の儀』というわが国の公式行事は、本を正せば人質を得るための手段だ。

昔、大陸が戦乱に明け暮れていた頃。当時すでに大国だったわが国は、従属国から身分の高い娘を差し出させていた。お妃選びという名目で、長期間娘を留め置き、抵抗の意思がないことを確認していたのだ。

皇太子妃や側室に取り立ててやるから光栄に思え、という大国ならではの強引な論理である。

そして現在、儀式だけが残った。

そんな選定の儀の前日、私は皇都郊外にあるラスター元将軍の家を訪ねた。彼は目立つことを嫌がるので、馬車をいったん宮殿に帰すことにする。

残った私はいつものように、彼を相手に庭で剣の稽古《けいこ》に励んだ。

「おやおや、だいぶ身体が鈍《なま》っているようですな」

老いたとはいえ、さすがは皇国軍を率《ひき》いていた名将で、その腕に衰えは見られなかった。後任に引き継ぐとあっさり引退した、地位や権力に固執《こしつ》しない彼の姿勢は、高潔で清々《すがすが》しい。教養深く尊敬できる彼を、私は老師と呼んで慕《した》っている。

「まだだ、こんなもんじゃない」

「注意力散漫ですぞ。踏み込みも甘い」

老師は昔から、皇帝の後継ぎである私を特別扱いせず、手加減をしなかった。私が皇国の上級騎士と対等にやり合えるのは、彼の指導のおかげだ。

今日の手合わせでは体力差がものをいい、私はどうにか彼に勝てた。「降参」と笑う老師が尋ねてくる。

「それで、何を悩んでいるのかお聞かせ願えますかな？」

私は素直に答えた。

「大したことはない。『皇太子妃選定の儀』が明日に迫っている。義務とはいえ、心苦しい」

「ああ、それで。嫌なら貴方《あなた》が変えればよろしい。思うままに生きなされ」

老師はそう言うが、長年続いたしきたりを変えるのは、容易なことではない。ただ、本当にそうできればいいとは思う。

責任や周囲の思惑《おもわく》など気にせず、自分の伴侶を自由に選べたなら！

そしてその帰りに、彼女――クリスタに出会ったのだ。

翌日の準備で忙しいのか、その日は迎えがなかなか来なかった。私は老師の家から皇都までの道をのんびり歩く。

幸い変装用のかつらを携帯していたし、剣の腕は老師も認めるところだから、一人でも危ない目に遭《あ》うことはない。

だが、途中で稽古《けいこ》の疲れが出たようで、眠気を誘う陽気に、私はつい横になる。

「――危ないわ。こんな所で寝るって正気なの！」

その声に顔を上げると、抜けるような青空の下、澄んだ緑の瞳が私を見下ろしていた。真っ白な肌と、この辺りではあまり見ない茶色の髪、そして愛くるしい小さな顔は妖精を思わせる。

貴族の娘が粗末な格好の私を注意するために、わざわざ馬車を降りてきたようだ。そんなこと、大陸ではかなり珍しい。

声をかけてきたクリスタは急に緊張しはじめた。

「あな、貴方《あなた》。な、何者なの？」

「何者って……見たままだけど。君こそ何者？　春の妖精さん」

それが、クリスタとの出会いだ。

控えめな態度や遠慮がちな口調は好ましく、私を皇太子と知らずに手当をし、馬車に同乗させた優しさは新鮮だった。

彼女の馬車にあるレスタードの紋章が目に入ったから、翌日また会えることはわかっていた。私は、迷わず『皇太子妃選定の儀』で、彼女を指名し選考に残したのだ。

その後クリスタは美しい歌声と頭の良さで、最終選考に臨《のぞ》むことになった。だが私は、純粋でおとなしく故郷の自然を愛する彼女に、わが国は合わないのではないか、との懸念《けねん》を抱く。

私のもとに、クリスタを担当する女官が顔色を変えて飛び込んできたのは、まさにそんな時だ。

「皇太子様、お忙しいところ大変恐縮です。クリスタ様はこのままだとご病気になる可能性があるでしょう」

マーサという女官の訴えを聞いた私は、急ぎクリスタの部屋へ向かう。

妃候補の部屋は、国の格や資産の規模によって振り分けられている。小国のクリスタ王女の部屋が一番小さく皇族の住む棟から最も遠い。豪華な部屋がいくらでもあるのに、妃選びのために、この辺だけはそのまま残してある。部屋の大きさが異なるのもわざとだ。

人を身分や財産で測るなど、愚かしいことだと思う。古くからのしきたりに固執《こしつ》する頭の固い連中がいるせいで、わが国の改革は思うように進んでいない。

彼女が望むなら、故郷へ帰してあげよう——そう思った私は、彼女の部屋に入った。

上掛けを被り震える姿に後悔の念が込み上げる。私の我儘《わがまま》が、こんなに彼女を苦しめていたなんて。

「泣かないで、妖精さん」

ようやく顔を出したクリスタに、声をかける。緑色の瞳に残る雫《しずく》が綺麗で、その泣き顔は可愛い。

けれど、悲しい思いをさせたいわけではないのだ。どうか泣かないでほしい。

皇太子の権限を使えばなんとかなると、私は彼女の望みを聞き出すことにした。

澄んだ緑の瞳や白く小さな顔をもう少し側で見ていたい。ひたむきな様子や優しさを私に向けてほしいと願っているが、それはもう叶わないだろう。彼女の身体を壊してまで手元に置くことは望んでいない。

「さあ言って。君の望みは？」

「お友達がほしい」

クリスタが呟《つぶや》く。泣く程つらくて故郷に帰りたがっていると思っていた私は、一瞬耳を疑った。

けれど彼女は真剣で、じっと見つめてくるその瞳に吸い込まれそうになる。

「わかった。私が君の友達になろう」

君が喜んでくれるなら、今は友達でも構わない。そのうちきっと――

私は誓い、彼女の小さな額《ひたい》にキスを落とす。

だがクリスタは、それからも私の想いになかなか気づかなかった。

「踏み込みが甘い」とは、尊敬する老師の言葉だ。焦《じ》れた私は、老師も交えた夕食会で一気に距離を縮めようとした。

「女性に男として意識してもらうためには、何が必要なんだと思う？」

クリスタに、そう問いかける。

自分がこんなことを聞く日がくるなんて、思ったことはなかった。今まで女性の気を引くのに苦労したことはない。

「その方と、なるべく一緒に、いようとする、とか」

彼女はゆっくりと答える。

「すでに試している。なかなか気づいてもらえない」

「で、でしたら、その方の好きそうな物を、贈ってみては?」

「初日に用意させた。他にも色々と。満足しているようだが、どうだろう?」

二度目の選考で故郷のことを熱く語ったクリスタのために、レスタード産の最高級の寝具を部屋に準備させた。宮殿内でも人気の品で数が少ないのを、急遽《きゅうきょ》入荷し整えさせたのだ。慣れないわが国で心細い思いをしないよう、馴染《なじ》みのあるものを使ってもらいたかったから。

羽毛の寝具だけでなく、誕生日にかこつけてドレスを贈った。クリスタ付きの女官の協力を得て形を決め、私が色を選んだ。楽しそうな私の様子に秘書官は呆《あき》れていたが、分《ぶん》をわきまえている彼は余計な詮索はしない。

男が誰にでも気前良くドレスを贈ると思ったら大間違いだ。興味のない女性に物を贈る程、暇ではない。

だが私の気持ちは、なかなか彼女に届かなかった。

彼女は秘書官を通じた私の呼び出しを何度も断り、部屋に閉じこもってしまう。

だから私は国外に出る前日、クリスタの部屋を訪ねることにしたのだ。

「好きだ」と告白し、「戻った時に君の気持ちを聞かせて」と伝えた。

リュスベックは遠方なので、私が帰るまで考えを整理する時間はたっぷりあるだろう。嫌がる素振りではなかったから、期待が持てるはず。

私の不在中は、クリスタの護衛を老師に、普段の守りをジゼルことジルに頼む。

私にとって彼女の身の安全は一番大事だ。宮殿内で命を狙われるとは思えないが、不安な要素は取り除いておきたい。

クリスタに対する私の想いを知っている老師は、ニヤニヤしながら二つ返事で承諾してくれた。

「坊もようやく本気になる女性が現れましたか」

小さな頃、彼は私を『坊』と呼んでいた。今も親しみを込めてそう言うことがある。それ自体は構わないが、クリスタの隣で楽しそうに笑う彼が、余計なことを話していないかは少し心配している。

さらに、不満が残るのはジルだ。

出発直前、クリスタのことを頼み、気をつけるべき人物と予想される事態を告げていたのに、風邪をひかせるとはどういうことだ？

『妃の件は引き受けた。でもランディ、安心しないほうがいい。本気になったらどうする？　遊びで済むうちに早く戻って』

彼の言葉には二重の意味があった。すなわち、他の候補者たちが本気でクリスタを害そうとする前に戻ってこいということ。

もう一つは、自分がクリスタに本気になる前、そして女装がばれないうちに、早く帰れという意味。

どちらも看過《かんか》できない私は、きちんと釘を刺していたのだ。

『本気は許さない。仕方がないな、ジルの仰《おお》せのままに』

ジルは父の弟の息子で、私の従弟《いとこ》にあたる。ユグノ公国の出身だが、王女ではなく王子だ。

ヴェルデの皇帝位は男子が継承するので、ジルもヴェルデ皇国の皇位継承権を持っている。私に弟はいないため、何かあれば叔父が、その後はジルに受け継がれる。

私たちは小さな頃から仲が良い。以前、彼に直接尋ねたことがある。

「ジル、君が望むならヴェルデ皇国に来て私と代わらないか？」

けれど、彼には断られた。

「嫌だよ、自分の国だけで十分だ。だって、結婚相手を自由に選べないんだろう？　僕は好きな人と一緒になりたい」

私も同じ想いなのだが……と、苦笑した。選考で妃を選ぶ制度は、若い私たちには受け入れがたいものがある。

もっとも結果としては、代わらなくて正解だった。『皇太子妃選定の儀』がなければ、私は緑の瞳の可愛い妖精に出会えなかったのだから。

さて、クリスタと離れてまで、私が国外へ旅立つことになった経緯はこうだ。

『皇太子妃選定の儀』の半月前にバージェス侯爵の不正を告発する文書がヴェルデの皇宮に届いた。

調査したところ、イボンヌの父親であるバージェス侯爵が外務大臣に就任して以降、リュスベックから入荷する宝石の量が年々減少していることが判明した。だが、実際の流通量は変わっていないのだ。

つまり、彼の息のかかった役人が数字を改竄《かいざん》し、帳簿には載せずに着服していた。見返りとして、彼には多額の金品が贈られている。宝石だけでなく、鉱石や羊毛など、虚偽の記載は多岐にわたった。

バージェス侯爵が不正をしていることは、我々も薄々気づいていた。『侯爵は不正に得たお金で、自分を推す者たちを次々と重要な職に就《つ》けている』とも噂《うわさ》されている。

そんなふうに彼の一派は着実に勢力を広げていた。能力よりも身分や財産を重視する彼のせいで、政務にも支障が出ている。

侯爵自身が犯罪に関わっているという決め手があれば、彼らを一網打尽にできる。私は機会をずっと待っていたのだ。

そんな時に、リュスベックから届いたのがその告発文書だった。

ただでさえ侯爵は、自身の娘、イボンヌを『皇太子妃選定の儀』に送り込んでいる。よほど金品をばら撒《ま》いたのか、選考でイボンヌを推す声は多い。典礼長はその最たるものだ。

そこで選定の儀の最中にもかかわらず、私はリュスベックを訪問した。その旅についてきた侯爵は見せたいものがあると言い、大きなエメラルドを掲げて自慢する。

「どうです？　素晴らしい輝きでしょう」

「ああ。でもどこでこれを？」

「もちろん、リュスベックの鉱山です。なあに、礼金を弾むと約束したら、非常にいい仕事をしてくれましてね」

赤毛のバージェス侯爵は満足そうに笑う。

「ランドルフ様、これは私から貴方《あなた》への個人的な贈り物です。意味は……賢明な貴方《あなた》ならおわかりでしょう？」

怒りより驚きが先にくる。

他国の鉱山を私物化しているばかりか、そこの宝石を隠匿《いんとく》してこの私に賄賂《わいろ》として渡そうとするとは、この男はおかしい。

国宝級の大きさであるこの石の存在を、リュスベックは知っているのだろうか？

「何が言いたいのか、よくわからない。はっきり言ってもらったほうが間違いないだろう」

私は目を細め、口の端を上げる。もちろん意味などわかっていた。贈賄を自《みずか》ら証言させるための誘い水だ。

「イボンヌ、私の娘は美しくていい子でしょう？　慈《いつく》しんで育ててきましたから、優しく素直に成長してくれました。嫁《とつ》がせるのは惜しいが、貴方《あなた》だったら文句はない。大切にしてくれますよね？」

呆《あき》れた気持ちを顔に出さないよう、無表情を貫《つらぬ》く。あれでいい子と言えるなら、クリスタはもはや女神だ。

「私に彼女を推せと？」

「おや、その表情はいただけませんね。美しく気立てのいい娘にエメラルドのおまけ付き。むしろ感謝してもらいませんと」

バージェス侯爵が狡猾《こうかつ》な笑みを浮かべた。ちょうどその時、席を外していた秘書官が戻ってくる。彼を目の端で捉《とら》え、私は片手を上げた。

それが、合図だ。

外交親善とは表向きで、私が同行させたのは軍の一部だ。彼らの動きは素早く、侯爵は捕縛された。

「な……一体何を！」

「不正の証拠が確認された。エメラルドを正当な方法で手に入れたのかどうか、怪しいものだな」

「わ、私は何も知りません。エメラルドは、た、たまたまうちに届けられた物です。書類は預かったものかも！」

「ほう？　誰が書類と言った。これは調べ甲斐《がい》がありそうだ」

「ま、まさか……」

バージェス侯爵の犯罪の証拠となる指示書や裏取引の帳簿は、優秀な私の秘書官が確認し、押さえた。長年の問題は解決し黒幕の確保も済んだが、リュスベック側への謝罪と説明などで、余分な時間を割くこととなる。

一日でも早く戻り、優しい声と緑の瞳に癒《いや》されたかったのに、思いの外時間がかかった。

妙な胸騒ぎがする。何もないとは思うが、一刻も早く皇国に戻りたい。

私は翌日、黒髪のかつらを被り持ってきた騎士の制服を着て馬を駆った。こうすることで早く帰れるので、非常に便利だ。

「皇太子様、久々ですし無理なさらぬように」

馬を寄せた上級騎士のレオナールが、笑う。彼とは軽口を叩く仲で、時々剣の手合わせもする。

護衛の時は目立たないようマスクを外すから、表情が読み取りやすかった。私をからかう彼はようやく帰路につけたためか、かなり機嫌がいい。

「まさか。まったく問題はない。それより、この格好の時はランディだと、そう言ったはずだが?」

「そうでした。でも、私ではなく令嬢たちにそう呼ばせたほうが喜ぶのではないですか?」

「私が女性に愛称を呼ばせないことくらい、知っているだろう?」

「そうですか？　噂《うわさ》では、たった一人許した方がいらっしゃるそうですね」

クリスタのことがもう、知れ渡っているのか。けれど、誰に知られても構わなかった。他の候補者とクリスタとでは、比べるまでもない。

クリスタは、今頃どうしているだろう。その優しさで、今も周りを笑顔にしているのか？

私は彼女の愛らしい顔と、心惹かれる緑の瞳を思い浮かべた。小さなことでも嬉しそうに笑う、彼女の表情が好きだ。クリスタには私を、皇太子ではなく一人の男として見てほしい。

「彼女だけだ。この先もきっと――」

「それはそれは」

既婚者であるレオナールとそんな言葉を交わしながら、今朝早く私は宮殿に到着したのだった——

着いてすぐ、私は宮殿内が騒がしいことに気づく。皇太子が帰国したからというより、何か別の原因があるように感じる。

「一体何があったんだ？」

近くにいた侍従に尋ねたところ、候補者たちの髪飾りやブレスレットなどが次々に消えていると知らされた。使用人たちが時間のある時に捜索《そうさく》を手伝っているのだとか。

侍従が言うにはイボンヌの首飾りも消えたそうだが、それは誰も気にしていないとのことだった。ブレスレットは皇太子の妃が持つ大事な物で、失くしたジルを気にかけたクリスタが、特に一生懸命探しているらしい。

だがあれは、厳重に保管されていたはずだ。それが簡単に失くなるとは、どういうことだ？

「報告を兼ねて皇妃に会う。秘書官にそう伝えておいてくれ」

侍従に伝言を頼んだ私は、着替えを後回しにして直接母と面会することにした。

そして大体の話を把握する。だが、母の話だけでは腑《ふ》に落ちない点がいくつか出てきた。

私は自分がリュスベックに行っていた間の報告書を持ってくるよう、残っていた秘書官の一人に言いつける。

——私が留守の間、みんなは一体何をやっていたんだ。

そんな不満を持ちつつ朝食の席に行くと、クリスタとジルの姿がなかった。嫌な予感がした私は、その場にいた三人に質問する。

「クリスタ嬢とジゼル嬢はどこだろう。誰か知らないか？」

きょとんとしたのは二人で、残る一人は私と顔を合わせないように目を背《そむ》けた。

「イボンヌ嬢、何か知っているようだな」

「わ、わたくしは、何も……」

挙動不審な態度は、嘘をつく時の父親とそっくりだ。私はイボンヌのすぐ隣に立ち、テーブルの上に片手を置く。次いで彼女だけに聞こえるよう、耳元に顔を近づけ低い声で囁《ささや》いた。

「本来の私は気が短い。早く言ったほうが身のためだと思う」

「いえ……本当に何も」

そう言いながら、彼女は身体を強張《こわば》らせる。

私には、彼女がクリスタのことを知っているという確信めいたものがあった。

母や侍従の話によると、クリスタは自分の髪飾りの捜索《そうさく》を後回しにして、ジルが失くしたブレスレットを探しているそうだ。お人好しにも程があるが、その優しさを利用したイボンヌが、彼女を罠に嵌《は》めようとしているのなら？

「自信を持ってそう言える？　では、何かあった場合の覚悟はできているということだな」

「そんな！　そこまでおっしゃらなくても……」

イボンヌが目を見開く。私の冷たい言葉にショックを受けたようだ。

今まで女性にひどいことをした覚えはないが、状況次第ではわからない。万一クリスタが傷つけられたとしたら、私は平静でいられる自信がなかった。

「イボンヌ……最後だ。クリスタはどこにいる？」

「……い、池に。向こうの池に、光る物が見えたと教えたら、いきなり飛び出して」

ようやく答えた彼女は、やはりクリスタの居場所を知っていた。

だが、池にブレスレットがないことを、私は知っている。

「それはいつ頃？」

「さ、さあ。だいぶ前、でしょうか？」

どうりでクリスタの姿が見えなかったわけだ。私と護衛が戻る前からだとしたら、何時間経っているのだろう。

食堂を飛び出した私は、池に向かって駆け出した。

今朝は肌寒く水温も低い。ずっと探し続けていたのだとしたら、風邪をひいてしまう。

あるはずのない――決して見つかりはしないもののために、彼女が自分の身を犠牲《ぎせい》にしているのだとしたら！

私は池の中に人影を認める。全身ずぶ濡《ぬ》れのクリスタと、彼女を引き上げようとしているジルの背中だった。

突然、強い衝動が込み上げる。

――彼女は私のものだ！

ジルの手に触れていたクリスタの細く白い腕を掴むと、自分に引き寄せた。ドレスが濡《ぬ》れて透《す》けていたため、着ていたマントで彼女の身体を覆《おお》い隠す。

「え……？」

驚く彼女に構わず、しっかり腕に抱き締めた。彼女の服は冷たいが、そんなことは関係ない。

「ジル、これは一体どういうことだ！」

彼を厳しく問い詰めたからだろうか？　クリスタが急に、私から離れようとする。

ようやく帰って来たのに、離すはずがないだろう？

私は腕に一層力を込めた。

「ごめん、僕にもよくわからない」

「皇太子様、も……クシュン」

ジルとクリスタの言葉が重なる。

私の腕の中でぐったりするクリスタの姿は弱々しい。私は彼女を横抱きにし、部屋に運ぶことにした。

皇帝にバージェス侯爵について報告するのは後回しだ。どうせ、母から父に伝わる。

私はクリスタの側から離れないことを決めた。私の妖精に何かあったら、と考えるだけで身が縮む。

未婚女性の部屋だから、反対がなかったわけではない。私に意見したのは、クリスタ付きの女官だ。彼女にはこう告げる。

「君がクリスタのことを一番に考えているのはわかる。だが、髪飾りのことはどうかと思う」

ベテランの女官は一瞬怯《ひる》むと、深く頭を下げた。それを見て、私は確信する。

母から話を聞くうちに、一つの結論に達したのだ。すなわち紛失事件そのものが、はじめからなかったのではないか？　もちろん、盗難でもない。

宮殿の警備は厳重で、外部の者は侵入できないはず。それなのに、次々に物が失くなるのはおかしい。クリスタの髪飾りを隠したのは女官だ。彼女はクリスタが内通者だという疑いを晴らすために行動したのだろう。

私はマーサという女官に、これからもクリスタを守るよう頼んだ。彼女は神妙な面持《おもも》ちで頷《うなず》くと、部屋を出ていく。しかし私は複雑だ。

「第三者がいたほうが、気が楽なんだが……」

具合の悪いクリスタに飛び掛かるつもりはないが、はっきり言って自信がない。眠る彼女の髪や頬、柔らかそうな唇は非常に魅力的だ。見ているだけで可愛くて、つい手を伸ばしてしまいそうになる。

椅子に腰掛けたままうとうとしていた私に、クリスタが声をかける。

「まだ寝ないの？　そんな所にいたら風邪をひいてしまうわ」

自分のことより他人の心配をするところは相変わらずだ。寝ぼけているのか、彼女はいつもと違って躊躇《ためら》わず、『ランディ』とすんなり呼ぶ。さらに、ジルよりも自分を好きになれなどと、変なことを言い出した。

「ジル？　なぜ彼がここに出てくる？」

従弟《いとこ》のジルのことは好きだが、それは弟への愛情に近く、クリスタに対して抱く強い想いとは比べものにならない。なぜ急に彼が話題に出るのか。

きっと、おかしな夢でも見ていたのだろう。そのせいで甘い告白をしてくれたのだから、彼女の見ている夢に感謝したい。

「今だけじゃなくずっと……私が愛するのは君だけだ」

クリスタの告白に私は応えた。寝ぼけていない時に、もう一度言おうと考えながら。

けれど、私の言葉を聞いた彼女の目から大粒の涙が溢《あふ》れ出す。

「泣かないで、妖精さん」

湧き起こる愛《いと》しい想いを、君にどう伝えればいいのだろう？

熱で潤《うる》んだ目に浮かぶ雫《しずく》が、私の心を大いに揺さぶる。必要以上に触れずにいようとする決意が、脆《もろ》くも崩れ去りそうだ。

なのに君は、私から離れることを匂わせる。けれど、もう遅い。

「離れる？　まさか、今さら手放すはずがない」

想いを込めて答える。それは、彼女と離れている間に考えていたことでもあった。クリスタの優しさや愛らしさを知ってしまった今、他の女性を愛することなど、私にはできそうもない。

クリスタがここを去ると考えただけで、言いようのない喪失感に襲われるのだ。

そんな気持ちを知ってか知らずか、彼女は甘い声で「隣においで」と誘った。病人に手は出せない。だから私はなんとか気を逸《そ》らそうと、今までのことを必死に思い返していたのだ。

「う……ん」

寝返りを打つクリスタの声で我に返る。彼女の額《ひたい》に手を当てて、熱がだいぶ下がっていることを確認した。

「健康と優しさだけが取り柄だと、身上書に書いてあっただけのことはあるな」

思わず笑みが浮かぶ。クリスタもそうだが、レスタードの国王も随分控えめな性格らしい。他の国が膨大な量の王女の身上書を寄こしてきたのに対し、クリスタのものは実にあっさりした内容だった。秘書官に、本当にこれだけなのかと確認したくらいだ。

クリスタの良いところはたくさんあるから、紙の上には書ききれなかったのだろう。

優しい気持ちで彼女を見つめる。私が側にいたいと願うのは、この先もきっと彼女だけ。

手を伸ばし、クリスタの髪を撫でた。満足そうに微笑《ほほえ》む彼女に、もう大丈夫だと胸を撫で下ろす。

そして、安心したせいで、急に睡魔が襲ってきた。

そういえば、今朝早くに宿を出た後はろくに休息をとっていない。

ベッドに目が吸い寄せられた。

幸せそうに眠るクリスタの横は、確かに空いている。広いベッドは温かく、寝心地が良さそうだ。

レスタード産の最高級の寝具は、彼女が嬉しそうに語るだけあって、ふかふかなのだろう。

いけないとは思いつつ、少しだけなら、という気になる。

彼女が目を覚ます前に起き出せば、誰にも知られないはずだ。クリスタ付きの女官がもうすぐ戻ってくるだろうから、その時に起こしてもらえばいい。

誘われるように、私はクリスタの隣に身体を横たえた。もちろん、彼女には触れないように間隔をあける。

日が昇る前には起きるから——今だけは、君の隣にいたい。

そう思ったのを最後に、私はどうやら深く寝入ってしまったようだ。

第四章　雪降って地固まる

朝方の夢は、なんだか楽しかった。金色の毛並みの狼が、私――クリスタに寄り添い、嬉しそうに尻尾を振ってくるのだ。その様子がとても可愛くて、頭を何度も撫でる。すると狼は飛びついて、お返しとばかりに私をギュッと抱き締めた。

――ん？　でも狼には手がないような。これって前足？　その割には感触が人の手みたい。

不思議に思い、私はバチッと目を開けた。

「……ええっ⁉」

誰かの腕にすっぽり包まれている。温かいと思ったのは狼ならぬ人の肌だ。しかも、添い寝のように、私の頭は相手の胸に密着していた。

慌てて距離を取る。その人はぐっすり眠っていて、私が動いてもビクともしない。

なんと、隣にいたのは皇国の狼ならぬ、プラチナブロンドの皇太子だった！

「ど、どういうこと……なの？」

驚いて目を見開く。

ブレスレットを探していて、池の中で転んだ後の記憶があんまりない。彼が私に話しかけるのを、ぼんやり夢で見ていただけ。

「夢……じゃ、ない？」

金色のまつ毛が伏せられて、形の良い唇は弧を描いている……って、観察している場合じゃないから！

「これって、ど、どど、同衾《どうきん》――!?」

あまりのことに叫んでしまう。どもりが復活したわけではない。

冷静になって考えてみよう。

皇太子と一緒のオフトゥンっていうのは、非常にまずい事態だ。

まあ厳密に言えば、同じオフトゥンでも一緒にくるまっていたわけではなく、私はベッドの中で彼は上掛けの上。つまり中と外だから、同衾《どうきん》ではない。

これって、ギリギリセーフよね？

彼の胸にくっついていたのは私の頭だけだし、あとはシーツに触ってたって言い張れる。もちろん二人共服は着たままで、皇太子に至っては普段見ないような騎士服を着用していた。

それにしても、昨夜一体何があったの？

「ああ……クリスタ、おはよう」

朝の光に輝く金色の髪と眠そうな目、気だるげな声は本日も抜群の色気を醸《かも》し出《だ》している。目をこすって欠伸《あくび》をする姿まで絵になるなんて羨《うらや》ましい。しかも肘をついた手に頭を乗せて、至近距離で私を覗《のぞ》き込《こ》むから、夢で見た金色の狼を思い出してしまう。

「おはようございます……って、違うの～～」

「そうだね、ごめん。もう少し早く起きるつもりだったんだが」

――いえ、そもそもどうして、貴方《あなた》が私の部屋にいるの？

私は辺りを見回した。すると、女官のマーサが少し離れた所から私たちを生温かい目で見ている。

「ま、また見て……」

「私は何も見ていませんから」

いいえ、確実に見ていたわよね？　そこにいたのなら、見てないで早めに起こしてほしかった。

男性がこんな所にいるのに、どうして注意しないの？

「どうして……うひゃっ」

マーサに気を取られていた隙に、皇太子におでこを触られた。びっくりして、つい変な声が出る。

「良かった、もう熱はないようだ。やはり君は元気なほうがいい」

病気のほうがいいなんて人は、そうはいないだろうけど、そんなことをする必要はないんじゃないかしら。それに、今のこの状況は、ジゼルに対する裏切り行為だ！

私は慌てて身体を起こし、ベッドを下りかけた。ところが――

「えっ？」

「クリスタ様！」

頭がくらっとして足に力が入らない。飛び起きた皇太子の腕が後ろから伸びてきて、私の腰をとっさに支えた。

「クリスタ！　無理をしてはダメだ。ただでさえ昨日は、熱が高かったのだから」

そう言われ、ようやく少しずつ思い出してくる。

池から私を抱え上げ、誰かがここまで運んでくれたのだ。その人は夜中私に付き添って、薬を呑ませ看病してくれた。

甘い台詞《せりふ》を聞いたような気もするけれど、そこはぼんやりしている。現実というより私の願望満載の、ちょっぴり悲しい夢だ。

皇太子が近くにいたから、そんな夢を見たの？

密着しすぎた今の姿勢が苦しい。薄着なので、首筋に彼の息遣いを感じる。

早く離れないと、変な噂《うわさ》になって、ジゼルに迷惑がかかってしまう。

「ありがとうございます。でも、早く部屋から出てくださらないと」

「どうして？　引き留めたのはクリスタ、君なのに」

「――へ？」

私ったら、そんな奇行に走ったの？

熱のせいかもしれないが、そんなことがあってはならない。

けれど、ふいにある言葉が浮かぶ。

『今だけじゃなくずっと……私が愛するのは君だけだ』

ただの夢だというのに、なぜこのタイミングで？

困って彼を見ると、色気たっぷりの笑顔を返された。

「可愛いおねだりだったのに、覚えていないなんて残念だ」

可愛いおねだり？

まったく記憶にない。やはり寝ぼけていたのだろう。熱のせいで、自分に都合のいい夢を見てしまったのだ。

そう、ジゼルを好きな皇太子が、私に愛を囁《ささや》くはずがないもの。

「熱が下がったばかりだし、無理をしないほうがいい。クリスタ、今日は一日ゆっくり休んで」

皇太子が私の頭を優しく撫でる。彼はそのまま長い指を滑らせ、私の頬に触れた。くすぐったくって身じろぎすると、手を握り締め、次いで自分の口元に当てて目を伏せる。

なんだろう、今ふと何かを思い出しかけた気がする。

けれど彼はすぐに手を離し、今度こそ立ち上がった。

「じゃあ、また」

「……ありがとうございました」

我に返った私は、とりあえずお礼を言う。はっきり覚えていなくても、忙しい彼を引き留めてしまったことに変わりはない。部屋を出ていく皇太子に、深々と頭を下げる。

その後すぐに、問いかけるように女官のマーサに目を向けた。しかし彼女は、嬉しそうに微笑《ほほえ》むだけ。

有能なマーサがここでの出来事を外に漏《も》らすとは思えないけれど、万が一ジゼルや皇妃の耳にでも入ったら大変なことになる。

そこまで考えた瞬間、私はもっと大切なことを思い出した。

「そうだわ、ブレスレット！」

窓の外はもう明るい。私が熱を出し寝ていた間に、期限である夕刻はとっくに過ぎていたようだ。

「ブレスレットはもう、見つかったのかしら」

不安な思いでマーサに聞くと、彼女は無言で首を横に振った。

「そんな！」

『大丈夫、心配しないで。最後まで一緒に探すから』

偉そうにジゼルと約束しておきながら、私は途中で捜索《そうさく》を放り出してしまった。彼女は昨日も必死で探し、見つからずに心細い思いをしたことだろう。

皇妃にも申し訳ない。「無理をするでないぞ」との優しい言葉をいただいたのに、私は滅多《めった》に出さない熱を出し、ここで過ごしていたのだ。

それに、イボンヌだってブレスレット探しに協力してくれた。他の方々も一生懸命捜索《そうさく》したはず。

それでも見つからないなんて、一体どこにあるの？

のんびりしている場合ではなかった。今からでも見つけに行こうと、私は着替えるためにクローゼットに向かう。

「クリスタ様、何を！」

「何をって、ブレスレットを見つけなきゃ。ジゼル様は今頃、悲しい思いをしていらっしゃるわ」

私はブレスレット探しを勝手に中断しただけでなく、ジゼルの愛する人を独占してしまった。二重のつらさを彼女に味わわせるわけにはいかない。

罪悪感を抱いた私は、より一層捜索《そうさく》に力を入れようと心に決める。

「ダメです！　今日一日は部屋で安静にしていただかないと。それに皇太子様からも、クリスタ様をくれぐれもよろしくと頼まれております」

「そんな！」

――皇太子は、過保護だわ。もしかしたら、昨日の私はそれ程危険な状態だったのかしら。

「今日はこちらでゆっくりなさっていてください。後のことは任せてほしいと、昨晩、皇太子様がおっしゃっていました」

マーサの言葉にホッとする。彼にそう言われると、本当に大丈夫だと思えてくるから不思議だ。

そう思った途端、胸が苦しくなる。私はまだ彼に、「お帰りなさい」と言っていない。帰国したばかりで疲れているというのに、迷惑をかけてしまった。

だけど、皇太子とジゼルの久々の再会を邪魔するわけにはいかなかった。ただでさえ彼女はブレスレットの件を、一番に相談したかったはずなのに。私って最低ね。

ふとある考えが頭に浮かぶ。もし皇太子が、留守中のことをすでに耳にしていたとしたら？

後のことは任せてほしい――そう言ったのは私のためではなく、ジゼルのためだ。彼女を無事に妃に迎えるべく、これからあらゆる手を尽くそうとしているのだろう。

お妃を選ぶ本人がジゼルのために動くのなら、もう大丈夫。私が余計な心配をしなくても、彼女は彼に守られる。仮にブレスレットが見つからなくても、皇太子なら、ジゼルを妃としてきちんと迎え入れるに違いない。

結局、頭から締め出すと決めながら、私は彼のことばかり考えていた。しっかりしなきゃと思うのに、身体に力が入らない。

まだ本調子ではないようだ。彼の最後の優しさに甘えて、今日はこの部屋でゆっくり過ごすことにしよう。

私は再び目を閉じたのだった。

翌朝。すっかり元気になった私は、オフトゥンの上で大きく伸びをした。

ふと、昨日、隣に寝ていた皇太子が、眠そうな目で「おはよう」と言ってくれた光景が浮かぶ。

「考えないようにすればする程、思い出すのはどうしてなの？」

未練なのかもしれない。

「だから、あんな夢を見てしまったの？」

大国ヴェルデで見る夢は、甘くて切ない恋の夢。大好きなあの人が、ずっと私だけを愛すると優しく口にしてくれた。

人を好きになるのは大変だ。

会いたいと望んだのは自分なのに会えば戸惑《とまど》い、無理だとわかっていても自分だけを見てほしいと願う。

私はここで優しさや愛《いと》しさと同時に、悲しみと切なさを学んだ。

流した涙の分だけ成長しているだろう。

恋の喜びも苦しみも、彼が教えてくれたこと。好きな気持ちは本物だから、後悔なんてしていない。

故郷のレスタードに帰っても、私はきっと貴方《あなた》を想う――

「くよくよしていてはダメよね。いいことを見つける努力をしなくっちゃ」

いつまでも浸《ひた》っていてはいけないと、私は勢い良く立ち上がる。泣いたせいで長く寝てしまったらしく、朝食まであまり時間がない。

――朝のメニューはなんだろう？　ホタテかサーモンがあるといいな。

マーサに仕度を手伝ってもらう。彼女は今日も皇太子からのプレゼントである高級ドレスを勧めてきた。私は首を横に振り、故郷から持ってきたドレスを手に取る。

豪華なドレスは、私には分不相応だ。サイズはピッタリでも、気後れする。本当は『生まれてきてくれてありがとう』という彼の言葉だけで十分だった。それだけで、大切に思われていると実感できたから。

最終選考が終わったら、ドレスは全部置いていこう。そうでもしないと、私は前に進めない。大好きな彼と過ごした日々。その思い出さえあれば、帰国してからも頑張れそうな気がする。

持って来た黄色のドレスを着て、食堂に向かう。

中に入るといつもと様子が違っていた。席についたイボンヌが、暗い顔をしている。私は彼女に声をかけた。

「ええっと……どうなさったの？」

ブレスレットが出てこないジゼルが落ち込むならわかるけど、イボンヌのこのやつれようは不思議だ。いつもは巻いてある赤毛が乱れているし、装飾品もほとんど身につけていない。

「彼女ったら、皇太子様を怒らせてしまったみたいよ」

沈黙するイボンヌの代わりに口を開いたのはステラだ。瞳が面白そうに煌《きら》めいている。

「本当、クリスタ様がご無事で良かったわぁ。私、心配したのよぉ」

ふいにフェリシアが、私に向かって甘えたような声を出す。両手を握り顎《あご》に手を当てての上目遣いは、いつもよりさらにきゅるるん度が増していた。

「最終選考はもうすぐね。まあ私は、側室でも構わないから取りなしをお願いね」

続けてステラが大胆発言をするけど、私に言っても仕方がない。誰にどう取りなせと言うの？

今日は三人共態度がおかしい。私が寝込んでいる間に何かあったみたい。

ただ、ジゼルはいつも通り控えめに、体調はもういいのかと尋ねてきた。

「ええ、おかげ様で。すっかり元気になったわ」

彼女が落ち着いて見えるのは、皇太子が戻ったせいかもしれない。

——何も心配要らないと、彼に優しく言われたのかしら？

想像しただけで、胸がチクリと痛む。

それにしても、あのブレスレットが発見されたのかも気になる。もしそうなら、宮殿のみんなも喜んでくれるだろう。

早速聞いてみようと、席に着いてジゼルのほうに身を乗り出す。

「ジゼル様、もしかして……」

「お食事前に失礼いたします」

質問する前に、青い服の文官が現れた。彼は一礼すると私たちの前に立ち、緊急の用件だと告げて、手元の紙を読み上げ始める。

「お妃候補のみな様へお報《しら》せです。朝食後に最終選考のため、大広間に集まってください。また、皇妃様からのご伝言です。最後の朝食は遠慮しますが、気兼ねなくゆっくり楽しまれるよう、とのことです」

朝食後に選考があると聞き、食欲が一気に失せた。ゆっくり楽しんで、と言われても……

皇妃が来ないことがわかり、文官が出ていった瞬間、いつものごとく三人は猫を脱ぎ捨てる。いえ、今日はイボンヌの元気がないため、態度が豹変《ひょうへん》したのはステラとフェリシアの二人だ。

相変わらず忘れているみたいだけど、給仕や女官はちゃんと控えている。それなのに、ステラはテーブルの上に肘をつくし、フェリシアは取り分けてもらう前にお菓子を頬張った。

「ふう、ようやくね。随分待たされたわ。いい加減にしてほしいものよね」

「本当～、こんなに長くかかるとは思ってなかったのにぃ。でもまあ、美味《おい》しいお菓子をたくさん食べたし、買い物できたからいいのかな？」

本日のステラは、イボンヌと同じくらいかそれ以上に威張《いば》っていた。なぜ急にイボンヌに気を遣わなくなったのだろう。それにフェリシアもたくさん買い物できたって、いつの間に？

「可哀想に最後の食事ってことよね。それが済んだら帰されるんでしょう？　いい気味だわ」

ステラが笑いながらイボンヌを見ている。どういうこと？

まるで嫌がらせの対象が、私からイボンヌに移ったみたいで、いつにも増してギスギスしている。

「そうねー。皇太子様に嫌われちゃったし、お父様とも連絡がつかないんでしょぉ？　だから貴女《あなた》はもう終わりなのよね。おっかしぃ」

フェリシアが、大きな目を細めてクスクス笑う。

「……わせておけば」

ようやく口を開いたイボンヌが、すごい形相《ぎょうそう》でステラとフェリシアを睨《にら》みつける。一方、ジゼルは涼しい顔で優雅にお茶を飲んでいた。

「あら」

「えー、こっわ～い」

ステラは片眉を上げ、フェリシアは大げさに肩を震わせる。

そして突然、イボンヌが立ち上がった。

「言わせておけば、何なのよ！　今まで散々わたくしにすり寄ってきたくせに」

彼女は両手を握り締め、激怒している。

「うるさいわね、静かにしてくださらないかしら」

ステラが強気で言い返す。波打つ金髪を片手で払うと、こちらもやはり立ち上がった。私は呆気《あっけ》にとられて、彼女たちを見つめる。

「はあぁ？　貴女《あなた》一体、誰に物を言って……」

「誰に、とは？　落ちぶれた大臣の娘なんかに用はないんだけど」

「どうしてそれを……」

「どうしてって、宮殿内部に子飼いがいるのは、貴女《あなた》だけではないのよ？」

ちょっと待って、どうして誰も止めないの？

私は一人、おたおたする。

「貴女《あなた》も終わりね。利用価値のない人間に、従うはずないじゃない」

「そうよぉ～。お妃どころか側室も無理だって聞いたわ。もう、おとなしく家に帰ればぁ？」

話は全然見えないものの、二人を止めようと、私はイボンヌの前に立ちはだかった。

「もうやめて！　お二人とも、急にどうなさったの？」

困って声を上げる私を見て、ステラがバカにしたような顔になる。

「そうね、貴女《あなた》は昨日この場にいなかったから」

「そうそう。昨日、いえ、一昨日《おととい》は皇太子様を怒らせちゃったでしょー。それに昨日は、堅い感じの人に呼び出されていたでしょー」

「呼び出し、というか取り調べかしら？　親子で悪事が全部バレたって感じよね」

振り向くと、イボンヌは悔しそうに唇を噛み締めている。

悪事って、人を犯罪者みたいに……

「典礼長が捕まったのよ。彼がバージェス家から礼金をたっぷりもらっていたのは、有名な話だわ。だから、選考の内容を事前に知ることができたのよね？」

「……え？」

私は驚く。見ると、イボンヌは頬を赤く染めている。

それって本当のことなの？

「ズルしたんじゃ失格よねー。最初から答えがわかってるんなら、だーれも苦労はしないものぉ」

「そうよ。楽して妃になろうとするなんて、笑っちゃうわ」

二人の言うことはもっともで、真実だとすれば不正を働いたことになる。それなら、私たちだけの問題ではない。

だけど、憶測で他人を貶《おとし》める行為は慎《つつし》むべきだ。

「それを言うなら貴女《あなた》だって！　お父様のガイヤール子爵がわが家に『選定の儀の要項を見せてください』って、頭を下げに来たわよ？」

イボンヌの言葉に、今度はステラが怯《ひる》む。しかしすぐに立ち直り、肩を竦《すく》めて言い返した。

「どこにそんな証拠が？　自分が失格だからって、他人を巻き込むのはやめてほしいわ」

「うちの取り巻き風情《ふぜい》が偉そうに！」

「もう違うわ！　貴女《あなた》の時代は終わったの。これからはクリスタ様、かしら？」

「……へ？　私？」

脈絡なく名を出された、私は変な声を上げてしまう。私の時代って？

「朝食の席に貴女《あなた》がいないと知った時の皇太子様の表情といったら……。まあ、ジゼル様もいらっしゃらなかったから、余計にご心配だったのでしょうけれど」

膨らみかけた希望の芽が、ジゼルの名前を聞いた途端一気に萎《しぼ》んだ。

ステラは大きな勘違いをしている。皇太子が真っ先に心配したのはジゼルで、私のほうがついでなのだ。彼女と私とでは、はじめから勝負にならない。

「だからね、クリスタ様が彼女――イボンヌを庇《かば》うことなんてないのよ。貴女《あなた》のほうが有利なんだから。イボンヌが何をしたか忘れたの？」

バッチリ覚えている。でも、それを言うならステラとフェリシアにも散々嫌がらせをされた。

「内通者扱いして、クリスタ様の部屋に押し入ろうとするとはねぇ。どうせ部屋の中を荒らして、追い出そうとしたんでしょうけれど」

ステラの言葉に私は目を瞠《みは》る。その話は初耳だ。イボンヌは私の部屋に入ろうとしていたの？

「うるっさいわね。そもそもステラが、『お妃候補の中に内通者がいるらしい』って言い出したんでしょう？」

すかさずイボンヌが、ステラを責める。部屋の話を否定しなかったということは、本当だったようだ。

なんのために私の部屋に？　しかも内通者騒ぎの出どころがステラって……

「あれぇ？　おっかしいなー。私の所には紙が置いてあったのよ？」

頬に両手を当て、首を傾《かし》げるフェリシア。確かに私も、彼女からそう聞いている。

「貴女《あなた》、この女の言うことを聞いていなかったの？　宮殿内部に子飼いがいるって、さっき堂々と自慢してたじゃない。部屋にメッセージを置くくらい、わけないのよ」

イボンヌが怒鳴る。

でも、私の部屋にはなかったわ。女官のマーサがしっかりしていたから、誰も入れなかったのだろうけど。彼女が通した人といえば、侍医と皇太子くらいだし……

ふいに大好きな人の優しい笑みが脳裏をよぎった。

いけない、思い出している場合ではなかったわ。

「ええーっ。じゃあ内通者がいたって話は嘘ぉ？　他人を疑わせるように仕向けて、共倒れで蹴落とそうとしてたの？　こっわ～い」

フェリシアの言葉に、私は目を丸くする。そんな考え方もできるのね。

『内通者がいる』と言ったのは、ステラ。疑心暗鬼になったフェリシアは私と仲良くしようとし、首飾りを失くしたイボンヌは、私を内通者で犯人だと決めつけた。

けれど、内通者は、もちろん私じゃない。

もしかして、イボンヌが私の部屋に入ろうとしたのは、首飾りのこととは関係ないの？　でも、あの時は私も髪飾りが失くなって大変な思いをしていた。入って来られても、すぐに追い出しただろう。姉からもらった大切な髪飾りはまだ見つかっていない。

イボンヌの言う通りだとすれば、内通者なんて存在しないのかもしれない。だからジゼルは『貴女《あなた》はそれでいい』と言ったのかな？　賢い彼女は、全部お見通しのようだ。

「やかましいわね、この小娘は。だったら何よ！　自分は関係ないという顔をしているけど、ど～だか。イボンヌが呼び出された後、失格になるって大喜びしていたのは貴女《あなた》でしょう？」

「あら、喜んで何が悪いの？　人数が減れば選ばれる可能性が高くなるしぃ。私が一番若いから、オバサンたちに比べたら、世継ぎをたくさん産めるもん」

今度はステラとフェリシアが言い争う。

フェリシアは子供のような喋《しゃべ》り方で子供を産む話をした。私は完全に話についていけない。

「もうその辺にしといたら？　失格になっていない以上、イボンヌ様もお妃候補。貴女《あなた》たちが勝手に判断する権限などない」

とうとうジゼルが間に入る。

彼女くらいしっかりしていないと、本物のお妃にはなれないのだろう。私は結局、何一つ彼女に敵《かな》わなかった。

「気分が悪いわ。私もう要らないっ！」

忠告されたフェリシアが怒り出した。朝食は要らないと言う割には、その場にあったお菓子をしっかり手に持っている。自由な彼女は、空気の重いこの場をいち早く抜けることに決めたらしく、振り返らずに部屋を出ていく。

「私も。まだ失格ではないにしろ、落ちぶれた人と一緒にいるのは嫌だわ。それに、理屈っぽい人も大嫌い」

ステラも出口に向かう。彼女もフェリシアと同じように、さっさと退室した。理屈っぽい人というのは、ジゼルのこと？　正しいことを言っただけなのに。

「わたくしも。今朝は食欲がないの。クリスタ様、ブレスレットのことは……いえ、今さらどうでもいいことね」

イボンヌが肩を竦《すく》める。元気がないだけでなく、悲しそうな顔で全てを諦めたような感じだ。

「イボンヌ様！　私で良ければお話を聞きます。どうか一人で苦しまないで」

暗い表情の彼女を見ていられず手を伸ばす。彼女は私の手を払うと、正面から睨《にら》みつけてきた。

「結構よ。わたくしに同情するなんて、何様のつもり！　貴女《あなた》の善人ぶったところが大嫌い。世の中はねえ、綺麗ごとだけでは済まされないのよ？　大した努力もしていない田舎者《いなかもの》のくせに」

「そんな！」

私はただ、少しでも力になりたいと思っただけなのに。

「苦しまないで？　よくそんなことが簡単に言えるわね。これだから能天気な人は……」

「私にだって、悩みくらいあるわ！」

大声で言い返す。

私は物怖じせずに発言できていた。皇国に来て、変わったのだ。

「そ……そう？　わたくしには別に、関係ないけれど」

私の剣幕に圧されたのか、イボンヌが一歩下がる。そのままくるりと背中を向けると、足早に去っていった。

閉まる扉を見ながら、私は考える。

以前は人と接することが苦手で、唯一の楽しみはオフトゥンだった。柔らかい感触に包まれていると、安心できる気がして。もちろん今でもオフトゥンは大好きだけど、他にも好きなものがたくさんできた。

宮殿のみんなと笑顔で交わす挨拶《あいさつ》が好き。マーサとの日々の会話やマルセル先生の授業は楽しい。薔薇《ばら》の咲く中庭や手入れされた芝、ずぶ濡《ぬ》れになった池だって、実は結構気に入っている。毎日の食事は美味《おい》しいし、夕食会も待ち遠しい。皇妃の発言は厳しい中にも愛情があって、優しさを感じることがある。

ヴェルデ皇国で、たくさんのいいことを見つけた。

そうして私は恋を知る。

大好きなのは、プラチナブロンドとアイスブルーの瞳。自分を一番好きになってほしいと、願った。叶わぬ恋だと知り、悩み苦しんだ。

だから、悩みがまったくないわけではない。

「って……あれ？」

食事中なのをすっかり忘れ、考え事に没頭していた私を見て、ジゼルがクスクス笑っている。

やっぱり能天気だと思われているのかもしれない。

「クリスタ、貴女《あなた》はそれでいい。他人に惑わされず、信念を持つことが大切だ。そんな貴女《あなた》だからこそ、ぼ……」

何かを言いかけたジゼルがハッとしたように口を塞《ふさ》ぐ。その手は大きいだけでなく、指も長い。

美少女だった彼女は、皇太子に愛されているという自信からか、急激に大人の女性に成長しているみたいだ。

「じゃあ、また後で。クリスタ、何があっても……嫌いにならないでね」

彼女は私の肩に手を置くと、頭の上にキスをする。

――えっと……今の、何？

あっさり帰ったジゼルを見つつ、私は真剣に悩む。髪へのキスって挨拶《あいさつ》にしては変な感じだ。それに、妙な言葉も残していった。

いや、悩む前に元気を出そう。食欲が失せたと思ったのは、気のせいだ。

最終選考後に帰国すると決めている私には、これが皇国での最後の食事となる。

給仕がよそってくれたシチューには、大好きなサーモンとブロッコリーが入っていた。かぼちゃとパプリカ、ホタテのグリルは彩《いろど》り良く、目にも鮮《あざ》やかだ。パリッと焼けたチキンにかかったソースからは、バジルの香りがする。他にも、香ばしいパンや果汁たっぷりのジュレなど、豪華な朝食を次々に取り分けてもらう。

料理を思う存分堪能《たんのう》した私は、笑顔で席を立った。

「ありがとう。みな様のおかげで、今回も大変美味《おい》しくいただきましたわ」

もう『何か違う』と言わなくていい。今の私は、素直な感想を口にできるのだ。

思えばここでの食事は、私に活力をくれた。美味《おい》しい物を食べると、まだ大丈夫だと実感できる。

「本当にありがとう」

感謝を込めてお礼を言った。

優しいここの人たちに明日から会えなくなると思うと、やはり寂しい。

そんな私に、一人の女官が「頑張ってください」と声をかけてくれる。小さな声だったので、最初は聞き間違えたのかと思った。けれど気づくと周りに人が集まってきて、口々に励ましてくれる。

「姫様、応援しています」

「きっと大丈夫ですから」

「私たち、クリスタ様の味方です」

女官たちが期待に満ちた輝く顔を私に向けた。給仕の男性まで頷《うなず》くから、余計に戸惑《とまど》う。

みんなが言っているのは、この後行われるお妃選びの最終選考のことだ。気持ちはすごくありがたいけど、結果はすでにわかっている。

選ばれるのはジゼル。私は側室になりたくないので、ここに残るつもりはない。

なんとか笑顔を作り出し、私は急いで食堂を出た。もう泣かないと決めたから、最終選考が終わっても涙は流さない。

仕度のためにいったん自分の部屋に戻ると、なぜか、マーサとの押し問答になった。

「そこまで飾り立てなくても……」

「このドレスを着て一番綺麗なクリスタ様を、みんなに見せてあげてください」

「だけど、変に張り切りすぎるのは良くないと思うわ」

「いいえ、これだけは譲れません。私がお世話をしたクリスタ様が一番愛らしいのだと、証明していただかなくては！」

恥ずかしくって顔が熱い。

——マーサったら、最終選考の前だからって褒めすぎだわ。

彼女が勧めてきたのは、皇太子からプレゼントされた水色のドレスだった。淡い水色が、あの人の瞳の色を思わせる。

「絶対に、このドレスにするべきです！」

……これで最後なら、彼女の言う通りにしてみよう。

私は彼女が選んだ水色のドレスを纏《まと》った。

胸元がスクエアカットでプリンセスラインの美しいドレスは、襟《えり》と袖の白いレースがポイントとなっている。上質な生地で仕立てられていて、豪華だけれど清楚《せいそ》なイメージだ。

茶色の髪は両サイドと後ろを垂らし、横を編み込んでもらう。仕上げに薄く化粧を施《ほどこ》されると、目元が強調されて唇に艶《つや》が出た。そのおかげで、いつもの五倍は可愛く見える気がする。

「素晴らしいわ！　マーサの腕前が」

「何をおっしゃいます！　やはりクリスタ様が一番お綺麗です。お仕《つか》えできて嬉しゅうございました」

彼女の心遣いが嬉しくて、胸にジンと熱いものが込み上げた。彼女に仕度を手伝ってもらうのは、これで最後だ。そう考えただけで、つい目が潤《うる》んでしまう。

「今までありがとう。私のほうこそマーサが担当してくれて、本当に良かったわ」

心を込めて告げる。けれど、その言葉を聞いた彼女は急に深く頭を下げた。

「申し訳ございませんっ。私はクリスタ様に、嘘をついておりました」

「……嘘？」

彼女が取り出してきたのは、見覚えのある箱だ。手渡された私は、急いでその中を確かめる。箱には、姉からもらった髪飾りが綺麗な状態で入っていた。

「嬉しいわ、見つけてくれたのね！　でも、嘘って？　すぐに言わなかったこと？　それは私が熱を出して寝込んでいたからで――」

「いいえ！」

言いかけた私を、マーサが強い口調で遮《さえぎ》る。

「本当に申し訳ございません。こちらは最初から、失くなってなどおりません」

「……え？」

一体どういうこと？　だって確かに髪飾りが失くなったってマーサが言って……

私はそこまで考えて、ハッとした。もしかして「失くなった」というのが――嘘？

「見当たらないと申し上げた時には、私が持っておりました。その後は、私の部屋へ」

「どうし……」

言いかけた私は口を閉じ、考える。出会ってからのマーサは、私によく尽くしてくれた。彼女は訳もなくこんなことをする人じゃない。きっと何か理由があるはずだ。

その時突然、先程のステラの台詞《せりふ》が脳裏に閃《ひらめ》く。

『内通者扱いして、貴女《あなた》の部屋に押し入ろうとするとはね。どうせ部屋の中を荒らして、追い出そうとしたんでしょうけれど』

まさかイボンヌのせい？　彼女が私の部屋に勝手に入ろうとしたから、髪飾りが失くなったことにしたの？

「髪飾りがないと言ったのは、私を守るため……そうでしょう？」

マーサは私を見ると、ゆっくり頷《うなず》いた。

「高貴な方をお止めすることは、私にはできません。この部屋でも物が失くなったと言えば、あるいは、と考えました」

高貴な方、とはイボンヌのこと。皇国の高位貴族である彼女の命令を断るには、余程の理由が必要だ。マーサは彼女に「この部屋でも物が失くなったので、勝手に入ると疑われますよ」とでも言って断ったのだろう。

「どうしてすぐ、打ち明けてくれなかったの？」

とっさの判断だったのなら、私にまで隠す必要はなかったのに……

「申し訳ありません。ですが、クリスタ様は人の悪意に鈍感でいらっしゃいます。お話ししたら、人を疑うのは良くないとおっしゃって、自ら《みずか》部屋に案内なさったのでは？　その後は、他の方々にいいようにされていたでしょう」

反論できないところがつらい。

確かに髪飾りが失くなっていなければ、内通者だと決めつけられて、大騒ぎになっていたことだろう。イボンヌや文官たちに部屋の中の物を勝手に触られていたかもしれない。

——まあ、髪飾りとオフトゥン以外大したものはない……って、いけない！　ドレスがある。

皇太子直々《じきじき》のプレゼントを、私は他の候補者たちには内緒にしていたのだ。

マーサの機転で助かった。今は、私の髪飾りが見つかったことを、宮殿のみんなに早く報告しなければ。

「じゃあ、髪飾りのことは私の勘違いだったって、早速みんなに伝えてく……」

「クリスタ様！　私を責めないのですか？」

思い詰めた表情のマーサが、大きな声を出す。

「どうして？　私のために隠してくれたのでしょう？　それなら、責められないわ」

「ですが、必死に探していらして……」

「親切な方々に出会えたからいいの。みんなが案じて助けてくれた。そのおかげで、ブレスレットの捜索《そうさく》でも力を借りることができたし。でも、そうね。髪飾りを探してくださった方の善意と時間を無駄にした。その点は私たち、反省しないとね？」

元をたどれば、これは全部私の頼りなさが招いたことだ。

現に私はさっきまで、イボンヌが勝手に部屋に押し入ろうとしたことさえ知らなかった。ステラが誰かを使い、内通者がいるという紙を部屋に置こうと画策《かくさく》していたことも。

有能なマーサがいなければ、私はここで平穏には過ごせなかっただろう。彼女のおかげで、私は皇国での滞在を楽しむことができたのだ。

部屋は清潔だし、オフトゥンは毎日ふかふか。泣いている時はわざと気づかないようにしてくれたし、時々温かい飲み物まで用意してくれた。

彼女の優しさに、どれだけ救われていたことか。

そんなマーサが私のためにしてくれたことを、責めたり怒ったりできるはずがない。

ただ、一生懸命探してくれた宮殿のみんなには、悪いことをした。

今からみんなに謝罪する時間はあるかしら？

「クリスタ様、髪飾りのことは私の責任です。きちんと謝っておきます」

「私もまだ、ブレスレット探しのお礼を伝えていないの。じゃあ、後で一緒に回りましょう」

「いいえ。クリスタ様はご自分のことを、ご自身の幸せを一番にお考えください」

マーサは微笑《ほほえ》むと、姉から贈られた白鳥の髪飾りを私の髪に挿《さ》してくれた。

「貴女《あなた》のお側にいるだけで、私は心が癒《いや》されます。ほら、これなら妖精よりも素敵ですよ」

『妖精』という言葉に、思わずドキッとしてしまう。それは皇太子がよく言っていた言葉だ。

最終選考が迫り、そろそろ大広間に移動する時間になった。

「今までありがとう。マーサ、大好きよ」

私は彼女に抱きつく。一瞬驚いた彼女は、私の背中に手を回し「頑張って」というふうに優しく撫でてくれた。

「私もクリスタ様が大好きです。貴女《あなた》なら大丈夫」

マーサの励ましの言葉が身に染みる。

思えば前世の私は、何かに挑む時、こうして送り出してもらった記憶がない。本当に、マーサと出会えて良かった。

「じゃあ、行ってまいります」

お妃選びの場に女官を連れていくことはできないので、次に彼女と会えるのは最終選考が終わってからだ。

彼女は故郷に帰る私に、どんな言葉をかけてくれるのかしら？　あまり心配させたくないから、残念だったわって笑顔で言わないと。

急いで廊下を歩いていたところ、大広間の手前で後ろから走ってきた誰かに、私は突然腕を引かれた。

「……えっ？」

慌てて振り向くと、白の上下に金色の刺繍《ししゅう》という盛装姿の皇太子だ。途端に心臓が跳ね上がる。

彼は心なしか余裕のない表情で、私を壁際に導いた。

「ど、どど、どーして……」

「すまない。あの後、時間がまったく取れなかったんだ。体調はもういい？　無理していないかな」

わざわざそんなことを聞くために、このタイミングで声をかけたの？

「ええ。お気遣いありがとうございます。皇太子……様」

そう口にした私に、彼は綺麗な顔を歪《ゆが》める。そんな表情も素敵で、私の目は意志に反して吸い寄せられた。

「ランディだと言っただろう？　病《やまい》の時は訂正しなかったが、治ったのなら話は別だ。それに私はまだ、君の返事を聞いていない」

返事って、皇国を発《た》つ前に言ったことへの？　『今後のことをゆっくり考えて、戻った時に君の気持ちを聞かせて』と、そんな感じだった。

でも今は大事な最終選考前だ。

「そんなことより、今は……」

「そんなこと？」

どうして彼のほうが、私より傷ついた表情をするのだろう。

彼は壁に手をつくと、端整な顔を近づけてきた。ギリギリまで下がった私に、さらに接近してくる。

私たちの間に隙間はほとんどなく、このままいくと押し潰されてしまうかもしれない。

――もしやこれって壁ドンならぬ、壁ムギュ!?

必死に顔を逸《そ》らそうとする私の耳に、皇太子は唇を近づけ囁《ささや》いた。

「君にとってはそんなことでも、私の想いは真剣だ。クリスタ、君は違うの？」

「なっ……」

――なんてことを言い出すの？　私のことを一番好きでもないくせに！

「ジゼル様に失礼よ。彼女の気持ちも考えて！」

胸の痛みに耐えきれず、私はとうとう叫んだ。

「ジル？　なぜ……ああ、そうか」

皇太子が急に納得したという顔をした。

――やっぱり。二人が恋仲だと、私が気づいていないと思っていたのね。

ジゼルのことを考えたせいか、皇太子が微笑《ほほえ》んでいる。そんな彼を見るのがつらくて、私は唇を噛みうつむいた。

ところが彼は私の顎《あご》に手をかけ、強引に自分のほうを向かせる。

「な、なな、何を……」

「聞いて、クリスタ。私は君に説明しなければいけないことがある」

一番はジゼルで、次かその後が私ってこと？　そんなの聞きたくない！

「その前に、今日の君もすごく愛らしいと、私はもう言っていたかな？　水色もよく似合う。贈ったドレスを着てくれて嬉しいよ」

目を細めてそう言う彼が、本心で喜んでいるのだとわかる。だからこそ、余計に苦しくつらいのだ。こんなに優しいのに、彼の一番は私じゃない。

ダメだ……泣かないと決めたはずなのに涙が浮かぶ。

皇太子は両手で私の頬を優しく包むと、再び顔を近づけた。私はあえて拒絶せず、これで最後だと自分に言い聞かせる。

大好きな人のプラチナブロンドの髪とアイスブルーの瞳の輝き、柔らかな声や優雅な仕草の全てを、記憶に留めておきたい。

「クリスタ、そんな顔をしないで。不安にさせた私が悪かった。側にいられなくてごめん。私が好きなのは君だ。ジルは私のい――」

「おや？　大広間に集合と言ったのに、まだこんな所にいたとはねぇ」

皇太子の言葉に被せて、鋭い声が彼の背後から飛ぶ。

――この声は、皇妃！　み、みみ、見られた。

私は壁にへばりつき、慌てて頭を下げる。

「た、た、大変申し訳ありません」

二人っきりのところを目撃されてしまった。時間に厳しい皇妃が、許すはずがない。

……って皇太子ってば、今もしかして、舌打ちしました？

「この後向かいます。今はまだ、大切な人との話の途中ですので」

私とは対照的に、皇太子は落ち着き払っている。自分の母親だからかもしれないけれど、堂々と遅刻すると宣言したのだ。

「ならぬ！　選定期間中に特定の者への過度な接触は許さぬと、全員に言い渡してあったはず。当事者のそなたが破ってどうする」

「咎《とが》め立ては、後からいくらでも。ですが今は、大事な話をしているんです」

「時間がない。みなも待っていよう」

「他は関係ない。私が側にいたいのは――」

皇太子が皇妃と言い合っている間に、私は素早く彼の腕をすり抜けた。一礼して、走り出す。

「わ、私はこれで。また、後程」

そのまま一目散に大広間へ向かう。

「……クリスタ、待って！」

制止は聞こえないフリだ。だって、皇妃の後ろには、ぞろぞろ護衛がついていた。私が原因で親子喧嘩《げんか》になったと、噂《うわさ》になったらつらい。

立つ鳥跡を濁さず――今日でここを去る私は、悪い印象を残していきたくなかった。もちろん、皇太子とジゼルの仲を邪魔するつもりもない。

皇妃が来る前の皇太子は、何を言いかけたのかしら？

『私が好きなのは君だ。ジルは私のい――』

一番だ？

――やっぱりジゼルが好きなんじゃない。彼女が正妃で私は側室？　そんなの当然お断り。

大広間に入ると、既視感を覚える。

クリスタルのシャンデリアは初めてここに来た時のように眩《まばゆ》く輝いているし、カーテンや調度品の豪華さもあの日のままだ。床は大理石、壁には凝《こ》った彫刻が施《ほどこ》されている。壁沿いに青い服の文官たちがずらりと並んでいるのも、まったく一緒。

大きく変わったのは、私の心だけ。

お妃になりたくないと思っていた私が、正妃になりたかったと思っているのだ。

諦めようと決めたはずの想いが、たった今、皇太子と会ったことで強く揺らぐ。大切な人だと言われたために、儚《はかな》い希望を抱いてしまった。

「想いを諦めることも大事だわ。心を強く持たなければ」

自分に言い聞かせると、前に踏み出した。

他のお妃候補たちはすでに集まっているらしい。

イボンヌは元気がないものの、真紅のドレスにダイヤのネックレスで毅然《きぜん》とした様子。緑のドレスのジゼルは言うまでもなく美しく、今日もやっぱりハイネック。背が高くなったせいかモデルさんみたい。

フェリシアはフリルのいっぱいついたラベンダー色のドレスを着ている。合わせている腕輪は、サファイアらしい。ステラは胸と背中が大きく開いた金色のドレスで、首飾りのルビーが胸の谷間にくるために、思わず目が吸い寄せられた。相変わらずセクシーだ。

自分だけが豪華な装《よそお》いだと思っていたら、とんでもなかったわ。むしろ私が一番地味なので、いつものドレスだったら逆に目立っていた。水色のドレスと姉の髪飾りを選んでくれたマーサには、心から感謝したい。

正面の壇上には、あの日と同じく三つの席が設《もう》けてある。

皇帝と皇妃、少し後ろに皇太子の席だ。違っているのは典礼長がいないことで、代わりに見たことのない男性が立っている。前髪が長めのワイルド系なその人は、秘書官用の深緑の制服を着ていた。

その彼が、皇帝一家三人の到着を告げる。

私たちは揃って膝を折り、頭を下げた。

「みなの者、長きにわたるわが国への滞在、ご苦労であった」

皇帝の言葉を皮切りに、最終選考が始まる。顔を上げた私の目に、席につく皇帝ご夫妻とその隣に立つ皇太子が映った。

初めての時に比べると距離が近い分、皇太子の顔がよく見える。鼻筋の通った彫りの深い顔立ちとスラリとした体躯《たいく》は、完璧な彫刻のようだ。

笑うとその瞳が楽しそうに煌《きらめ》くことを、私は知っている。髪をかき上げる手は指が長く、触れる時にはすごく優しい。首を傾《かし》げる困ったような表情も、手を口に当てる色っぽい仕草も、全てが愛《いと》おしくて素敵。

これで最後だと思うと、やはり胸が詰まる。

私は一心に彼を見つめていた。けれど次の瞬間、皇妃の衝撃的な言葉を耳にする。

「最終選考と言い集まってもらったが……実は、選考はすでに終わっておる」

フェリシアとイボンヌ、ステラが動揺する。一方ジゼルは、いつものように冷静だった。その姿を見て私は確信する。

――お妃はジゼルで決定なのね。もしかして、すでに内定を知らされているの？　公表されたら、皇太子はどんなふうに喜ぶのかしら……

私は両手を握り、悲しい想いをやり過ごそうと試《こころ》みる。皇太子は口を引き結んでいるものの、いつもと変わらぬ表情で、嬉しそうな様子は見られなかった。

「お聞かせください！　最終選考とは、何を基準になされたのですか？　わたくしに――わたくしたちに前もって知らされなかったのはなぜでしょう？」

「そうですぅ。知らない間に終わっているなんて、そんなのひどいっ！」

「それならもう、決まっているということですか？　どなたです？」

イボンヌ、フェリシア、ステラは諦めきれないのか必死に質問している。

私は以前と同じように、早く終わればいいと、それだけを考えていた。

お妃は自分ではないと言い渡されるのが……正直しんどい。

ただ一つのいいことは、終わった後は堂々とレスタードに帰れるのだということ。それを思えば、たとえこの瞬間がつらくても、我慢ができる。

緑の山が懐かしい。澄んだ水や川のせせらぎも恋しかった。

城のみんなや家族は元気でいるかしら？　収穫の時期に人手が足りず、困ったのではなくて？

私のオフトゥンも、今度こそきちんと使ってあげなくちゃね。……思い出すだけで、強い郷愁の念に駆られる。

発表が終わったら、急いで荷物をまとめ、静かにここを出ていこうと、そう考えていた。

「語弊《ごへい》があったようじゃな。選考は終わっておるが、結果はまだだ。最終選考が何であったのか説明する前に、わらわもそなたらに聞いておきたいことがある」

皇妃の言葉に疑問が募《つの》る。

最終選考が終わっているのに、結果がまだとはどういうこと？　実は終わっていないの？

同じことをステラも考えたらしく、彼女は膝を折ると丁寧《ていねい》に頭を下げた。

「どうぞ、皇妃様。なんなりと」

淑《しと》やかで完璧な礼に、イボンヌが悔しそうな表情をする。

「そうか。他の者も良いな？」

皇妃に良いかと問われて、ダメだと言えるわけがない。私たち残る四人も同じように膝を折り、頭を下げた。

「はーい」

「なんでもお聞きくださいませ」

「皇妃様の良きように」

「誠心誠意お答えいたします」

すると、満足そうに頷《うなず》く皇妃の目が、キラリと光る。

「そうか。ではイボンヌ・バージェス嬢、そなたに聞くが――」

イボンヌがビクッと動く。真っ先に自分が指名されたから、驚いたのだろう。

「わらわは人を見る目は確かなほうじゃ。親がどうあれ、本人に罪がないのなら、喜んで受け入れよう」

「慈悲深いお言葉、誠に身に染みます」

一歩前に進み出て、膝を折るイボンヌ。どうやら、彼女の父親は本当に罪を犯していたらしい。

それにしても、まさかジゼルでなく、彼女がお妃に？

けれど、その様子を見た皇妃が彼女を一喝する。

「話をよく聞け！　罪がないのなら、と言った。じゃが、ありすぎる程あるな？」

イボンヌが硬直する。どういうことだろう。やっぱり、面談でのズルが知られてしまって――

「イボンヌとやら、首飾りは見つかったのか？」

意外な言葉に、彼女はきょとんとする。

「え？　いえ……その、まだ……」

「そうであろう？　失くしてもいないものが、出てくるはずはないな」

「なっ――」

途端にイボンヌの頬が赤くなる。

「そなたに関しては、皇太子のほうが立腹しおってな。ちょうどいい、直接話すが良かろう」

そう言って、皇妃は傍《かたわ》らの息子を見やる。

彼は頷《うなず》くと壇を下りてイボンヌの目の前に立つ。その表情は険《けわ》しく、とても冷たい。彼は自分の秘書官を呼び寄せ、書類らしきものを受け取った。

「不在中の出来事を詳しく調査させ、私自身も確かめた。イボンヌ、君は首飾りを盗まれたと大騒ぎをし、内通者だと疑ったクリスタ王女の部屋に侵入しようとしたらしいが……相違ないな？」

淡々と聞く彼の口調に、怒りは感じられない。

立腹しているというのは皇妃の勘違いで、ただの事実確認のようだ。

「え？　だって、わたくしの首飾りが失くなってしまったんですもの。彼女が一番怪しい……」

「ほお？　バージェス侯爵家では、失くなったことを『盗まれた』と言うのか。それとも、自分のドレスの中に隠したことを『盗まれた』と？」

目を大きく開けたイボンヌは、身体も細かく震えている。

「目撃していた女官が証言してくれた。君が自分の部屋に並べてあった首飾りの一つをスカートの中に入れ、廊下で大騒ぎしたと。クリスタの部屋に押し入り、罪を被せて追い出そうとしたのか？」

そんなまさか！　それとも本当に？

「彼女の部屋に入れなかった君は、廊下で喚《わめ》いた。ところが、盗難にあったと言い張ったものの、思いつきの行動だったせいで首飾りの色がわからない。その場で取り出して確認するわけにもいかないから、当然か。だが、クリスタを犯人だと主張しても文官には取り合ってもらえなかった」

「ち、違う……わたくしはただ……」

「ただ？」

皇太子の声が一段と低くなる。

「ただ困らせようと思っただけよ！　だって、彼女が一番有利だってステラが言うから……」

「ちょっと！　私のせいにするのはやめてよね……いえ、コホン。ひどいと思いますわ」

ステラは言い直したけど、皇太子は興味なさそうにチラッと見ただけだった。ジゼルは相変わらずの無反応、反対にフェリシアは舌なめずりをしている猫みたいな表情だ。

「クリスタを困らせようとしただけ？　だが、一番困ったのは我々だな」

「え？　それってどういう……」

「わからないのか？　君は宮殿の警備態勢を侮辱《ぶじょく》したんだ。客人の物が簡単に盗まれるような警備であると、皇室を貶《おとし》めた」

「そんな！　わたくし、そんなつもりじゃ……」

イボンヌがオロオロしている。自分がしでかしたことに気づき、必死に首を横に振って否定していた。けれど何かを思いついたらしく、突然大きな声を上げる。

「そ、それならクリスタ様やジゼル様だって！　彼女たちも失くなったって言ってたわ」

『『失くなった』と言ったのだろう？　『盗まれた』とは言っていない。私はそう聞いている」

小さな言葉の違い、だけど意味の大きく違うそのことを、イボンヌはようやく理解したようだ。

「そんな、待って！　悪気はなかったの。ただちょっと困らせたくって」

「悪気がなければ何をしてもいいのか？　しかもそれだけではないな。探しているブレスレットが池にあると、クリスタに嘘までついた」

――嘘？　でも、イボンヌは本当に朝早くから探してくれていたわ。でなければ、あんな時間に廊下でバッタリ会うはずがない。

「父親と買収した人物、その両方から連絡がなくなって焦っていたのだろう？　約束の時間を過ぎても、父親の手紙が届かない。その時たまたま出くわしたのがクリスタで、適当なことを言って追い払った。それとも、わざとなのか？」

皇太子は相当怒っている。本人は気づいていないようだけど、さっきから私の名前を敬称なしで呼んでいるのだ。

「違うわ！　だって確かに池に光る物が見えたもの」

「ほう。どうやって？　確認したが、宮殿のどの階からも池は見えない。近くまで行ったとしても、あの日は曇《くも》り。早朝ならなおさら暗く、何かが光るわけがない。まあ、君が外に出ていないことは、護衛たちが証言しているがね」

「くっ」

そうだったの。はじめから池にブレスレットはなかったのね。だからいくら探しても出てこなかったんだ。

おかげで私は風邪をひき、変な夢まで見てしまった。皇太子――ランディが、私だけを愛すると言ってくれた甘くて切ない夢を。

「イボンヌ、君が私の妃に選ばれることはない。君が男だったらまず間違いなく、私自身が制裁を下していただろう」

シンとしているせいで、皇太子の声が大広間によく響く。

イボンヌが力なく床に崩れ落ちた。その姿を見ても、残念ながらもう、同情は湧いてこない。ショックのほうが大きかった……私はそこまで、彼女に嫌われていたのだ。

「連れていくがいい。別件で改めて呼び出すことになるであろう」

皇妃の指示で、イボンヌは大広間の外に出される。彼女はなんの抵抗もせず、両脇を支える文官に従った。

「さて、次はステラ・ガイヤール嬢か。内通者騒ぎ、よく考え出したな？」

皇妃の言葉に、ステラの顔が引きつる。さすがにもう「なんなりと」とは言えないらしい。

「頭の良い者は嫌いではない。だが、どうしてそれを勉学で発揮しなかったのじゃ？　人を陥《おとしい》れ、足を引っ張るほうが好きだとみえる」

——ステラは何も言わないけれど、この世界にも黙秘権ってあるの？

皇妃の後に皇太子が続くが、その声もやはり冷たい。

「自分では手を下さずに、愚かなイボンヌを動かしたか。ガイヤール子爵家はバージェス侯爵家と同じ派閥なのに、危ないと見てとるや一番に逃げ出した。親子揃って同じ性格だとはね？」

「なんのことでしょう？　身に覚えがございませんわ」

ステラは目を伏せ、きっぱり言い切った。けれど、皇太子は言葉を続ける。

「証拠がないとでも？　子爵家から、今回の選定の儀のために用意した妃候補への質問を書き写した紙が見つかったそうだ。しかもそこには、答えを考え何度も書き直した跡があるとか。筆跡は女性らしいが、果たして誰のものだろう？」

「なんですって！　あれは全部処分させたはず……」

慌てて口を押さえるけれど、時すでに遅し。皇太子への返答をみんなが聞いてしまった。

ステラも面接の勉強をしていたのか。私も面接用の参考書を購入したことがあるから、前世の就職活動に通じるものがある。だけどもちろん、事前に質問内容を知っていたことはない。

「子爵家の使用人もバカではない。保身のため残しておいたんだろう。ああ、それと。宮殿内の君の子飼いについてだが、全てこちらで把握している」

「まっ……」

あれ？　ステラが子飼いの話をしたのは、ついさっきだ。それを全て把握できているというのなら、随分前からイボンヌもステラもマークされていたってこと？

かつてお妃選びで裏金が問題になったと、マルセル先生に習った。今回も、裏で同じようなことが行われていたみたい。

「君の指示で他の候補の部屋に入ったこともあると彼らが証言してくれた。警備は買収されたフリをしただけで、仲間になったわけではない。それにしても、宮殿内で堂々と不正行為を働くとはね」

ステラは真っ赤な唇を噛み、悔しそうに目を細める。

けれどすぐに、色っぽく唇を尖《とが》らせ、皇太子にすり寄った。彼の肩に手を置き胸に指を這わせる。

「賢い女はお嫌い？　同じ国の出身ですし、私はきっと貴方《あなた》のお力になれますわ。妃でなくてもいいんです。貴方《あなた》に愛されれば、それで」

あだっぽく囁《ささや》き、豊満な胸を押しつけた。

皇太子にくっつく彼女を見ただけで、私は胸が苦しくなる。

彼が反応していないのが救いだ。色っぽく迫られてもビクともせず、無表情でステラを押し戻す。

「賢い女性は好きだが、ずる賢い女性は嫌いだ。特に自分さえ良ければと、他人を平気で蹴落とそうとする者がね？」

「なっ……」

ステラが絶句した。振り上げた手を、皇太子にあっさり掴まれる。彼女はその手を荒々しく振りほどくと、声を張り上げた。

「あーもう、バカバカしい。やってらんないわ！　なーにがお妃選びよ。私を選ばなかったこと、永遠に後悔すればいいわ」

皇太子を睨《にら》みつける彼女の目は潤《うる》んでいる。もしかして彼を本当に好きだったのかもしれない。

ステラはそのまま背を向けると、みなが呆気《あっけ》に取られる中、出口に向かって勢いよく足を進めた。

慌てて駆け寄った文官が手を叩かれている。怒った彼女には、取りつく島もないみたい。

「ほほ、面白い子じゃな。結果はまだだと言うておるのに、せっかちなこと」

外に出たステラを見て、皇妃がおかしそうに笑う。隣の皇帝はさっきから黙ったまま、皇妃を見て苦笑していた。

「あーびっくりしたぁ。本当に怖かったですぅ。あーんな人たちが同じお妃候補だったなんて～」

ふいにフェリシアが大げさに身震いした。ジゼルはやっぱり無言で、顔色一つ変わっていない。

「フェリシア・ロッシュ嬢か。リード国の王女に、見苦しい所を見せてすまぬな」

「いーえ、私は気にしてません」

「それなら良かった。して、そなたはわが国での滞在を楽しんだようじゃな」

「はーい。それはもう！　皇国は素晴らしい所ですぅ。物も豊かで食べ物も美味《おい》しいですしー」

「そうか？　その割には食事を随分無駄にしていたと聞いておるが」

顔を強張《こわば》らせたフェリシアが、私を睨《にら》む。……え、なんで？

「それはー、その方の勘違いではぁ？　だって私ぃ、お菓子まで美味《おい》しくいただきましてよ」

そう言って、フェリシアはきゅるるんと可愛く壇上を見上げた。もちろん、近くにいた皇太子に微笑《ほほえ》みかけることも忘れない。

だけど、「お菓子まで」というより「お菓子を」と言ったほうが正解だ。好き嫌いが激しく、食べ物を一番多く床に落として片づけさせていたのが彼女だった。

ジゼルがやれやれと肩を竦《すく》めている。フェリシアは当然、それを見なかったことにしていた。

「そうか。ところでそなた、そこにいる者を知らぬか？」

皇妃がいきなり横を向き、ワイルド系の前髪の長い男性を指す。典礼長の代わりに場を取り仕切っていた彼とは、私も初対面だ。

武官と言っても通じるような体型だけど、深緑色の制服を着ているので秘書官だろう。

「いいえ、どなたですか？」

フェリシアは可愛らしく首を傾《かし》げている。それを見た皇妃が満足そうにニッコリ笑った。

「そなたの変装もなかなか良かったようじゃな」

「お褒めいただき光栄です。では、これではどうですか？」

言いながら、彼は髪をかき上げて後ろに流し、眼鏡《めがね》をかけた。

「……あっ！」

私は思わず声を出してしまう。

フェリシアは反対側に首を傾《かし》げているが、私は気がついた。

彼は普段黒と白の服を着ていた。着やせするタイプなのか、今のほうががっちりして見え雰囲気も少し違う。

「えー、わかんなーい」

どうしよう、私が教えてあげればいい？　皇妃が楽しそうだから、黙っていたほうがいいのかしら。

「まったく視界に入ってなかったとは、皇国の伊達男《だておとこ》も形なしじゃな」

「いいえ。私は美しい方に認めていただければ、それで」

彼は言いながら、皇妃にウインクする。

「戯《たわむ》れがすぎるぞ。真面目な給仕が聞いて呆《あき》れるわ」

やっぱり……

夕食会の準備や宮殿の人々との橋渡しなど、私は彼に本当にお世話になった。嫌がらせを受けた私をさりげなく助けてくれたこともある。食事の時間が楽しかったのは、彼のおかげもあった。

――彼の本業は皇妃の秘書？　給仕というのは、仮の姿なの？

「お妃候補の方々の日常を、給仕として近くで拝見することができました。この意味、おわかりになりますよね？」

つい先程まで給仕をしていた男性が、フェリシアに念押しする。一方私には、茶目っけたっぷりにウインクしてきた。真面目な人だとばかり思っていたけど、案外ユーモアがある。

「な、何かしらぁ。食事を残したことぉ？　それだけしかわかんなーい」

フェリシアのきゅるるん度がパワーアップする。

可愛い態度で嫌がらせや悪口、食べ物を粗末にした事実を、なかったことにしようとしているらしい。

「それだけではない。請求書が山のように届いている。滞在中の費用は出すと言ったが、それは贅《ぜい》沢《たく》をさせるためではない。百五十日程の滞在で、どうして二百以上もの靴がいるんだ？」

そう言いながら、皇太子が私の前に立った。おかげで元給仕――秘書官の男性が、見えなくなる。

それにしても、皇太子の言うことが本当なら、完全に常識外れだ。彼女がそんな散財をしていたなんて、私はまったく気づかなかった。

「だってぇーお洒落《しゃれ》は淑女のたしなみだしぃ、ここには素敵で可愛い物がいっぱいあるしー。それに、皇国はお金持ちでしょ。だったら少しくらいはいい――」

「浪費家に使う無駄金はないな」

フェリシアの言葉を皇太子がバッサリ切り捨てた。

「浪費家って、そんな言い方ひどいっ。でも大丈夫。私、頑張るからぁ。子供もたくさん産むし、買い物もたまにしかしないわ。それならいいでしょぉ？」

フェリシアはねだるように顔の前で手を合わせ、上目遣いで皇太子に訴えた。彼は彼女に一瞬だけ目をやると、手元の書類に視線を移す。皇妃が代わって声を出した。

「そなた、面白いことを言うな？　でもまずは、靴の代金を自分で支払ってからじゃ」

「……え？　私、そんなにお金持ってきてないんだけどぉ？」

「そうか。ドレスや靴など分不相応な買い物をしておきながら、費用を全てわが国に押しつけようというつもりだったのじゃな。よい、国のお父上に請求するとしよう」

「ま、ま待って！　だって、滞在費全部出すってそっちが言い出したことでしょぉ？」

食い下がるフェリシア。

――彼女がお妃になりたかったのって、ひょっとして、たくさん買い物がしたかったから？

「初日の説明をよく聞きましたか？　案内書にも滞在にかかる費用、と記載しております。ドレスや靴も常識の範囲内でなら購入しても構いません。ですが、貴女《あなた》の場合はちょっと……」

「お菓子の文化を広めたいと言いながら、食べ物を無駄にするのもどうかと思う」

元給仕の秘書官に続いて畳みかけた皇太子が、フェリシアに近づく。都合の悪いことを聞かされたからなのか、彼女は膨れてぷいっと横を向いた。

「だったらわかるように書きなさいよ！　難しい言葉で書かないでよね！」

フェリシアはそう言うが、全然難しくはなかった。

「子供並みの頭の者が子供を産むのか。それはそれは心配じゃな」

皇妃がはっきりと告げた。

「もう、寄ってたかって私をいじめてぇ。こんなところ、絶対嫌だわ！　この、鬼ばばぁ！」

皇妃の言葉が悔しかったのか、フェリシアが暴言をはく。その瞬間、空気がピシッと凍りついた。

――ちょっと待って。まさか今、皇妃に向かって言ったの？

フェリシアの言葉に、私とジゼルは青ざめる。もっとも秘書官は冷静で、彼女に淡々と注意をした。

「気高きお方になんということをおっしゃるのですか。皇国内ではわが国の法が適用されます。それはご存じですよね。只今《ただいま》の発言は、不敬罪にあたり――」

「違うわ！　あの、今のなし～」

フェリシアは両手を振って慌てて否定する。それを見た皇妃は、肩を震わせた。

――まさか、怒って……いえ、笑いを堪《こら》えていらっしゃるの？

「もうよい、わらわも頭が痛い。その者は、早々に国へ送り返すがよかろう」

シッシッと手で追い払う皇妃に、秘書官が頷《うなず》く。それを見た護衛たちが、すぐにフェリシアを取り囲んだ。

「待って！　せめて靴代を払うって約束だけでも！」

フェリシアが必死に首をこちらに向け、大声を出した。だけどまったく相手にされず、引きずられていく。

正直私は、彼女があそこまで幼いとは思っていなかった。あの話し方は、わざとだと思っていたのだ。

そんなフェリシアに呆《あき》れたのか、肘掛けに肘をつき、片手で頭を抱える皇妃。その腕にはブレスレットが光っていた。

あれは――

「ブレスレット！」

思わず叫んでしまう。ジゼルが失くしたものと同じ、以前皇妃に見せてもらったものが、皇妃の腕にきちんと嵌《はま》っていた。

――良かった、見つかったのね？　それなら皇太子のお妃は、問題なくジゼルになるわ。

発見されて喜ぶ半面、私はがっくりと肩を落とす。

「ほう、気づいたか。クリスタ・レスタード嬢。では、そろそろ最終選考について説明しようか。その前に候補者が三人もいなくなるとは、実に残念じゃ」

少しも残念そうには見えない顔で、皇妃が笑う。名前を呼ばれた瞬間、次は自分の番だと覚悟した。私は何を咎《とが》められるのだろう。

いっぱい食べたこと？　それともオフトゥンに長くいすぎた？　池に落ちて熱を出し、迷惑をかけてしまったこともある。思い当たる行為が多くてわからない。

けれど一番は、私の髪飾りで、宮殿のみんなの手を煩《わずら》わせてしまったことだ。マーサが私のためを思ってしてくれたので、責任はもちろん私にある。きちんと謝罪しなければ。

私は静かに手を上げた。

「あの、皇妃様。その前に発言の許可をいただけませんか？」

皇太子が驚いた顔で私を見る。手にした書類には、私のことも書かれているに違いない。

「構わぬが、そなたにも隠し事があるのか？」

皇妃は楽しそうだ。キツイ顔立ちのせいでよく見ないとわからないけれど、口の端が少し上がっている。

隠し事――一番の隠し事は、皇太子を好きなこの気持ち。でも、そんなことをジゼルや皇妃の前で口にするわけにはいかない。

「はい。実は、髪飾りを失くしたと勘違いしておりました。私は宮殿で働くみな様にご迷惑をおかけしてしまったのです。謝罪させてください」

「迷惑、とな?」

「捜索《そうさく》を手伝っていただきましたが、部屋にちゃんとありました」

「ほう?」

「大変申し訳ありません」

私は皇妃に頭を下げた。次いで、周りにいる文官と衛兵にも同じように謝る。この中にも、髪飾りやブレスレット探しを手伝ってくれた人がいたのだ。

「一生懸命探してくださってありがとうございました。ごめんなさい」

すると突然声が上がった。

「クリスタ、私が聞いた話とは違っている」

眉根を寄せる皇太子。

それを見て私は気づく。私が熱を出した時、彼はマーサと話す機会があった。彼女は髪飾りを隠したのは自分だと、話してしまったのだろう。

それでも私は、彼の言葉がわからないフリをする。今日で国に帰る私と違い、マーサは今後もここに残る人だ。彼女が咎《とが》められるようなことがあってはならない。

「どんなお話を聞かれたのかは存じませんが、私のせいです。お騒がせして申し訳ありません」

「自分一人の責任だと言うのか？　違う、誰かを責めたいわけじゃないんだ。君は――」

「もうよい。どうせ些細《ささい》なことじゃ。そうそう、最終選考だが……ジゼル、いやジル、これへ」

皇妃がジゼルを愛称で呼ぶ。とうとう結果を発表するのだ。わかっていたのに悲しくて、涙が出そうになる。

壇上にいる皇妃のすぐ下にジゼルが立つ。

涙を堪《こら》えるために、私は大きく息を吸った。

「最終選考は終わっていると言ったたな。課題はこれ、ブレスレットを探すことだったのじゃ」

皇妃の声に、私は息を止める。

――ブレスレットって……ジゼルが失くしたのと同じ物、よね？　彼女が失くしたから、急遽《きゅうきょ》探すのが課題になっていたってことかしら？

「最終選考は特殊でな。わらわの時は人命救助だった」

皇妃は皇帝の顔を見る。皇帝は目を細め、お二人は顔を見合わせ微笑《ほほえ》んだ。

「――と、いってもフリだけじゃ。もちろん今回も」

――ええっ⁉

ますます意味がわからない。ブレスレットを探すフリをしてどうするの？

「ほほ、可愛い顔で困っておるな。さすがわが息子が――」

「母上！　私が代わります。いえ、私に説明させてください」

皇太子が話を途中で遮《さえぎ》る。もちろん彼も、最終選考の中身を知っていたのだろう。

「ならぬ。今回は、ジルが直接言うがよかろう。それだけの働きをしてくれた」

「……っ、どうして！」

抗議する皇太子を、皇妃が片手で制する。

ジルって、ジゼルのことよね。余計に混乱する。どうして彼女が？

ジゼルの青い瞳が、私を捉《とら》えた。彼女はそのまま、いつもより低い声でゆっくり話し始める。

「ごめん、クリスタ。騙《だま》すつもりはなかったんだ。だけど僕は――」

――ジゼルって、僕っ娘《こ》!?

男の子っぽくするのが好きなのに、我慢して淑《しと》やかに振る舞っていたってこと？

私は思いっきり首を傾《かし》げる。

「……できることなら、本当の姿で君と出会いたかった」

その言葉を聞いた途端、皇太子が歩み寄り私の肩に手を回す。さらにあろうことか、自分のほうに引き寄せた。

――な、なな、何、なんで？

彼の行動に思わずドキドキしてしまう。

「ジル、口説《くど》いてどうする。お前にはまだ早い」

「年の差なんてよくあることだ。僕だって！」

意味のわからないことを言い合う皇太子とジゼル。そうかと思えば、ジゼルは自分の肩に手をかけ、着ていたドレスを一気に引き裂く。

「……キャッ！」

私はとっさに両手で顔を覆《おお》った。だって下着が丸見えになる。いくらなんでも、男性がたくさんいるこんなところでドレスを脱いだら、お嫁に行けなくなる！

伏せた手のひらから恐る恐る顔を上げた私は、ジゼルを見た。

「え!?　下着……じゃ、ない？」

彼女はドレスの下にも、ちゃんと服を着ていた。男性用の白いシャツと薄緑色のトラウザーズだ。

「今までごめん。僕は、お妃候補なんかじゃない」

どういうことだろう。ドレスを着たくないから、お妃を諦めるというの？

「そんな！　男装趣味だからって、諦めるなんて……。皇太子様のことが、お好きなんでしょう？」

そう言葉を継ぐものの、私はすごく苦しくなる。

私は知っているのだ。皇太子がどんなに優しく「ジル」と呼び、彼女が「ランディ」と嬉しそうに応えるかを。

それなのに、なぜか私の言葉でこの場のみんなが動きを止めた。

「ええっと、クリスタ。もしかして、まったくわかってない？」

「どうしてジルが私を……そうか。ごめん、クリスタ」

ジゼルは目を見開くし、皇太子は急にクスクス笑い出す。正面の皇妃に至っては、ポカンと口を開けていた。おかしな発言をしたつもりはないのだけれど、わかってないってどういうこと？

困った顔の私を見兼ねたのか、皇妃がジゼルに話しかけた。

「ほほほ、本当に愛らしいこと。ジル、正式に名乗るがよかろう」

「そうですね。はっきり言わないと、理解してもらえないようです」

ジゼルはそう答えると、手にした黄色の紐《ひも》で長い銀髪を結んだ。次いでこちらに近づき、私の目の前で立ち止まる。皇太子は無言だけれど、私の肩に置かれた彼の手に力が入った。

「今までごめん、クリスタ。僕はジゼルなんかじゃない。ジルベール・ユグニオ。れっきとした男で、ユグノ公国の王子だ」

「……え？　ええーっ⁉」

私は驚き、ジゼルを上から下まで凝視した。

——ジルベールって男性名よね？　愛称は確かに『ジル』だけど……

よく見ると、今までハイネックのドレスで隠れていた首の部分に、しっかり喉ぼとけがある。そして、胸は清々《すがすが》しい程ぺったんこ。

そういえば、ユグノ公国に男子の後継ぎがいるという話は聞いていても、王女の話はここに来るまで知らなかった。つまり、公国から来たのは、ジゼルじゃなくってジルベール？

「ジルは私の従弟《いとこ》で男性だ。まだ社交界デビュー前……ああ、もうすぐ十六になるのか」

皇太子の声が響く。けれど、なんだかいろいろ考えが追いつかない。

ジゼルは男の子で、年下だった。

社交界デビューもまだの、十五歳。私は十九歳だから、四歳下になる。それで私たちと対等以上に話ができるなんて、すごいわ。

よろめく私を皇太子が支えてくれたので、みっともないところを見せずに済む。

混乱し、何が起きているのかよくわからない。私は隣の皇太子を見上げた。

「つかぬことをお伺いしますが……」

「何かな？　妖精さん。嫌な予感しかしないんだけど」

皇太子が苦笑する。そんな時でも色気がだだ漏《も》れで、私はつい見惚《みと》れた。

もしかして、ということもあるから、きっちりと確認しなければ。ジルベールを好きな皇太子が、彼にわざわざ女装をさせて手元に置いたという可能性もある。

「皇太子様とジゼ——ジルベール様って、恋仲ではないの？」

皇太子が珍しく、ギョッとした表情で私を見た。対してジルベールは、嫌そうに顔を歪《ゆが》めている。

「どうしてそう思う？　誤解は解けたはずだが」

困ったような彼の様子に、私は今まで気になっていたことを聞いてみた。

「リュスベックに出発する前日、お二人は楽しそうに笑い合っていたわ。ジゼル様も、お妃の件は引き受けたって。だからてっきり、二人が一緒になるのだとばかり……」

あの日のことは、思い出しただけでも胸がツキンと痛む。

「まさか！　ジルは男だし、弟のようなものだ。私が好きなのは君だから。つまり、妃というのは君のことで、不在中守るようジルに頼んでいたんだ」

——えっ？　じゃあ二人の仲は、私の勘違い？　どうしよう、急な展開で頭がついていかないわ。

「これ、あまり待たせるでない！　説明を聞く気があるのかないのか。ブレスレットの話が途中であろう？」

そうだ、最終選考の話が終わっていなかった。私としては、ジゼルが男性でお妃候補でなかったことと、皇太子の今の発言のほうが気になるけれど、皇妃を待たせるわけにはいかない。

私はじれたような彼女に向き直ると、再び頭を下げた。

皇妃が言いたいのは、たぶんこういうことだ。ブレスレットを探し出せたお妃候補はいない。だから最終選考は終わったものの結果はまだで、お妃の該当者なし。

しかし私は、次のジルベールの言葉に息を呑むことになる。

「嘘をついてごめん。ブレスレットは、失くなってなんかいない。はじめからずっと、皇妃様のところにあったんだ」

——それってどういうこと？

目を丸くする私の耳に、皇妃の声が飛び込んでくる。

「首飾りが失くなった、というイボンヌの虚言を聞いて思いついたのじゃ。皇国にとって大切な物が失くなった時、候補者たちがどういう態度を取るか見たいとな」

——それが最終選考なの？　失くなったブレスレットを見つけるのが目的ではなく、その過程？

「給仕だと思っていたこの者を含め、五人の選定委員がそなたたちを見ておった。まあ、一人は欠席しておったが問題なかろう。探そうと協力を申し出たのは、クリスタ・レスタード嬢、そなた一人だった」

はじめから失くなってもいないものを、探させようと……した？

「そのために、ジルに協力を要請したのじゃ。彼も選定委員の一人。内側からそなたたちを見ているから、一番よく知っておる」

食堂に青ざめて飛び込んで来たのも、不安そうな様子も全て……演技？

「だが、一生懸命なそなたが池に入ることは想定外じゃ。イボンヌがあんな適当なことを言うとも思っていなかった。野放しにしていたのはこちらのミスじゃ。早くに治って安心したぞ」

――違う……そうじゃない。

懸命に探したのは、私だけではないのだ。

「そなたの髪飾りも失くなっていたというではないか。まあ、事実は異なっていたようだが。自分を後回しにして他人を優先するとは、見上げた心構えじゃ。クリスタ・レスタードよ。その慈愛の心は、今後広く民《たみ》に慕《した》われるであろうな」

満足そうな皇妃。だけど私は納得できない。

本当は大切な髪飾りが失くなり、不安だった。できれば一番に探したかったのに、ブレスレット探しに時間を取られ、探せなかったのだ。

マーサは私になかなか言い出せず、悩んだだろう。

ある者は自分の仕事を切り上げて協力し、またある者は休憩時間を潰して探してくれた。髪飾りとブレスレット――失くなってもいない物を探すため、彼らは親身になってくれたのだ。

そのことは、嬉しかった。けれど、気づかなかったとはいえ、私は厚意に甘え彼らの労力と時間とを無駄にしてしまった。それでは自分を許せず納得もいかない。

「さて、選定委員に結果を出してもらおうか。妃は、ほぼ決まったも同然だがな」

皇帝に目配せした皇妃が、何やら秘書官に耳打ちする。しかし私は、大きな声を上げた。

「お待ちください！　聞いていただきたいことがございます」

その時、私の肩に置かれた皇太子の手がピクリと動く。けれどもう、止められない。何も言えなかった以前とは違うのだ。

弱小国出身とはいえ、私は皇国の思い通りなんかにされたくない！

「何じゃ？　クリスタ・レスタード嬢。ここに来て、不服があるのか？」

冗談めかした皇妃の言葉に怒りを覚える。皇国の民《たみ》は、皇室や一部の貴族だけではないはず。それなのに『お妃選び』のために、宮殿で真面目に働く人々が利用されてもいいのだろうか？

「そうです。これだけは言わせてください。嘘をついてまで、試す必要があるのでしょうか？　大切な物を失ったと言わせたり、大勢の者の善意を弄《もてあそ》んだりするのはどうかと思います！」

途端に広間が静まり返る。壁際に立つ文官たちの紙をめくる音さえ聞こえない。

楽しそうな声とは一転、皇妃の呆《あき》れたような声が響いた。

「弄《もてあそ》ぶ、とは？　みなに特別手当を与えれば済む話で、大したことではない。言いたいことはそれだけか？」

皇妃に対して偉そうだったかもしれない。でも私は間違ったことは言っていないし、撤回するつもりもなかった。

「大したことではないって……真心がお金で買えるとおっしゃるの？　ヴェルデ皇国は、そのようなお考えなのですか？」

「クリスタ嬢、皇国への不満と取られるぞ。よく考えて発言せよ。そなたは皇太子の妃の座を、要らぬと申すのか？」

「はい、いえ、でも……」

頭の中がぐちゃぐちゃで、よくわからない。皇太子――ランディのことは好き。だけど、私が欲しているのは彼自身で、妃の座や権力なんかじゃない。それにいくら好きでも、真面目に生きる人々を利用してもいい、という皇国の考え方に染まるのは嫌だ。

「最後だ、はっきり答えよ。クリスタ・レスタード、そなたは一体どうしたいのじゃ？」

皇妃と目が合う。ここが正念場だ。しっかり答えなくてはいけない。

私の答えは――

「お妃候補を、辞退させてください」

言った瞬間ホッとした。同時に、喪失感も覚える。

私は元々、お妃選びに乗り気ではなかった。ここに留まったのは、途中で帰れば祖国へ迷惑がかかると考えたから。

そして、一生でただ一度の本気の恋をした……

でも、好きなだけでは無理だ。頼りない私がこの先、身分や権力重視のヴェルデ皇国で上手《うま》くやっていけるとは思えない。

ヴェルデの皇太子とは、多くの民《たみ》をまとめ大陸一の強大な国を導く皇帝の後継ぎだ。そのお妃には、高い知性と品格、民《たみ》を従わせる強い力が求められるだろう――今の皇妃のような。

しかし私は、何も持たない。

小国出身の私には、大きな後ろ盾があるわけでもなく、皇太子を慕《した》う気持ちだけなのだ。

私は民《たみ》との垣根をなくし、人々が笑顔で平和に暮らせる国を作りたい。疲れた時は休めるように、のんびりできるオフトゥンの日を作ってもいいだろう。普段は、一生懸命頑張る人が評価されるといい。

そんな理想や信念はこの国とは相容《あいい》れないようだ。皇妃の言葉でわかってしまった。ヴェルデ皇国は権力や財力で、一般の人の心までどうにかできると考えている！

私はこの国で暮らす自信を急速に失っていた。自分の信念を曲げるのが嫌で大国の足を引っ張るくらいなら、ここにいないほうがいい。故郷でのんびり過ごすのが、私には向いている……レスタードに今すぐ帰りたい！

壇上の皇妃は無表情で、文官たちもざわついていた。目の前のジルベールは、青い目を見開き驚いている。

肩を掴む皇太子の手は微動だにしないが、今の私に彼の顔を見る勇気はなかった。

大好きだから――貴方《あなた》には、皇国が望む強い妃を迎えてほしい。

「……ふむ。だが、今さらじゃな。もうそなたしか残っておらぬわ。あとは、今の意見を聞いた選定委員に委《ゆだ》ねるが良かろう」

激怒するかと思いきや、皇妃は意外に落ち着いていた。

――どういうこと？　それに、選定委員に委《ゆだ》ねるって？

私の疑問を秘書官が解消してくれる。

「最終選考を受け、私とジルベール様を含めた五人の選定委員で決議を取ります。過半数――三人から選ばれた方が、皇太子様のお妃に正式決定ということになります。といっても、今回はクリスタ様お一人ですので、賛成か反対か。過半数に満たない時は来年改めて選定の儀を行います。その場合、もちろん貴女《あなた》には参加資格がなくなります」

全てが目まぐるしく進んでいるので、今は頭の中をいったん整理する必要がある。

お妃になりたいと強硬に主張すれば、こんな私でもお妃になれるのかもしれない。そうすれば、ずっと彼の隣にいられる……ただし、守られるだけのお飾りの妃として。

でもそれでは、ヴェルデ皇国のみんなに迷惑がかかる。何も持たないお妃ではこの国の発展の妨げとなり、愛する人をいつか困らせるだろう。

私の後ろに移動した皇太子が、背後から腕を回して無言で優しく抱き締めてくれた。彼の腕の中にいることが、自分にとって一番自然に感じられて、お飾りでも良いのだとさえ思ってしまう。

――お願い、私を迷わせないで！

お妃選びがこんなにしんどく苦しいものだなんて、思わなかった。信念と大好きな人への想いとの間で揺れ、胸が張り裂けそう。

「異論がないようでしたら、他の選定委員にもいらしていただきます。さあ、どうぞこちらへ」

そうこうしているうちに、残る三人の選定委員が案内されてきた。皇帝陛下の横にある垂れ幕の陰の部分に待機していたらしい。いや現れたのは二人だ。しかも二人共、よく知る顔だった。

「ほっほっほー。わしが武官の代表じゃ」

「あたしが平民代表。あんたには悪いけど、私はやっぱりあんたがいい」

マルセル先生と、洗濯場にいた女性だ。

「典礼長や一部の文官が買収されておったから、新たに選び直したのじゃ。申し分ない人選だと思う」

皇妃は満足そうだ。元給仕で実は秘書官の男性と、ジゼルことジルベール。それに、マルセル先生と洗濯場にいた女性。委員が五人なら、あと一人いるはず。おそらく先程欠席と言われていた人だ。

「さあ、始めよう。まずはそなたから」

皇帝が元給仕の秘書官を促《うなが》す。

「はい。文官代表の私は、クリスタ様がお妃となることに賛成です」

彼は手を上げて答えた。

「ごめん、内部監査の僕は棄権する。気持ちの整理がつかないんだ」

ジゼル——ジルベールが儚《はかな》く笑う。彼は私の多くを見ている。そんな人が棄権と言うなら、私はやはり妃に向いていないのだろう。

「わしもじゃ。残念ながら可愛い教え子を推せば、贔屓《ひいき》したと取られ兼ねんからのう」

マルセル先生——ラスター元将軍には、たくさんのことを教えていただいた。だから棄権でなく、反対だと言われても構わない。

「さっきも言ったけど、あたしは賛成だね。こんないい子は、きっともう出てこないよ」

髪飾りとブレスレット探しを手伝ってくれたおばさんが、そう言って胸を張る。彼女はすごく優しかった。その人にいい子と言われるのは嬉しいけれど、私に皇太子の妃の座は荷が重い。

「二人が賛成で、二人が棄権。やはり、あと一人の意見が必要じゃな」

皇妃がため息をつく。だけど、最終選考であるブレスレット探しの時に欠席していた人なら、私のことを知らないはず。それなら採決はこれで終わりだろう。それとも保留なの？

後ろを振り向き、皇太子と顔を合わせる。すぐ彼に頼るのは、私の悪い癖だ。

愛する人と離れるのは、やっぱりつらい。彼のため、これからの皇国のためには身を引いたほうがいいと決めたばかりなのに……

アイスブルーの瞳に静かな光を湛《たた》えた皇太子。その唇は緩く弧を描いているけれど、表情は寂寥《せきりょう》を示していた。自分が彼にそんな顔をさせているのかと思うと、胸が締めつけられる。

「私はクリスタを妃に迎えたいと思っている。だけど、君自身の気持ちも聞かせてほしい。君は私に何を望む？」

ずるい私は、すぐには答えられなかった。

彼の側にいたいけど、妃になる自信がない。ヴェルデ皇国の人々も好きだ。でもレスタードに帰りたい……帰って自分のオフトゥンにくるまって、頭を休めたい！

「私なら、君の望みを叶えてあげられる。たとえそれが、私や周りの意に染まぬことであっても」

いつかの夢で聞いた台詞《せりふ》。懐かしくて愛《いと》しくて、泣かないと決めたはずなのに思わず目が潤《うる》む。

――大好きだから、側にはいられない。未来ある貴方《あなた》のために、私はこの恋心を封じよう。

「故郷に――レスタードに、帰りたい」

答えた瞬間、皇太子が瞼《まぶた》を伏せて息を吐き出す。再び開いた目から、輝きは消えていた。

「五人目の選定委員として、私は反対です」

すぐ近くで聞こえた声に、仰天して涙が止まる。その声は、皇太子自身のものだったから。

五人目の選定委員が、彼本人だなんて……

「最終選考は特殊なんだ。皇太子一人に決定権はないが、私自身の選択で結果が決まることもある。ちょうど、今回のように」

自分で望んだことなのに、とても苦しい。最愛の声で告げられた反対の言葉は、予想以上にダメージが大きかった。私はもう永遠に、この人と結ばれることはない。そう考えただけで、再び涙が溢《あふ》れ出す。

「泣かないで、妖精さん。嫌がる君に無理強《むりじ》いはしないから。そうですよね、父上、母上！」

違う、本当は嫌じゃない。そう言いたいのに言葉が出ず、どうしようもなく悲しくて後から後から涙が零《こぼ》れる。

「ま、まあそうじゃな」

「意外だったが、仕方がない。本年の選定の儀は、以上をもって終了とする」

皇妃と皇帝の声が遠くに聞こえた。ただ泣く私を、皇太子――ランディが抱き締めてくれる。

髪を撫でる手も頬に触れ涙を拭《ぬぐ》う指も、全てがひどく優しい。

だけどもう、私が彼の妃になることはないのだ。私が皇国に残る理由は、なくなってしまった。

そして私は、お昼過ぎに帰る予定を翌日に変更した。できるだけ多くの宮殿の方にお礼を言い、挨拶《あいさつ》して回る。

国に帰ると言うと、ほとんどの人が残念だと言ってくれた。全ては私の至らなさが招いたこと。申し訳ない気持ちでいっぱいになりながら、私は優しい人々との別れを惜しんだ。


帰郷する日の朝。寒いものの晴れて空気が澄んでいた。忙しい時間なのに、大勢の人が私を見送るため外に出てくれている。みな良い人ばかりなので、離れるのがつらい。もう二度と皇国に来ることはないと思うと、余計に寂しかった。

「ありがとう、楽しかったわ。みなさんもどうぞお元気で」

わざわざ集まってくれた人たちと、私は次々に抱擁し、握手を交わす。

「クリスタ王女、ぜひまた遊びにいらしてください」

「ヴェルデ皇国の民《たみ》は、姫様をいつでも歓迎します！」

「王宮に来づらいなら、皇都でもいいんだよ。来る時は便りを寄こしておくれ」

女官や料理人、兵士や庭師、洗濯場の人など。ここでの生活は良い思い出として、心にずっと残ることだろう。

別れを済ませた私は、ヴェルデ皇国が用意してくれた大きな馬車に乗り込もうとする。お妃候補を辞退したいと申し出たにもかかわらず、咎《とが》められることはなかった。それどころか、絵画や陶磁器などのお土産《みやげ》まで持たされて、こうして故郷に送り届けてくれるというのだ。

皇帝も皇妃も、悪い人ではない。ただ、民《たみ》の気持ちに寄り添うということをしないだけで……

その時ふと、こちらに走り寄る人影が見えた。その人を目にすると、私の胸は苦しくなる。一瞬見なかったことにしようかとも思ったけれど、これで最後ならやはり会っておきたかった。

地面にもう一度足を下ろし、私は彼と向き合う。

「人払いを。二人だけで話がしたい」

皇太子の言葉を聞き、見送りの人たちが次々に頭を下げて離れていく。彼は忙しい執務の合間を縫《ぬ》って、わざわざ出てきてくれたのだろう。私が持って帰ることを望んだ水色のドレスを回収しにきたとは思えない。

「クリスタ。こんなことになって……残念だ。私は最終選考の内容を、帰国するまで知らなかった。いや、今さら言っても詮《せん》ないことだ。それよりこれを」

渡されたのは、手に収まる小さな箱だった。

「……これは？」

「土産《みやげ》だ。開けてみて」

リボンを解いて中を開けると、見事なブレスレットが入っていた。金の台座にエメラルドがいくつか埋め込まれているもので、皇太子妃が身につけるという国宝のブレスレットによく似ている。貧乏国であるわが国には、確実にない一品だ。

「リュスベックで購入した。君の瞳に近い色合いだろう？」

「こ、こんなに高価な物を、いただくわけには……」

「わが国で過ごした記念に。これを見て時々は、私のことを思い出してほしい。離れていても君を想う。今だけじゃなくずっと……私が愛するのは君だけだ」

――なぜ貴方《あなた》は、今になって夢と同じ台詞《せりふ》を言うの？

たちまち涙が溢《あふ》れ出す。最後は笑顔でお別れしようと決めていたのに。

「泣かないで、妖精さん。遠く離れても君の幸せが私の幸せだ……元気で」

ランディが私の頬に手を添え、額《ひたい》に口づける。

胸が詰まった私は、最後まで何も言うことができなかった。


大好きな故郷へ向かう馬車の中で、私はずっと泣きじゃくっていた。こんなにも愛されていることに気づかずに、帰ることを望んだ私。

ブレスレットの裏に彫られた文字を見て、激しく後悔している。

『RからCへ。永遠の愛を君に』

そして祖国レスタードに至る国境を越えて初めて、私は自分の心を皇国に残してきたことを悟る。

久々に帰って来たというのに、それ程の感動がないのだ。

連《つら》なる山々や森の樹々、清涼な川のせせらぎや鳥の声にも、心を動かされない。

あんなにも帰りたいと望んでいた故郷、美しいはずのその景色が、色褪《いろあ》せている。

馬車の窓から眺めていても、思い出すのは皇国のことばかり。緑が少なく鳥の声も聞こえない皇都が、なぜだかひどく懐かしい。優しい人々で賑わう白亜の宮殿の様子が、瞼《まぶた》の裏に浮かんでくる。レスタード城に帰ったばかりの私は、あんなに会いたかった自分のオフトゥンを毎日涙で濡《ぬ》らしていた。

そんな私を空が見ていたのだろうか？

故郷に到着した三日後くらいから雪が降り始めた。二ヶ月が過ぎても、ほとんど毎日雪が降っている。

厳寒の地にあるレスタードだけど、今までこんなに早くから雪が降り続いたという記録はなく、今年は異常気象だ。

雪かきが間に合わず、重みで民家が潰される。城に避難してくる国民が日に日に多くなってきた。レスタード城は石造りで強固だが、その分床が冷たく夜は冷える。燃料の節約も考えなくてはいけないので、オフトゥンを多く用意しなければならない。

泣いている場合ではないのだ。家をなくした人たちのほうが、つらい思いをしている。王族の一員として、民《たみ》のために強くなろう！

そんなわけで私は、城の仕事を率先して手伝うことにした。

帰郷して三ヶ月が経った今、避難してきた人たちのために、城の大広間で上掛けを配って回っているところだ。

「新たにいらした方はこちらへ。オフトゥ……上掛けは足りているかしら？　敷布は子供とお年を召した方優先で。お水も雪を溶かしているから、もう少しだけ待ってね。お食事は一日一回なの。ごめんなさい」

近頃急に人が増えたため、物資と食料が不足し、三日前から食事は日に一度に変更となった。

民《たみ》には苦労をかけている。不便な生活で文句も出ているというが、安易にいい顔はできない。

今まで私は、王族としての義務や責任を軽く考えていた。人見知りであがり性だから無理だと自分に言い訳し、人の上に立つことを自《みずか》ら拒《こば》んでいたのだ。

皇国に旅立つ前の私なら、なるべく人に会わないような仕事を選び、陰で手伝うことを望んでいたはず。

だけど、王女としてこれではいけないと気づき、積極的に前に出るようにしている。

政《まつりごと》は綺麗ごとだけでは済まされない。時には非情な決断を下さなければならないこともある。

食料の残りが少ないと、父と姉に相談された私は、食事を一日にたった一度と決めた。

私でさえこれなのだ。生まれながら大国を背負っている彼は、一体どれ程の決断や苦悩を強《し》いられてきたのだろう。最善と思われる選択をするため、どれだけ自分を押し殺し、我慢をしてきたの？

孤独な皇太子の気持ちを思いやることができず、私は自分の考えを押しつけて故郷に逃げてきた。あの時の甘い考えでは、やはり彼に相応《ふさわ》しくなかったと思う。

「あの……本物のクリスタ王女ですよね？」

以前をよく知る人たちが、大声を出す私に驚く。あまりに堂々としていたせいか、直接確認する者まで出てきた。

「ええ、もちろん。困ったことがあったら相談してね。できるかどうか考えてみるから」

ヴェルデ皇国で過ごした経験が、私を大きく変えていた。滑《なめ》らかに話せるようになったし、人任せにしないように心がけてもいる。もう、引っ込み思案で何もできない私ではない。

守られる側から守る側へ。できることなら、私を好きだと言ってくれたあの人に、釣り合うような女性になりたい。

「……といっても、可能性はもうゼロなのよね」

自《みずか》らお妃候補を辞退した私が、皇国に行くことは二度とない。遠く離れたこの地で、彼のことをくよくよ考えてもどうにもならないと、きちんと理解している。

だから、目の前のことに集中しよう。

「姫様、働きすぎです。少しは休んでください」

「大丈夫、健康だけが取り柄なの。知っているでしょう？」

侍女に気を遣われるようでは、まだまだだ。

「クリスタ、そろそろ休憩して。身体が持たなくなるわよ？」

「お姉様こそ先に休んでください。私のほうが若いもの」

姉はいつでも私を優先しようとするから、冗談めかして返している。

私は次期女王の彼女を支えられる存在になりたい。

「本当にもう、ヴェルデの皇太子はバカね！　わが妹ながら、こんなにいい子を振るなんて。せっかく綺麗な大人の女性に成長したのに」

姉の言葉に感謝する。私を褒めて元気づけようとしてくれたらしい。

だけど本当は私が彼を振った。これ以上心配をかけたくないので、そのことを優しい姉には話していない。

私の気持ちを尊重した皇太子は、わざと反対だと言ってくれたのだと、きちんとわかっている。彼は最後まで、私を愛していると囁《ささや》いてくれたのだ。

そして夜からは、食料の配給を手伝うことにした。

「まだあるから、順番に並んでね。今夜のシチューには、なんと鹿《しか》の肉も入っているのよ！　どんどん食べて温まってください」

今日は大盤振る舞いで、鹿肉《しかにく》のシチューが用意されている。けれど明日からはまた、薄く切ったジャガイモやニンジンが申し訳程度に入っているだけの、味の薄いスープとなるはずだ。

ヴェルデ皇国で贅沢《ぜいたく》な思いをしておきながら、何もできない自分が歯がゆい。

「おうじょさま、お代わりー」

「あたしもー」

「僕も！」

育ち盛りの子供のことを考えたのか、大人たちは少ない量で我慢していた。その心遣いがありがたく、正直助かってもいる。だけどこのまま一日一食では、身も心も疲れてしまう。

その日の夜。部屋に戻った私は、ベッドの上にいた。……といっても、オフトゥンは貸し出し中ですでになく、薄いシーツにくるまっている。

その分、いっぱい着こんでいるから大丈夫。みんなと一緒に大広間で寝ると言ったのだけれど、それはさすがに無理だと拒否されていた。

でも、一人になるとどうしても、大好きなあの人のことを考えてしまう。そのために、なかなか寝られず眠りも浅い。まあ、自分のオフトゥンじゃないからっていうのも、あるけれど。

仕方がないので眠くなるまで考えごとをしているのだ。

今一番の気がかりは、燃料と食料が不足していること。

冬のレスタードは、農業も商業も観光も雪のために一時ストップしてしまう。それは毎年のことだけど、今年は雪の降り始めが早く、例年以上の大雪で国外へなかなか出られない。

街道も雪深く、燃料や食料の買い出しがほとんどできない状況だ。加えて今年の秋は不作で、城にはあまり備《そな》えがなかった。城の食料庫の貯蔵も底を尽きかけている。

このままでは避難してきた人たちに食料が行きわたらなくなりそうだ。薪《まき》や油なども足りず、寒さで病気になる人が出てくるかもしれない。

やはり無理をしてでも隣国に行き、助けを求めるしかないのだろうか？

――でも、隣国も大雪で同じ状況だとしたら、わが国への援助どころではないわよね？

困った時は大国であるヴェルデ皇国に頼めばいい。今までなら迷わずそうしていた。

けれど、国王である父は迷っている。

私がお妃選びのことを報告し、最終選考についての正式な文書も届いた。

皇太子のお妃候補を辞退した国としては、援助を頼みづらいのだろう。ヴェルデ皇国に対して無礼な振る舞いをした私のせいで、父は助けてくれと言い出せない。けれどこのままでは、レスタードの民《たみ》が飢えと寒さで参ってしまう！

大雪のため、大きな物は運び出せないが、小さくてもお金になる物、たとえば彼にもらった腕輪のエメラルドを換金したら、食料がいくらか買えるだろうか？

水色のドレスを別にすれば、あれだけが彼と私を繋ぐ思い出の品だ。

——エメラルドは、私の瞳と同じ緑色。彼はどんな想いでこれを用意してくれたのかしら？

ふと彼の言葉を思い出す。

『今だけじゃなくずっと……私が愛するのは君だけだ』

あれは夢ではなく、現実に起こったことだったのだろう。でも、私はなんと答えれば良かったの？

どちらにしてももう遅く、どんなに後悔しても元には戻れない。

「やっぱりこれは残しておこう。ヴェルデの皇族に私が土下座して、なんとか許してもらえないかしら？」

ヴェルデ皇国に頭を下げ、何としてでも援助を取りつけよう。それくらいしか、私にできることはない。

もちろん無償というわけにはいかないだろう。女官として働くか、料理人の弟子にしてもらうか。もしくは洗濯なら、できそうだ。

「そうと決まれば荷造りしなくちゃ。雪がやんだら出発しましょう」

私はそう決めた。


あくる日の朝は久々に晴れ間が覗《のぞ》く。

出掛けるなら今がチャンス！

ところが、心労のあまり国王である父が突然倒れてしまった。父を放って、ヴェルデ皇国へ援助を頼みに行くなど、私にはできない。

考えた末、私は信頼できる兵士の一人に、皇太子から贈られたエメラルドの腕輪を託《たく》すことにした。大きな街に持っていき、食料と燃料に交換してもらうのだ。

本当は、愛の言葉が刻まれた台座だけでも残しておきたかった。けれど専門家でもない限り、エメラルドだけを外すのは難しそうだ。この辺りには寝具作りの名人はいても、装身具の専門家はいない。

民《たみ》を助けるためなら、あの人も許してくれるだろう。腕輪なんてなくたって、彼は私の心の中で生き続ける――

「すまんな、クリスタ。こんな非常時に……」

「非常時だからです。お父様はそれだけ真剣に、民《たみ》のことを考えていらっしゃったのね」

早く良くなってほしいと、私は父を安心させるように微笑《ほほえ》んだ。一番心配をかけた私がこんなことを言うのは、おかしいかもしれないけれど。

結局今日は、城に避難してきた人々のことを姉夫婦が、父の看病を私が受け持つこととなった。父の具合はそこまで悪いわけではない。ゆっくり休んで栄養のつく物を食べれば、すぐに回復するだろう。

「滋養のある物が、食料庫に残っていたかしら？」

私が首を捻《ひね》っていたその時だった。窓の外から、義兄《あに》と姉の大きな声が響いてくる。

「物資が届いたぞ〜。薪《まき》や食料もたくさんある！　手の空いている者は運ぶのを手伝ってくれ」

「女の人は貯蔵庫にしまうのを手伝ってね」

一体どこから？　兵士に腕輪を渡したのはついさっき。食料を買うどころか、大きな街にも到着していないはずだ。

もしかしたら私が思い悩んでいるうちに、父か姉夫婦が手配していたの？

父を見ると、不思議そうな顔をしている。

では姉が？　そんなこと、まったく言ってなかったのに。

「クリスタ、私の代わりに見てきておくれ。届けてくれた方に国王代理で挨拶《あいさつ》し、丁重におもてなしをするように」

「そ、そんな大役！　お姉様——」

お姉様でいいのでは、という言葉は、慌てて呑み込む。人任せにしないと決めたばかりだ。

「大丈夫、今のお前なら安心して任せられる。行っておいで」

父の言葉に背中を押された私は、転がるように外に出た。

城の正面に、ヴェルデ皇国の狼の紋章入りの馬車と荷馬車が停まっている。黒い制服を着た騎士の指揮の下、甲冑《かっちゅう》姿の騎士とレスタードの民《たみ》が順番に荷物を下ろし、城の中へ運んでいた。すでに姉夫婦はここにはいない。

黒騎士はマスクをつけている。上級騎士だ！

上級騎士の彼と何人もの騎士たちも、多くの物資を運んでくれている。私はお礼を言おうと、上級騎士に近づいた。向こうも私に気づいて会釈《えしゃく》する。

その人は、短い金色の髪に茶色の瞳でがっしりした身体つきをしていた。

「初めまして、クリスタ・レスタードと申します。わが国のために、遠い所をわざわざありがとうございました」

膝を折って丁寧《ていねい》に挨拶《あいさつ》する。マルセル先生から、上級騎士は高位貴族で立派な方々ばかりだと習っていた。

「直接お目にかかるのは初めてですね？　レオナールと申します。レオと呼……いえ、忘れてください。これらは全て、皇太子様から貴女《あなた》へのお届け物です。大雪で困っているだろうから、と」

『皇太子』という言葉を耳にした瞬間ドキッとした。離れていても私のことを考えてくれたのだと知り、胸が苦しくなる。

最後の朝、私は何も言えずにそのまま別れてしまったのに……

上級騎士の視線に気づき、私は姿勢を正す。思い返している場合ではなかった。口上をきちんと述べないと。

「本当に感謝の言葉もございません。レスタードの民《たみ》はみな、皇国のみな様を歓迎いたします。つきましては、お疲れのところを申し訳ありませんが、ご挨拶《あいさつ》とお礼をさせていただきたく……」

「ああ、すみません。私が代表ではありませんので。彼ならすでに、レスタード国王に挨拶《あいさつ》に向かっているかと」

——なんですって！　もう一人いるなんて、皇国の上級騎士の無駄遣いでは？

目の前のレオナール様も随分立派で強そうなのに、この方の上役となると想像できない。

——皇太子様、荷物を運ぶだけなのに、精鋭を惜しげもなく送り込んだらダメじゃない！

のんびりしている場合ではなかった。父の代理を頼まれている私は、姉に全てを任せていてはいけないのだ。

「彼に会いに行かれては？　きっと驚くでしょう」

目の前の上級騎士はそう言って、仮面の奥の目を細める。私は彼に頭を下げて城の中に戻った。

玄関ホールにいた私に、姉が気づき近寄ってくる。

「ヴェルデ皇国の代表がお待ちよ。きっと偉い方ね。父が病気でお会いできないと言ったら、貴女《あなた》がいいんですって。貴賓室《きひんしつ》でお待ちいただいているわ」

「ありがとう。私に会って驚くってことは……知り合いかしら？」

まさかマルセル先生？　でも先生は、現役をとっくに引退しているはず。そもそも先生を慕《した》う皇太子が、この寒い中荷物運びをお願いするとも思えない。

他に偉い武官の知り合いは、いないいんだけど。

私は、緊張しながら貴賓室《きひんしつ》に入った。

そこには、黒の制服に金色の肩章の男性がいる。襟《えり》にかかった淡い金髪を緑の紐《ひも》でまとめていた。こちらに背を向け窓から外を見る後ろ姿は、あの人にも似ている。

——遠く離れた場所にいる、私の最愛の人。三ヶ月も経ったのだ。髪は目の前の人くらいに伸びているだろう。

皇国では金色の髪は珍しくない。それなのに意識し出すと苦しくて、心臓の音が外まで聞こえそうになった。

けれど、考えごとは後回し。まずは父の代理として丁寧《ていねい》に挨拶《あいさつ》しなくては。

「お初にお目にかかります、上級騎士様。レスタード国第二王女、クリスタでございます。このたびは、遠いところからわが国のために様々な物資を届けていただき、ありがとうございました。病床の父に代わり、心よりお礼申し上げます」

敬意を表すために膝を深く折る。振り向いたその人の顔には、仮面がついていた。

その人の瞳の色は、遠くて見えない。期待してはいけないとわかっているのに、アイスブルーだといいなと、思ってしまう。

「クリスタ王女、このたびは災難続きでしたね」

くぐもったその声は、あの人よりも少しだけ低くて硬い。勝手に比べてがっかりする自分に、心の中で苦笑する。皇国に残ることを自《みずか》ら断ったくせに、未練たらたらだ。

弱い心を隠して、私ははっきり答えた。

「いいえ。大雪のおかげで、国のみんなと親しく過ごすことができました。今もこうして、皇国の方の恩情を知ることができています」

離れていても私を想うと言ってくれた、たった一人の大切な人。大好きなあの人が、私を心配して救援物資を届けてくれた。そう考えただけですごく嬉しい。

「当然のことをしたまでです。……彼に、何か伝言はありますか？」

彼に、とは皇太子に、ということだろうか？

告げたい言葉はただ一つ。本音を語って良いのなら、今でも好きだと打ち明けたい。

私は間違っていた。

自分に自信がないのなら、少しずつ己《おのれ》を変えれば良かった。皇国のやり方に納得がいかないのなら、とことんまで話し合えば良かったのだ。弱ければ強くなればいい。頼りないなら頼られるだけの強さを自分の力で身につけようと努力すればいいだけのこと。

そんな簡単なことにも気がつかず、私はただ逃げ帰ってしまった。あの人のもとに心を残して――

でもそれを、初対面のこの方に言うことはできない。皇太子を慕《した》う女性はたくさんいる。私の恋心など聞かされても、きっと迷惑だ。

「溢《あふ》れる程の感謝を――レスタードの者はみな、ヴェルデ皇国に恩義を感じているとお伝えください」

国王代理として堂々と話し、膝を折る。すると、上級騎士が呟《つぶや》いた。

「……それだけ？」

――え？　「幸運を」とか、「皇国の益々のご発展を」と付け加えるべきだったの？

私が首を傾《かし》げていたところ、黒い仮面のその人がゆっくりこちらに歩いてきた。別人だとわかっているのに、髪の色と背格好が彼に似ているせいで胸が掴まれたように苦しくなる。

仮面の奥の彼の瞳。その色は――

「違う……」

その人の瞳は、茶色だった。期待してはいけないと言い聞かせていたのに、私はどこまでも愚かだ。

止めようにも止められなくて、大粒の涙が溢《あふ》れ出す。国王代理がこれではいけない。丁重におもてなしをするはずが、困らせてしまうことが悔しくて、私は唇を噛みしめ下を向く。

けれど上級騎士が近づく気配に気づき、慌てて顔を上げた。目の前にその人がいる。

彼は私の髪に手を触れると、たった一言囁《ささや》いた。

「泣かないで、妖精さん」

聞き慣れた台詞《せりふ》に思考が固まる。

――今のは、何？

私を見下ろすその人が目を細めた。けれど瞳はやっぱり茶色だ。

この世界にカラーコンタクトなんてものはなく、瞳の色を変える薬も存在しない。それなのに、目の前にいるこの人が、想い人であってほしいと切なく願う。

――貴方《あなた》は、誰――？

その人は後頭部の紐《ひも》を解くと、上級騎士のマスクを外した。現れた顔は整っていて、彼の瞳は……アイスブルーだ！

私は思わず息を呑む。

「驚かせてごめん。君の本心が聞きたかったんだ」

「皇太子……様？　だって、目の……色が……」

「これのせいかな？　皇国の者は雪による光の反射に慣れていない。だから、色をつけているんだ」

不思議に思って見せてもらうと、仮面の目の部分には茶色い色ガラスが付いていた。そういえば、さっきお会いしたレオナール様の瞳も茶色だった。他の騎士たちも、兜《かぶと》を着用したままだったのは、そういうわけか。

なるほど納得……じゃなくて、肝心なのはそこじゃない。

「なぜ？」

お妃選びは終了し、私たちは三ケ月前に皇宮で別れたはずだ。会えて嬉しいけど、皇太子自《みずか》ら荷物運びをするなんて、聞いたことがない。

それにヴェルデの皇族が国を離れるのは、重要な外交のためのみだと習った。だから小国であるわがレスタードには、ヴェルデの人は皇族どころか大臣だってこれまで訪れたことがないのだ。

「なぜって？　理由は一つしかない。大事なものを取り戻しに来た。私にとって、たった一つの宝物だからね」

「――え？　ご、ごめんなさい。貴方《あなた》からいただいたエメラルドの腕輪は返せないの。実は――」

「腕輪？　クリスタ、はぐらかすつもり？」

私はあっと思う間もなく引き寄せられ、抱きすくめられる。彼は私の耳元に唇を寄せると、甘い声を出した。

「わからないのなら、何度でも言うよ。私が愛するのは、これからもずっと君だけだ。君は？　クリスタ、誰を想って泣いているの？」

彼は、大事なものを取り戻しに来たと言った。そして、今また、愛するのは君だけと囁《ささや》く。

――たった一つの宝物って……ひょっとして、私のこと？　図々《ずうずう》しいかもしれないけれど、もしも私の考えている通りだとしたら！

もう二度と会えないと思っていた。思い出すたび苦しくて、彼を想ってオフトゥンを、何度涙で濡《ぬ》らしたことか。

自信がなかった頃の私なら、躊躇《ためら》っていただろう。だけど前を向き、ほんの少し強くなった今なら、素直な気持ちを口にできる。彼に想いを伝えたい。

「皇太子様、だけ。離れていても私は、貴方《あなた》をずっと想っていたの」

人生初の告白は、ものすごく恥ずかしい。顔が熱く、赤くなっているのが自分でもわかる。彼は笑ってくれるだろうか。それともただ、頷《うなず》くの？

気になって上を向くと、私の目に淡い青が映った。彼の目は嬉しそうに輝いていて、その表情はどこかホッとしているようにも見える。

「ありがとう。でも、ランディだ。呼んで、妖精さん」

優しい声が耳に響く。

プラチナブロンドが黒の騎士服に映《は》え、男らしい色気が以前より増していた。ただでさえかっこ良いのに、とびきりの甘い笑みを浮かべるから、眩《まぶ》しくて直視できない。

思わず私は視線を逸《そ》らす。そんな私の顎《あご》に彼は手を添え、自分のほうに向けさせた。じっと見つめてくる視線に緊張し、私は固まる。

――愛称を口にしたら離してもらえるのかしら？

「……ランディ」

思い切って口にした瞬間、端整な美貌《びぼう》が目の前に迫った。

「可愛いクリスタ……私の妖精さん」

そう呟《つぶや》き、彼は自分の唇で私の涙を丁寧《ていねい》に拭《ぬぐ》う。まるで、目元や頬にキスをされているみたいだ。名前を呼んだだけでこんな反応をするとは思ってもみなかった。くすぐったいし、かなり照れくさい。

そのまま動けずにいると、下りてきた唇がそっと重なる。

啄《ついば》むような優しいキスに、私の胸は高鳴った。甘酸《あまず》っぱくて苦しくて、なんとも言えない温かい感情が次々湧いてくる。

角度を変え、さらにキスを深めようとするランディ。私の下唇を自分の舌でなぞり、唇を割って中まで侵入しようとしてきた。

自分の心臓に限界を感じた私は、彼の胸に手を置き、抗議の声を上げる。

「……ま、待って！」

姉が部屋に入ってきたのは、ちょうどそんな時だ。

「クリスタ、いる？　さっき兵士が来て……まあ！」

驚くのも無理はない。ここにいる彼が皇太子だと、姉は知らないのだ。

気まずくて、私は慌てて離れ……離れ……ようとしているのに、身体に回された彼の腕ががっちり固定されていて動けない。戸惑《とまど》いつつ、彼を見上げる。

「あの……皇太子、様？」

「ランディ、だろう？」

彼は私に微笑《ほほえ》みかけると、涼しい顔で姉に挨拶《あいさつ》を始めた。私の腰にしっかり腕を回した状態で。

「先程お目にかかりましたが、ご挨拶《あいさつ》が遅れました。ヴェルデ皇国皇太子、ランドルフ・ヴェルデュールです。大変な思いをされましたね。わが国が、少しでもお役に立てれば幸いです」

呆気《あっけ》に取られた姉が、私たちを見ている。正確には回された彼の手を。

だけどさすがは第一王女だ。素早く立ち直ると、背筋を伸ばしてお礼と疑問を口にした。

「わが国への多大な援助、誠にありがとうございます。ですが、ヴェルデ皇国の皇太子ともあろうお方が、どうしてわざわざこんな所にいらしたのですか？」

「愛《いと》しい人に会いに来ました。私には、彼女が必要なので」

淀《よど》みなく話すランディ。堂々と答えられても、恥ずかしいものは恥ずかしい。ぴったりくっついたままだし、姉にジロジロ見られているから顔から火が出そう。

腕を組んだ姉は頭を傾け、彼に突っかかる。

「おかしいですわね。その割には嫌がっているようでしたし、一度は妹を……振っておきながら？」

「振った？　私が？」

ランディがびっくりした声を出し、問いかけるように私を見る。

「お姉様、違うの！　彼には振られていないわ。迷惑をかけたのは、私なの」

私はヴェルデ皇国での出来事を、かいつまんで説明した。もちろん、他の候補者たちから嫌がらせを受けていたことは内緒で、ランディと同じオフトゥンで目覚めたことも省略しておく。

皇国での生活がどんなに充実していたか、宮殿で働く人々がどれ程優しくしてくれたのか、いいことだけを話すように心がけた。そして最後に、「お妃候補を辞退したい」と自《みずか》ら言い出したことをつけ加える。

「あの時の私はとても不安で、皇太子様のお妃として皇国で過ごす自信がなかったの。守られてばかりの私では、彼の力になれない。足を引っ張るくらいなら故郷に帰りたかった。そんな私の意志を尊重して、彼が反対してくれたの……」

けれど語っているうちにふと、重要なことに気がつく。本人にどんなに好きだと言われても、私はもう皇太子の正妃にはなれないのだ。だって、ヴェルデの『皇太子妃選定の儀』はすでに終わっている。

うつむく私に気づき、姉が心配そうな声を出した。

「どうしたの？　暗い顔して。クリスタ、やっぱり何かあったんじゃあ……」

姉は過保護だ。母親代わりとなって大事に育ててくれたため、すぐに私を心配する。

だけどもう、守られてばかりではいけない。姉に向き直った私は、きっぱり首を横に振る。

「いいえ、何もないわ。ただ、愚かにも辞退したせいで、もうお妃にはなれないんだなぁと思って。側室になるのは嫌だし、皇国で女官として働くのも……まあ、わが国への援助のお礼になるのなら、それはそれでいいのでしょうけれど」

私の腰を支えていたランディの腕に力がこもる。隣を見ると、彼は驚き目を丸くしていた。

「なぜそんなことを？　礼など要らない。私が欲しいのは君だけだ。正式な妃として、クリスタを迎えに来た」

正式な妃――？　夢のような言葉に、一瞬胸が躍る。

だけど、『皇太子妃選定の儀』は、大国ヴェルデの伝統ある公式行事で、一度対象から外れたら二度と候補になることはない。たとえ彼が良くても、周りは必ず反対する。

故郷に帰りたいと言った私の我儘《わがまま》のせいで、不要な混乱を生んではいけない。辞退したことを今さら嘆いても、仕方がないのだ。

「今年の『皇太子妃選定の儀』は正式に終了したはずではないかしら？」

「その通りだ」

皇太子自身のはっきりした肯定の声を聞き、微《かす》かな期待が即座に潰れる。

「ありがとう、ランディ。だったら貴方《あなた》のその気持ちだけ、いただいておくわ」

泣きそうになるのを堪《こら》えて私は口にした。ただでさえ、姉が私たちのやり取りをじっと見ているのだ。ここで涙を流せば、勘違いした姉に彼が責められてしまう。

「確かに終わった。だが、心配しないで妖精さん。『皇太子妃選定の儀』は今年で終了、この先もないんだ。私は、自分の伴侶は自分で決める」

「――え？」

「『皇太子妃選定の儀』は、わが国の勝手な都合による行事だ。中には嫌々参加した者もいるだろう。財政的にも負担がかかるし、無駄が多い。集めた女性を比べて評価する程、我々は偉いのか？　私はそうは思わない。よって、悪《あ》しき伝統は私の代で廃止することにした」

「けれど、皇妃様が……皇国の人たちが黙っていないはずよ？」

皇妃は、お妃選びを楽しんでいた。宮殿で働く人たちに対する扱いにはびっくりしたけれど、後から考えてみると、あの時の言葉は、最終選考の一環だとも思える。

自分の考えを言えるのか、皇国の民《たみ》を守る覚悟はあるのかと、暗に問われた気がするのだ。

「大丈夫。元々中身の伴わない形だけの儀式だったんだ。今の世に人質は要らない。本人の意思を無視し、適齢期の姫を片っ端から呼びつける行為は、今後の皇国の意に反する」

確かにお金のないレスタードから、私は呼び出された。正直しんどいし迷惑だと感じていたのは事実だ。

「廃止に反対している者はいない。母も覚悟を試すためとはいえ、言いすぎたと反省している」

「反省って……皇妃様が？」

「ああ。母は君が好きなんだ。自分の国に帰ってしまい、がっかりしている」

「そんな！　私も皇妃様のことは好きだわ」

あの方はしっかり者の姉に似ている気がする。二人ともはきはきしていて、威圧感が半端ない。それでいて情に厚く、国のことを第一に考えているのだ。

「皇宮の者もみな、黙っていなかった。なぜ君を帰したのかと、不満の声が広がっている。あとは、膿《うみ》を出し……大掃除をしてきたからね？　宮殿内もだいぶ風通しが良くなったはずだよ」

宮殿内に私のことを案じてくれる人がいるのは嬉しい。けれどそれと、大掃除がどう関係するのだろう？　風通しを良くって、なぜこの寒い時期に？

「だからクリスタ、安心して皇国に来てほしい。私の妃として」

彼は私の手を取ると、手のひらを上に向け口づけた。私は信じられない思いで、うっとりと彼を見つめる。伏せたまつ毛が美しい。もちろん彼の優雅な仕草も。

「コホン、コホン」

入り口近くにいた姉が、わざとらしい咳ばらいをする。

――しまった！　彼との話に夢中で、姉の存在をすっかり忘れていたわ。

「どうやら私はお邪魔のようね？　誤解が解けたのなら良かったわ」

ただでさえくっつきすぎなのに、姉の目の前で手のひらにキ、キスをするなんて……

手のひらへのキスは『求愛』の意味もあるのだ。

気づいた私はカタカタ震える。姉は呆《あき》れたようにため息をつくと、肩を竦《すく》めた。

「食料や燃料などの物資が届いたと聞き、お父様は少し元気になったわ。広間の人手も足りているから、こっちはいいみたい。クリスタは、未来の旦那様をおもてなしして。くれぐれも失礼のないようにね」

「お姉様！」

あっさりと私たちの仲を認めてくれた。姉に向かってランディが頭を下げる。

「ありがとうございます。必ず幸せにしますから」

「そういうことは、本人に直接言ってあげてくださいな。だけどクリスタ、後から二人でお父様のところにも顔を出すのよ？　おとなしいクリスタが、ヴェルデの皇太子妃になりたいなんて言い出したら、お父様は腰を抜かすのではないかしら……」

ぶつぶつ呟《つぶや》く姉がおかしくて、私とランディは顔を見合わせた。途端にドキンと心臓が跳ねる。

優しく笑いかけてくれる彼が、隣にいることが幸せ。

そんな様子を見た姉が、私に声をかける。

「そう、そう。忘れるといけないから、渡しておくわ。これってクリスタのでしょう？」

ポケットの中を探り、箱を差し出す。見覚えがあるその箱を手に取った私は、慌てて中を確認した。そこには手放したはずの腕輪があり、エメラルドが一粒も欠けることなく燦然《さんぜん》と輝いている。

「どうしてお姉様が……これを？」

換金して食料を買ってほしいと、今朝早く兵士に渡したはずだ。エメラルドを売らなかったたってことだろうか。

「返しておいてくださいって言われたから、預かったの。大量の物資を運ぶ皇国の馬車を見て、もう大丈夫だと思ったんですって。街に行かずに引き返してきたそうよ」

「あの……ありがとう」

「お礼は忠実な兵士に言ってね。あとはその、ブレスレットの贈り主かしら？」

言いながら姉は、私の横にいるランディをチラリと見た。なんでもお見通しらしい。

「じゃあ、邪魔者は消えるわ。でも、二人はまだ国王に認められたわけじゃないし、婚姻前だってこともわかっているわよね」

私とランディにしっかり釘を刺し、姉は部屋を出ていった。その割にはなぜか、きっちりドアを閉めている。

――お姉様ったら、婚姻前だと言いながら彼と二人きりにするってどういうこと!?

「クリスタ、それは？」

箱を見たランディが私に尋ねた。

「ごめんなさい。あなたからいただいた大切な物なのに、私はこれを売ろうとしたの。売ってお金に換えれば、食料がたくさん買えると思って」

申し訳なくてうつむく。手っ取り早く兵士にお願いしてしまったけれど、他に方法があったのかもしれない。好きだと言いながら、私はランディの心のこもった贈り物を手放そうとしたのだ。怒られても仕方がないと覚悟する。

彼は腕輪の入った箱を持つ私の手に、自分の手を添えた。

「いや、私こそすまない。そんなに困っていたのなら、もっと早く駆けつけるべきだった」

さりげなくその箱を取り上げた彼が、脇に置く。

「代わりにこれを。私の大事な人には、こちらを嵌《は》めてほしい」

「それって――」

言葉が出ない。彼が騎士服の中から取り出したのは、例の『皇太子妃のブレスレット』だった。

そしてあろうことか、彼は私の目の前に跪《ひざまず》く。

「レスタードのクリスタ王女。どうかこれを身につけて、私の妃として共に皇国を支えてほしい」

ランディが、私の手を取って見上げてきた。アイスブルーの瞳は真剣で、熱がこもっている。

――これっていわゆるプロポーズよね？　普通、本人より先に親に話を通すものだけど、予《あらかじ》め私の答えを聞いておきたいってこと？

落ち着こうと胸に片方の手を当てた私は、ゆっくりと深呼吸をした。

私は彼が好き。故郷より家族より、そしてきっとオフトゥンよりも。この先どんな困難が待ち構えていようとも、私はやっぱり貴方《あなた》の側にいたい。

「私で良ければ、喜んで」

「嬉しいよ！　ありがとう」

彼が私の手の甲に口づける。そのまますかさず、皇太子妃のブレスレットを私の腕に通した。宝石が大きく重さもあるので非常に気になる。

「でも、これって国宝なのでしょう。高価な物を常に身につけるのはちょっと……」

「可愛いクリスタ、そんな心配をするのは君くらいのものだろうね。ずっとでなくていい、公式行事の時だけで。だが今回は、私の誠意の証《あかし》として正式に持ち出した。皇国も私の両親も、もちろん賛成している」

「皇帝陛下と、皇妃様が？」

「ああ。君を連れ帰るまで、戻ってくるなと言われた」

それはそれですごいと思うし、冗談にしても恐ろしい。私はそんなにも、お二人に気にかけていただけているのだ。

「病状が回復したのなら、レスタード国王に婚姻の許可を求めたい。だが、その前に……」

そう言って大国の皇太子――たった一人の私の愛する人は、色気たっぷりの笑みを浮かべた。

端整な顔が近づき、彼が私を優しく見つめる。金色のまつ毛とその下の淡い青の瞳が震える程に美しい。私はそれに魅入られ動けなくなってしまう。

長い指を私の髪に差し入れたランディが、躊躇《ためら》いがちにキスを落とす。

髪や頬、そして唇に。

大切な物を慈《いつく》しむようなゆっくりとしたその動きに、温かい気持ちがじんわりと身体中に広がっていく。

私の一番好きな人が愛《いと》しいと、私を必要だと言ってくれた。妃として、共に皇国を支えてほしいと。

その言葉だけでも十分なのに、彼の手が、唇が、キスの合間の吐息が、私に愛を語る。抱き締められた腕の強さが心地良く、私はほうっと息をついた。

彼の腕の中が私の帰る場所——そんな気持ちになる程、寄り添うことが自然に思える。

艶《つや》めく彼が眩《まぶ》しいし、激しくなった口づけにもくらくらする。溢《あふ》れ出る色香に抵抗できずにぐったりしている私を見て、ランディは満足そうに微笑《ほほえ》んだ。

「大好きだよ、妖精さん。最高のおもてなしだ」

力の抜けた頭を彼の胸に持たせかけつつ、私は考えた。

——いえ、それはちょっと。もてなすどころか何もできていませんが。


半刻後、レスタード国王である父の承諾を得るため、私とランディは父の部屋を訪ねた。

父はそれ程驚いていない。どうやら事前に、姉が話を通しておいてくれたようだ。倒れたばかりだし、大きな負担をかけまいという姉なりの気遣いなのだろう。

ただ、父が時々私の髪に視線を向けるのは、乱れているせいかと気になった。これはあの後、私を横抱きにして長椅子に運んだランディのせいだ。

婚姻前だし、あれでも十分手加減してくれたのだとは思う。だけど彼は、姉が部屋に入って来る前の続きをするのだと決めていたらしく、そりゃあもう凄《すさ》まじい色気で。

気づけばそこかしこにキスをされ、押し倒されていた。髪はもちろん顔や首筋など、隙間がない程びっしりと。

おかげで私は、全力疾走した後のように心臓がドキドキし、今もなんだか頭の中がふわふわして夢の中にでもいるみたい。

「……スタ、求められるのは嬉しいことだが、お前はそれでいいのかな？」

ふと我に返る。

――ま、まま、まさか！　求められるって、お父様ったらそんなにはっきりと！

先程の様子を知られたのかと思い、頬がカァーッと熱くなる。私はびっくりしながら、ベッドの上の父と目を合わせた。だけど冷静な父を見て、求婚の意味なのだと気づく。

隣のランディは澄ました顔で私を見ている。原因は彼なのに、私ばかりが動揺しているようでちょっと悔しい。

「ええっと……はい。レスタードも好きですが、ここにはお父様もお姉様夫婦もいますもの。私は自分の居場所を、ヴェルデ皇国で見つけたいと思っています」

本心を口にした。ランディが私の手を握ってくれたから心強く、言葉もスラスラ出てくる。もう、自分の意見を言えなかった臆病な私は、どこにもいない。

「強く、なったのだな」

父が低い声でポツリと呟《つぶや》く。国王である前に、私にとっては穏やかで優しい父だった。

「まだまだです。けれどそう見えたのだとしたら、それは皇国と、かけがえのない存在であるランドルフ様のおかげでしょう。私はお妃として、彼を一番近くで支えようと考えています」

「頼もしいことを言うようになったものだ。いつまでも、小さいままではないのだな」

寂しそうに笑う父を見て、私はこれまでの様々なことを思い出す。

引っ込み思案の私は、父は私より姉を大事に思っているのだと、どこかでひがんでいた。あがり性で見合いも失敗続き、人前でろくに話もできないダメな娘には失望しているだろうと。期待されない自分に自信を失くし、勝手に落ち込みいじけていた。

けれどお妃選びで長く国を離れていたために、父のありがたみがわかるようになった。再びレスタードに戻ったことで、国王として政《まつりごと》に真摯《しんし》に向き合う姿勢や民《たみ》を案じる様子、家族を見守る穏やかな態度を改めて実感することができたのだ。

自分はダメだと卑屈になっていた頃には見えなかったことが、王族としての務めを果たそうとしたことで、初めてわかるようになった。

父はきっと姉も私も、この地で暮らす民《たみ》のことも深く愛している。

「ランドルフ・ヴェルデュール様――いや、ランドルフ君。健康と優しさなら誰にも負けない、私の愛する娘、クリスタをどうかよろしく頼む」

「もちろんです。私にとっても彼女はかけがえのない人ですから。安心してお任せください」

父の言葉に彼が答え、二人は固い握手を交わす。父の目に光るものが見えた気がするけれど、私のほうが先に泣いてしまったのでわからない。

「お父様、ありがとう」

育ててくれた感謝を告げる。私もいつか、国民や家族から慕《した》われる父のようになりたい。

レスタード国王から無事婚姻の許可を得ることができたので、私たちは父を疲れさせないよう、すぐに部屋を出た。

大広間に入ると、民《たみ》が多くの物資を前にして喜び、皇国の騎士たちに感謝の言葉を述べている。子供たちは甘いお菓子にはしゃぎ、片《かた》っ端《ぱし》から試そうとしていた。

怒るフリをした大人の声に、大騒ぎで笑いながら逃げる子供たち。久方ぶりの弾《はじ》ける笑顔に、私は感動で胸が熱くなった。思わず目を潤《うる》ませる私の頭をランディが優しく撫でてくれる。

その途端、愛《いと》しさと誇らしさで胸がいっぱいになる。

私の好きな人が、貴方《あなた》で良かった。

歓迎の夕食後、私はランディを再び貴賓室《きひんしつ》に案内する。彼には当分、この部屋を使ってもらう予定だ。「せっかくなのでレスタード国にゆっくり滞在したい」とランディが言い出したから。

それは、大雪に苦しむ国民を放って行けない私にとって、願ってもないことだ。でもヴェルデ皇国は、皇太子が長期不在でも平気なのだろうか。

「私に何かあれば叔父が。その後は、叔父の息子であるジルが対処するからね。心配は要らない」

――それって向こうの方たちはかなり心配よね？

迷惑をかけていなければいいと思う。

私は皇太子妃になりたいわけではなく、好きになった人がたまたま皇太子だったのだ。

皇国で初めて会った黒髪の青年がなぜか気になった。その時すでに、彼のことを好きになり始めていたのかもしれない。

「このまま君を育《はぐく》んだ土地で暮らすのもいいけれど、それはレオナールが許さない。ああ見えて、彼は愛妻家だから。皇都で暮らす細君を心配している」

「上級騎士様が？　だったら、今すぐお帰りになりたいのでは？」

「いや、もう少し雪が溶けてからのほうが帰りやすい。強行軍だったし、みなも疲れているだろう。日頃鍛えているとはいえ、さすがの騎士たちにも休息は必要だ」

「ご、ごめんなさい。私ったら……」

考えなしで恥ずかしい。彼らは遠い皇国から、雪の中わざわざここまで物資を運んできてくれたのだ。

未来の皇太子妃としてこれではいけない。もっと思いやりの心を持とう。

幸い食料や燃料、毛布や衣類などをたっぷり届けてもらった。葡萄《ぶどう》酒や蜂蜜《はちみつ》酒、焼き菓子などの嗜好品《しこうひん》まであり、皇国の騎士たちが春までわが国に滞在したとしても、十分余裕がある。

「いいんだ。君の故郷をじっくり見ておきたかったというのも、本当のことだし。でも一番は、私が君といたいからかな。そのために、彼らを急がせた」

しれっと言うランディ。

――待って、それだと私、結婚前から悪妃の評判が立つのでは？

「皇国の方々に無理をさせたら、私は貴方《あなた》に相応《ふさわ》しくないと、みんなが反対するわ」

「まさか！　反対するどころか、民《たみ》は私より私の相手である君の帰りを待ち望んでいる。一人ではとてもじゃないが、戻れないだろうな」

ランディが苦笑する。

「だからクリスタ、一緒に帰ろう。君を私の妃だと、国民みなに早く紹介したい」

目を細めて愛《いと》しそうに告げられ、胸が高鳴る。

私だって一日も早く彼のお妃として、みんなに認めてもらいたい。こんなこと、宮殿に足を踏み入れたあの日には、まったく考えていなかった。大国の皇太子である彼を、これ程好きになるなんて。

お妃選びは正直しんどい——そう思っていた過去の自分。

けれど彼と出会い、たくさんの人と接する中で私は変わった。愛する人や皇国の温かい人々との充実した日々は、しんどさを補って余りある。

考え込む私を、ランディが優しく抱き寄せた。私も彼にぴったり寄り添い、幸せのため息をつく。

近すぎる距離も今ではそれ程気にならない。

「妖精さんが可愛くて、待つのがつらい。今すぐレスタードで、式を挙げたいくらいだ」

「それはいくらなんでも早すぎるわ！」

大国の皇太子が、こんな田舎《いなか》で勝手に式を挙げてはいけない。寒すぎるレスタードでは、参列者だっていないだろう。

礼拝堂は独立していて城の外だ。我慢大会ならいざ知らず、この国の者ですら冬に式を挙げた例はない。

ニヤリと笑うランディを見て、冗談だったのだと気づく。けれど、あることを思い出した私は、急に笑いが込み上げてきた。そんな私の髪を、彼が優しく指に絡ませる。

「でも、そうね……ふふ」

――結婚って、前世では『永久就職』って言われていたのよね。それなら私は、この世界でようやく面接が成功して、就職できそうってことだわ。

あがり性で人見知り、面接が大の苦手……そんな前世の弱さは、克服できたと思う。

毎日一つ以上のいいことを見つけよう。泣いてもいいけど、泣くだけ泣いたら笑って前を向くように。一生懸命頑張れば、どこにいたって私はきっと大丈夫。

自分にそう言い聞かせていたら、本当に素敵なことが起こったのだ。

私はこの世界で、たくさんのいいことを見つけた。そして、たった一人の愛する人も。

これからは、彼と共に皇国の助けになりたい――

そう考えて顔を上げた私に、ランディが微笑《ほほえ》む。だから私も嬉しくなって、笑い返した。今の私が彼のためにできること……

滞在中の彼に、この国を案内してあげよう。雪を被った山々や美しい樹氷、銀世界の平原を貴方《あなた》に見せたい。凍った湖の上を歩いたり、川の水を触ったり。その冷たさに驚くかもしれないわね？

自慢の水鳥たちのうるさい鳴き声に、貴方《あなた》はなんて言うかしら？

私の好きなこの国を、貴方《あなた》が気に入ってくれると嬉しい。大国には大国の、小国には小国の良さがある。そのことを、皇太子である貴方《あなた》がわかってくれるといいな。

それから数日後のよく晴れた朝。

私は皇国の希望者を募《つの》り、レスタードの観光案内をすることにした。

この辺の土地に詳しいおじさんに案内してもらい、みんなで一緒に景色を見て回る。

山々が一番綺麗に見える場所や厚い氷の張った湖、樹氷やつららはもちろん、冬でも暖かそうな水鳥の見学も忘れない。

最後に、雪原に沈む夕日を見に行くことにした。幻想的な風景に満足したのか、目を細めたランディが感想を漏《も》らす。

「妖精さんを育てた国が、ここまで素晴らしいとは思わなかった。決めたよ。廃止した『皇太子妃選定の儀』の代わりに、皇太子自身が諸国を旅して伴侶を見つけることにしよう」

彼の言葉に私は驚く。ちなみに、皇国の騎士やガイドのおじさんは、私たちから少し離れて景色を眺めていた。

「自分でお妃を選びに行くの？　だけど、皇太子に旅をさせるのは、危険なのではなくて？」

「もちろん身分は隠すし伴《とも》もつけるよ。自分の相手を探すと同時に、広く世界を見る目も養えるだろう。危ないといっても、大国の皇太子としての義務や責任を負うなら、それくらいの覚悟は当然だ」

「結構厳しい子育てなのね？」

「大丈夫、妻には優しくするから安心して」

そう言って、彼が私の腰に腕を回す。

ちょっとくっつきすぎのような気がして慌てて離れようとしたところ、私の耳に唇を寄せてランディが囁《ささや》いた。

「愛しているよ、クリスタ。私の妖精さん」

少し掠《かす》れた色気たっぷりの甘ーい声。眼前には、ロマンティックな淡いオレンジ色の光。思わず胸がときめいて、頭の芯がボーッとしてしまう。

でも、ここで負けてはいけない。私だって、自分の意見をはっきり言えるようになったのだ。

背の高い彼の肩に両手を当てて、つま先立ちになる。傾けてくれた耳元で、同じようにこっそり告げた。

「私も、愛しているわ……ランディ」

素直に言うのはまだちょっと、照れくさいけれど。

「ありがとう。積極的な妖精さんも大好きだよ」

ランディが声を立てて楽しそうに笑う。彼の言葉を聞きながら、私は改めて辺りを見回した。

「……しまった、こ、ここ、外～～！」

他にも人がいることを、完全に忘れていた。彼の肩に手を置きぴったりくっつく私は、もっといちゃつきたいと彼にねだっているみたい？

「わ、わわ、私は別に……」

「妖精さんは、本当に可愛らしいね」

満面の笑みのランディが、私の唇にサッと素早くキスをする。そうかと思えば舌なめずりをするように、自分の唇をペロッと舐めた。

たっぷりの色気に、私の顔は一瞬のうちに熱くなる。ここだけ急激に気温が上昇したようだ。オレンジ色の夕日が、真っ赤になった私の頬を隠してくれることを願おう。

私たちを見るみんなの目が、なんだか生温かい。そういえば吹く風もほんの少し、暖かくなってきたような。

レスタードの春は、すぐそこまで来ていた。

新＊感＊覚 ファンタジー！

レジーナブックス Regina

レジーナブックス Regina

ぽっちゃり令嬢、反撃開始!?

綺麗になるから見てなさいっ！

きゃる

イラスト：仁藤あかね

婚約者の浮気現場を目撃した、ぽっちゃり系令嬢のフィリア。そのショックで前世の記憶を取り戻した彼女は、彼に婚約破棄を突きつける。社交界に戻れなくなった彼女は修道院行きを決意するが、婚約者の弟・レギウスに説得され、考えを改めることに。——そうだ、婚約者好みの美女になって、夢中にさせたら手酷く振ってやろう！　ぽっちゃり令嬢の前向き（？）リベンジ計画、発進‼

詳しくは公式サイトにてご確認ください。

http://www.regina-books.com/

携帯サイトはこちらから！

RC
Regina COMICS
大好評
発売中!!
異世界でカフェを開店しました。
1〜7
原作
甘沢林檎
Ringo Amasawa
漫画
野口芽衣
Mei Noguchi
アルファポリスWebサイトにて
好評連載中!
異世界でカフェを開店しました。
7
生徒と一緒にLet'sクッキング!
新設された料理科で
授業スタート!
異世界クッキングファンタジー
待望のコミカライズ!
突然、ごはんのマズ〜い異世界にトリップしてしまった理沙。もう耐えられない! と食文化を発展させるべく、カフェを開店。噂はたちまち広まり、カフェは大評判に。精霊のバジルちゃんや素敵な人達に囲まれて異世界ライフを満喫します!
B6判・各定価:本体680円+税
シリーズ累計69万部突破!
アルファポリス 漫画
検索

この作品に対する皆様のご意見・ご感想をお待ちしております。

おハガキ・お手紙は以下の宛先にお送りください。

【宛先】

〒150-6005 東京都渋谷区恵比寿4-20-3 恵比寿ガーデンプレイスタワー 5F
（株）アルファポリス　書籍感想係

メールフォームでのご意見・ご感想は右のＱＲコードから、
あるいは以下のワードで検索をかけてください。

アルファポリス　書籍の感想　検索

ご感想はこちらから

本書は、「アルファポリス」（http://www.alphapolis.co.jp/）に掲載されていたものを、改稿、加筆のうえ、書籍化したものです。

お妃《きさき》候補《こうほ》は正直《しょうじき》しんどい

きゃる

2019年 6月 5日初版発行

編集ー黒倉あゆ子
編集長ー塙綾子
発行者ー梶本雄介
発行所ー株式会社アルファポリス
〒150-6005 東京都渋谷区恵比寿4-20-3 恵比寿ガーデンプレイスタワー5F
TEL 03-6277-1601（営業） 03-6277-1602（編集）
URL http://www.alphapolis.co.jp/
発売元ー株式会社星雲社
〒112-0005 東京都文京区水道1-3-30
TEL 03-3868-3275
装丁・本文イラストーまち
装丁デザインーAFTERGLOW
（レーベルフォーマットデザインーansyyqdesign）
印刷ー図書印刷株式会社

価格はカバーに表示されてあります。

落丁乱丁の場合はアルファポリスまでご連絡ください。

送料は小社負担でお取り替えします。


ISBN978-4-434-26045-2 C0093